가시를 빼기 위한 가시

비갸나 바이라바

<표지 그림 설명>

친나마스타 여신

자신의 몸에서 <완전히 절단된[**친나**]
머리[**마스타**]>를 들고 있는 **샥티**의 모습으로,
"여신(女神)"은 우리의 아니마[Anima]를 말한다.
<머리>, 즉 <마음>, <생각>이 끊어진 상태를
표현하고 있는 이 소름 끼치는 이미지는
구도자들에게 <마음을 넘어서> 실재(實在)를
경험하라는 강력한 메시지를 준다.

탄트라[tantra]라는 말은 **탄오티**[**tan**oti, 확대]와
트라야티[**tra**yati, 해방]의 합성어다. 즉 **탄트라**는
<**쉬바** 즉 의식(意識)을 확장하고, **샥티** 즉 에너지를
자유롭게 하는 과학>을 말한다. <[우리의] 의식을
확장하고, 우리의 [생각의] 에너지를 자유롭게 하는
기법(技法)>이다.

가시를 빼기 위한 가시

비갸나 바이라바

- 명상 방편의 총림(叢林) -

金恩在 지음

지혜의나무

목차

들어가며

『비갸나 바이라바 탄트라』라는 작은 책이 있다.

우리 대부분에게는 <발음하기조차 힘든, 잘 들어보지 못한 것>이라고 여겨진다. 인도(印度) 최북단, 히말라야의 저 험한 산골짜기에서 살았던 사람들의 경험으로 된 책이라고 한다. 물론 **산스크리트**어로 되어 있다.

일단 낯선 낱말풀이부터…… **비갸나**는 <마음>을 의미하고, **바이라바**는 <그 너머의 상태>, **탄트라**는 방법을 말한다고 한다. 그러므로 **비갸나 바이라바 탄트라**는 <마음 그 너머로 가는 방법> 정도로 보면 되겠다.

이 책은 총 163절로 되어 있는데, 그중 112절이 **<가시를 빼기 위한 가시>**로, 즉 112가지 명상 기법(技法)이다.

이 책이 세상에 알려진 것은 미국인으로서 선사(禪師)였던 폴 렙스의 영역(英譯)(1957년)과 오쇼 **라즈니쉬**의 강의(1972-73년), 학자 **자이데바 싱**의 주석(1979년), **아비나바 굽타**의 환생이라는 **락쉬만주**의 주석(2002년), 그리고 여성 **사티아상가난다**의 주석(2003년)으로 그 발자취를 읽을 수 있다.

분류된 명상 방편들이 주석자에 따라서 약간의 차이가 있지만 필자는 **폴 렙스**의 분류를 따랐다.

여기에 그의 말을 약간 전한다.

"카시미르 주(州) 스리나가르 시(市) 북부 지방의, 말로 다 표현할 수 없는 풍광을 유람하다가 나는 **락쉬만 주**의 오두막에 이르게 되었다……

거기서 **락쉬만 주**는 이 <고대의 가르침>을 나와 나누었다…… **그것은 <신성(神性)의 [내재(內在)의] 경험>에 관한 것으로, 의식(意識)의 <보이지 않는 문>을 여는 112가지 방법을 선사한다**…… 확실히 <원기를 주는 자>로서의 인간은 - 세상에 알려졌든 알려지지 않았든 - <평범하면서도 비범한 발견>을 나누었다.

노자의 도(道), **붓다의 니르바나**, 모세의 여호와, 예수의 아버지, 마호메트의 알라 - 그 **경험(經驗)에 모든 요점이 있다.**"

비갸나 바이라바 탄트라의 오래 된 이 경문들은 쉬바에게서 기인(起因)한다. 쉬바는 인도의 그 풍부하고 복잡한 신화의 세계에서 <창조의 신(神) **브라흐마**>와 <유지의 신 **비쉬누**>가 포함된 "삼위일체"에서 <**죽음과 파괴의 얼굴**>을 나타낸다. 이 책이 그에게서 기인한 것을 아는 데는 신화를 듣는 것이 도움이 된다.

언젠가 **브라흐마**와 **비쉬누**, 두 신이 어떤 절박한 문제로 **쉬바**를 찾아갔다고 한다. **쉬바**는 마침 아내 데비와 사랑을 나누고 있었고, **사랑을 나누는 일에 너무나 몰입(沒入)해 있어서** 다른 두 신이 방 안에 들어오는 것도 알지 못했다. 마침내 알아챌 때까지 오랫동안 서 있어야 했던 것에 화가 치민 두 신은, 이제부터는 그가 남근(男根)의 상징이 될 것이라고 저주를 퍼부었다. 그래서 오늘날 인도의 그 수많은 **쉬바** 사원에는 아름답게 장식된 **쉬바링가**가 있다는 것이고……

그리고 그는 "**쉬바-샥티**" 쌍(雙)의 반(半)이다. <남성과 여성의 영원한 춤>의 남성적인 측면이다.

<**브라흐마-비쉬누-쉬바**>, 그들은 자신들보다 더 높은 어떤 <**궁극(窮極)**>의 - [우리가 신(神)이라고 이해하는 것 밖에 있는] <**저 너머**>의 현시(顯示)다. 그리고 **쉬바**가 가장 인간적인 자이다. **브라흐마**는 창조의 작업을 끝내 버렸고, **비쉬누**는 매일매일의 인과(因果)를 챙기고 있다. 어떤 의미로, 지루하고 단순한 일상의 집안일이다.

그러나 **쉬바**는 그의 무시무시하고 고동치는 삶 속에서, 그의 <본래의 근원>과의 재결합(再結合)을 열망하며, 그의 궁극적인 고향에 대한 반쯤은 기억나는 꿈에 취(醉)해 있는 자이다.

<**사랑-죽음-명상**>…… **누가 쉬바보다 그것을 더 잘 묶을 수 있겠는가?** 그는 <**파괴자[=죽음]**>이자

<**연인**[=**사랑**]>이며, <가장 인간적인 열망을 가진, 즉 자신보다 더 높은 곳에 도달하여, 미지의 모든 비밀을 벗기려는 **신(神)**[=**명상**]>이다.

☯   ☯   ☯

나는 이 책을 <작은 책>으로 만들면서 경문도 <비갸나 바이라바답게> 아주 압축했다! [아무렴, 저 <하이쿠(俳句)>만큼은 깔끔해야지……] 더러는 생략과 상당한 의역(意譯)이 있음을 밝혀 둔다.

말은 어렵다! 무척이나 어렵다!

무릇 말은 <경문(經文)을 넘어[교외별전], 말뜻을 넘어[불립문자]> <**그 무엇을 보게**[견성(見性)]> **할 때**, 아니면 <표현된 말[바이카리 바크]>이 <생각, 관념[마드야마 바크]>과 또 <의지, 의도[파쉬얀티 바크]>를 넘어 <**말 없는 말**[파라 바크]>을 가리킬 **때, 그 의미가 있는 것인데**……

[하여튼 또, <나도 잘 모르는> 산스크리트 말 몇 개를 늘어놓는 바람에 말이 더 어렵게 된 것 같다.

산스크리트 말 그거? 그렇게 어렵지 않다. 내가 보기에, **산스크리트**는 <山水그립다>다!

"산은 산이요, 물은 물이로다!"의 그 무엇이 아주 그립다는 말이다. 그래서 112가지 그 많은 방편을 <**산수그립다**> 말로 쓴 건가? ^^*]

☯   ☯   ☯

각설하고, 책 몇 권을 소개하는 것으로 <이 책의 빈 곳>과 집필에서의 아쉬움을 달랜다.

하타 요가와 쿤달리니 탄트라를 알기 위해서는
　『**아사나 쁘라나야마 무드라 반다**』
　『**꾼달리니 딴뜨라**』
　　(둘 다, **싸띠아난다 사라스와띠**)를,
카시미르 쉐이비즘을 알기 위해서는
　『Kashmir Shaivism』
　『Shiva Sutras』
　　(둘 다, Lakshman Joo)를 추천한다.

그러나 무엇보다 우리의 『삶』이라는 책으로 그 빈 곳을 채워 넣어야 하리라. 우리의 삶에는 <여러 가지 일[꿈, 환상 등]>이 일어나고 있고, 그 경험들 중에는 우리가 잘 관찰하기만 하면……
이것보다 더 <큰 책(冊)>이 있을까? 이 <값진> 책에는 언어가 없고, 오디오북이 아니어서 들리는 소리도 없지만, 그 소리는 <온 땅에> 통하고 그 말은 <세계 끝까지[즉 우리의 무의식(無意識)까지]> 이른다. 우리가 이 책을 <읽는 눈만 있다면>…… 낮은 낮에게 말하고 밤은 밤에게 그 지식(知識)을 전하는 것을 볼 수 있다.

이 책을 강력하게 추천한다! [요새는 그냥 강추 (强推)라고... ^^*] 추천하지 않더라도 <살 수밖에 없는 것>인데, 무슨 추천을……???

아무튼 성경의 시인은 이 『삶』이라는 책을 아주 긍정하여 그것을 즐거이 노래한다.

"여호와[즉, 존재계]의 법(法)은 완전하여
    우리 영혼을 소성(蘇醒)케 하고
여호와[즉, 무의식]의 증거는 확실하여
    우둔한 자로 지혜(智慧)롭게 하며
여호와[즉, 이 삶]의 가르침은 정직(正直)하여
    이 마음을 기쁘게 하고
여호와[즉, 하늘]의 계명은 순결(純潔)하여
    우리의 눈을 밝게 하도다."

2012년 어느 날
어떤 숙제(宿題)를 마치며

제 1 장

인간 현상의 이해

어른들을 위한
수수께끼 하나

**"두 사람이 길을 가고 있는데
비가 온다.**

**그런데
한 사람은 비를 맞지 않는다.**

왜 그런가?"

<힌트>
막내아이가 어릴 적, 내가 수수께끼를 냈다.
"감은 감인데 못 먹는 감은?"
아이는 금방 대답했다.
"썩었는 감."
- <썩어서 못 먹는 감> -

구약 성경에 보면, 그 옛날

하나님은 노예(奴隷)로 살던 사람들을
자유인(自由人)으로 살아가도록 하기 위해
<새로운 땅[차원]>으로 들어가게 하려고 했다.
그러나
노예로 사는 것에 습성이 들었던 사람들은
이미 그 땅에 살고 있는 [영적] 거인들을 보고는
지레 겁을 먹고
  "우리는 [그들에 비해] 메뚜기 같더라."고 했다.
그래서 소위 그 <메뚜기 신드롬> 때문에
그 땅에 들어갈 수 있는 기회가
<그런 사고방식에 젖어 있던 사람들>에게는
영원히 상실되고 말았다

는 안타까운 이야기가 있다.

그러나 오늘의 우리에게도
그 <메뚜기 신드롬>이란 병(病)은 여전하다.
즉, <예수나 **붓다** 같은 영걸들은 나하고는 거리가
멀고, 나는 다만 중생(衆生)이고 피조물(被造物)일
뿐이라는 생각> 말이다.

1. 저 <자유의 땅>, 내면의 하늘을 찾아서

메뚜기는 <머리-가슴-배>로 이루어진 곤충이다. 다리와 날개도 있지만 주변적인 것이고, 그 중심은 <머리-가슴-배>이다. 또 우리도 <머리-가슴-배>가 등뼈를 따라 나열되어 있다.

그러나 인간은 <척추동물문(門)>으로, <뼈대 있는 집안>이고, 또 난생(卵生)이 아닌 태생(胎生)이어서 <그 태생부터 다르다.> [아무렴 ^^*]

한 인간이 시작될 때 - 잘 아는 대로, 우리 몸은 지(地)[흙], 수(水), 화(火). 풍(風)[공기]과 <그것들을 엮어주는 것[아카샤, 공간]>으로써 이루어져 있다. - 그는 특정한 지점에 근거(根據)해야 한다. 그렇지 않으면 그는 존재할 수 없다.

태아는 어디에서 모체(母體)와 붙어 있고, 어디로 부터 그 생명력을 얻고 있는가? 그것은 어머니의 <배[belly, 자궁]>와 그의 <배꼽[navel, 중앙]>이다. 자궁은 우리 존재의 태반이자 밑받침이고, 탯줄은 우리의 생명(生命)줄이었다.

그리고 갓난아이가 숨 쉬는 것을 보라. 그 배가 오르락내리락한다. 그는 배로 숨을 쉬며[복식호흡], 배로 살아간다. 머리나 가슴이 아니다. 그러므로 **<배>, <배꼽>이 <본래의 중심>이다.** 그것 없이는 생명이 불가능했다. 그것은 한 인간이 존재하기 전 원래 <있는 것>이다.

　그러나 그는 곧 다른 구심점을 개발한다. **그것은 <가슴>, 즉 <느끼는 일>이다.** 갓난아이는 느낀다. 그는 아직 말을, 언어를 모른다. 언어는 머리의 것이다. 그가 내는 소리에는 어떤 느낌이 들어 있다. 우리는 아기가 운다고 하지만, 그가 정말 우는 것인지는 알 수 없다.

　그리고 가슴은 <사랑이 숨 쉬는 곳>일 수 있다. 어린아이는 사랑을 받으면서 사랑을 배우게 된다. 어린아이는 사랑을 받으면서 반응하고 그 반응으로 어떤 중심이 생겨난다. 심리학자들은 <어린아이가 사랑을 받지 못하면 결코 사랑할 수 없다>고 한다. 그러므로 **이 사랑의 중추는 개발되는 것이다.**

　많은 사람들이 이 사랑의 가슴이 없이 살아간다. 부모들은 자신들이 자식을 사랑한다고 생각하지만, 그러나 사랑한다는 것은 그렇게 쉬운 일이 아니다. **사랑은 아주 어려운 무엇이다.** 그것이 인류가 사랑 없이 사는 이유다.

　사회가 문명화(文明化)가 되면 될수록, 우리는 이 세 번째 지점에 있도록 강요된다. 그것은 <머리>, 즉 <생각하는 것>, 지성(知性)과 이성(理性)이라는 것이다. 우리의 모든 교육과 훈련은 머리를 위한 것이다. 머리는 생활에서, 생존 경쟁에서 기본적인 힘이 된다. 그래서 모든 사람이 곧 머리 지향적이 되어, **세 번째 중심에 살고 있다.**

<머리>-<가슴>-<배>, 그것은 세 가지 중심이다. 배꼽은 <주어진 것>으로 본래의 것이다. **<배>는 <있는 것>에 있고, <가슴>은 <느끼는 것>에 있고, <머리>는 <아는 것>에 있다.** 그러므로 <아는 일>은 <있는 일>에서 아주 멀리 있고, <느끼는 일>이 더 가깝다. 그래서 <느낌의 센터>를 잃으면, 그때는 <아는 것>과 <있는 것> 사이를 잇는다는 것은 아주 어렵게 된다. 그것이 모든 종교가 사랑을 강조하며, 가슴에다 손을 모으는 이유다.

모든 <종교철학>과 과학은 머리와 관련이 있고, 시(詩)와 예술은 가슴과 관련이 있고, [참] 종교는 흔히 <영혼의 처소>라고 부르는 배와 관련이 있다. 그것이 예수가 "나를 믿는 자는 그 배에서 생수의 강이 흘러나온다."고 한 이유다. 그것이 또 깨달은 이들이 자신을 우주의 배꼽[umbilicus, 핵심]이라고 하는 이유다. 그러므로 머리와 가슴은 주변적인 것이고 진정한 중심은 배다. [그래서 나는 배불뚝이 포대화상이 그렇게도 그립다. ^^*]

이제 우리는 <우리가 사는 곳>, 즉 <머리>에서 <가슴>으로, 그리고 <배>로 돌아가야 한다. 그것이 <명상의 길>이다. 그러나 우리는 <나 자신이 사는 곳>, <자신이 서 있는 계단>에서만 떠날 수 있다. 그러므로 **명상에 관한 말은 거기에 집중될 수밖에 없다.**

머리에서 떠나는 일은 굉장히 어려운 길이다. <좁은 문, 좁은 길>이라고 한다. "그리로 들어가는 사람이 많지 않을" 뿐만 아니라, "들어가려고 해도 들어가지 못하는 사람이 많은" 길이다.

그러나 한편으로는, 옛사람도 지도무난(至道無難), 즉 <[참] 도(道)는 어렵지 않다>고 했다. 그럴지도 모른다. 쳐다보면, 전부 <하늘>이니까. 또 <시작이 반>이고 <천리 길도 한 걸음부터>라고 했다.

2. <머리> - <생각하는 일>, 마음, <나>라는 것

<마음>, <생각하는 일>은 외부로부터 만들어진 것이다. 어린아이가 태어날 때, 아이는 단지 <생각하는 일>을 탑재하기 위한 능력(能力)만 갖고 있다. 단지 그런 가능성, 그런 잠재성만 갖고 있다.

만약 어린아이가 인간 사회(社會)가 아닌 곳에서 성장한다면, 그는 어떤 언어도 없을 것이고, 어떤 개념(槪念)을 갖고 생각할 수도 없을 것이다. 그는 여느 동물과 같을 것이다. 우리는 우리의 이 현실 때문에 그를 가르친다. 그것이 어린아이에게 어떤 생각을 준다. 그러면 남자아이는 이런 마음이 되고 여자아이는 저런 마음이 된다. 그러면 유신론자와 무신론자가 다른 **비칼파**, 즉 다른 <생각의 얼개>를 갖게 되고, 기독교도와 불교도가 다르게 생각한다. 그들의 <생각하는 패턴>이 다른 것이다.

<마음> 혹은 흔히 우리가 <나>라고 부르는 것은 <과거의 축적>을 말한다. <내가 겪은 모든 경험, 내가 마주친 모든 정보, 내가 어디선가 읽고 듣고 긁어모은 모든 지식, 그런 것이 축적된 것>이 나의 마음이다. 마음은 끊임없이 축적한다. 심지어 내가 의식적이 아닐 때도, 혼수상태에 있을 때도, 마음은 기억하고 축적한다. 마음은 <어떤 기억(記憶)>이다.

그런 기억, 그런 마음이 <에고[ego]>다. 그것이 <나>라는 것이다. **어떻게 해서 이 에고, 이 <나>가 만들어지는가?**

의식(意識)이 있다. 아니면 <텅 빈 것>, **아트마**, <알 수 있는 능력>만이 거기에 있다. 그러나 이 <나>가 없이 있다. 본시(本始) 내면에 이 <나>는 없다. 의식은 있다. **그런데 의식의 주변에 지식과 경험, 기억이 축적된다.** 그것이 마음이다. 그것은 꼭 필요한 것으로, 그런 것 없이는 생존할 수 없다. 그러나 그때 거기에 어떤 새로운 일이, 부수적인 현상이 일어난다.

세상을 바라볼 때는 <그 기억을 통해서> 보고, 새로운 경험을 할 때는 <그 지식을 통해서> 보고, <그 경험을 통해서> <그 과거를 통해서> 나름대로 해석한다. 그렇게 하지 않을 수 없다. 끊임없이 그 기억을 통해서 보면 우리는 그 기억과 동일시된다. 그러므로 **<의식(意識)이 기억들과 동일시된 것>이 에고이고, 우리가 흔히 <나>라고 하는 것이다.**

우리가 <하는 것[<생각하는 것>을 포함]>이 그 무엇이든 그것은 <내>가 아니다. 나는 그것을 할 수도 있고, 하지 않을 수도 있다. 내가 어떤 것을 할 때, <나>는 이미 거기에 있어야 한다. 그러므로 <존재>는 <선택하는 자>이지 <선택되는 무엇>이 아니다. 나는 <선택하는 자>를 선택할 수는 없다. <그>는 이미 거기에 있다. 나는 <그>에 대해서는 어떤 것도 할 수 없다.

그리고 우리가 <가진 것>은 우리가 행하여 얻은 것이다. 우리가 소유(所有)한 것이 그 무엇이든 - 지식, 지위, 역할 - 그런 것은 더더욱, 전혀, 내가 아니다.

그러나 머리를 떠나는 일은…… 그것은 인간에게 가장 어려운 일이다. **마음을, 즉 <지금까지 형성된 나의 생각의 패턴>을 떠나는 일은**, <내가 죽는다고, 내 몸이 죽는다고 되는 것>이 아니다. 그것은 **오직 <내가 의식적으로 그것을 바꾸거나 부수고 떠날 때>만 가능한 일이다.** 예수의 답답했던 그 가슴이 느껴진다. "내 말이 너희 속에 있을 곳이 없다." - 내가 무슨 말을 하든지, 너희는 너희 속에 이미 <굳어진 생각>으로 내 말을 배척해 버린다.

그래서 선지자 에스겔은 호소한다. "굳은 마음을 제하고 부드러운 마음을 가져라." 에스겔은 그런 <굳은 마음>을 <돌 마음>, 즉 <돌 머리>라고 했다.

3. <가슴> - <느끼는 무엇>, 사랑이 숨 쉬는 곳

에고, 즉 <나>라는 자아의식(自我意識)이 없이는 어떤 존재도 진화(進化)할 수 없다. 그것이 아담이 선악과를 먹고 "눈이 밝아"졌다는 의미다.

만약 어린아이가 에고 없이, 즉 "내가 있다."는 느낌 없이 태어난다면, 그는 생존할 수가 없을 것이다. 어린아이는 <강한 구심점>이 필요하다. 비록 그것이 거짓이라고 하더라도 말이다.

에고는 마치 알이나 씨앗의 껍질과 같다. 그것은 필요하고 또 그것은 보호한다. 그러나 그 보호가 과잉보호라면, 그것이 보호만 하고 씨앗의 발아를 허용하지 않는다면……

만약 우리가 에고로만 있다가 죽는다면, 우리는 가능했던 어떤 잠재력의 성장도 없이, 의식적으로 <존재>를 성취하지도 못하고 죽는 것이다.

그 옛날 중국의 겨울 산사(山寺), 한 젊은이가
자신의 팔을 자르면서까지 스승에게 간청했다.
"제 <마음>이 편하지를 않습니다.
 제 <마음>을 편안(便安)하게 해 주십시오."
"어디, 찾아서 갖고 오게."
"찾으려고 하면 없습니다."

나의 <마음>을 찾아보라! 왜냐하면 우리는 마음, 즉 에고라는 현상을 <논리적으로는> 알 수가 없고, **오직 <실존적으로만> 알 수 있기 때문이다.** 그러니 그것을 찾아보라. 그러면 깊은 이해에 이를 것이다. **우리가 이해할 수 있다면, 바로 그 <이해(理解)>가 에고를, 즉 마음을 떨쳐 버리는 것이 된다.** [그것이 <이해>라는 한자어(漢字語)의 뜻이다.]

만약 우리가 그것에 대해 <깨어 있게> 되고, 또 그것을 향해 의식(意識)과 주의(注意)를 집중한다면, 그것은 사라진다. 마치 어두운 방으로 불빛을 가져 갈 때, 그 어둠이 사라지듯이 말이다.

<에고가 없는, 마음이 없는 어떤 순간>을 느껴 본 적이 있는가? 내가 이완되고, 고요하고, 평온할 때, 에고는 있지 않다. 그러나 이 마음이 소란하고 재잘거리고 쉬지 못할 때, 괴롭고 걱정이 있을 때, 분노하고 격정(激情)에 있고 폭력적이고 공격적일 때, 에고는 거기에 있다.

바로 지금이라도 <내가 고요하다면>, 그 에고가 어디에 있겠는가? [나는] 거기에 있을 것이다. 그렇 지만 "나"라는 느낌은 전혀 없다. **그것이 <고요>, 즉 침묵(沈黙)이 의미하는 것이다.**

4. <배> - <있는 것>, 탄트라의 세계

우리의 예배와 기도, 우리의 명상이 그 <에고의 여행>이 되어서는 안 된다. 만약 <그런 것>이라면, 우리는 불필요하게 힘과 에너지를 낭비하고 있는 것이다. 알아채라. 그것은 <자신을 속이지 않는>, 오직 알아채는 문제다. 우리는 <스스로에게> 물을 수 있다.

<이런 일이 남의 존경을 받을 수 있기에 하는 것인지>, **<내 마음이 불안하지 않으려면 이렇게 해야 한다는 생각 때문인지>**, 아니면 <더 깊고 은밀한 곳에서 "내가 신(神)을 소유하지 않는다면, 어떻게 만족할 수 있겠는가?"라는 야망 때문인지>, 아니면 **<지금의 이 나라는 것이 영원히 계속되기를 바라는 그 가냘픈 희망 때문인지>**, 아니면 **<단순한 영적인 호기심 때문인지>**…… 성경의 신(神)은 말한다.

"백성을 신칙(申飭)하라.
　백성이 [<그런 것>으로]
　나 <여호와[實在]>에게로 오다가
　많이 죽을까 하노라."

"스스로 속이지 말라!
　사람이 무엇으로 심든지 그대로 거두리라."

제 2 장

탄트라로의 초대(招待)

남은(南隱) 선사에게
어느 날 <학식(學識) 많은> 사람이 찾아와
여러 가지 많은 질문을 했다.
가만히 듣고 있던 선사는
손님의 찻잔에 차를 따랐다.
잔이 넘치는 데도 멈추지 않고……
보다 못한 그가 말했다.
"스님! 잔이 넘칩니다."
선사가 말했다.
"선생께서도 이 잔처럼 넘칩니다."

<사족(蛇足)>

爲學日益(위학일익)
爲道日損(위도일손)

<지식(知識)의 길>은 날마다 쌓아 가는 것
<영성(靈性)의 길>은 나날이 없애 가는 것

데비가 묻는다.

아! 쉬바여.
당신의 실재(實在)는 무엇입니까?
경이(驚異)로 가득 찬 이 우주는 무엇입니까?

당신의 실재는 초월적이면서 내재적입니까?
아니면 내재적인가요? 아니면 초월적인가요?
내재적이라면, 초월적인 것과는 모순(矛盾)입니다.

누가 예배(禮拜)를 받으며,
누가 그 예배에 의해 만족하게 됩니까?
누가 기도(祈禱)를 받으며,
기도가 무엇인지 말해 주소서.

위대한 주(主)여!
아직도 저의 의심(疑心)은 사라지지 않습니다.

쉬바가 답한다.

<형상이 있는 수행법[예배]>은
<이분법적 사고(思考)의 희생자들>이나
<의례 같은 행위(行爲)에 사로잡힌 자들>에게
묵상과 명상을 위해 주어진 것일 뿐이다.

바이라바, 즉 <신(神)의 상태>는
순수하고 전 우주에 편만(遍滿)하다.
<최고 실재(實在)의 상태>가 그러하므로
누가 예배의 대상이며,
누가 예배로써 만족되겠는가?

예배는 경외(敬畏)와 은총(恩寵)으로
마음이 용해되는 것이다.
니르비칼파, 곧 <생각이 자유로운 것>으로
마음이 <텅 빈 것>이 되는 것이
진정한 예배이다.

마음이 생각과 인습(因襲)으로부터 자유로울 때
사람은 저절로 이러한 내적인 경험을 할 수 있다.
그 상태는 충만(充滿)하여,
모든 분별(分別)과 모순으로부터 자유롭다.

복(福)을 받은 자여!
내, 그대를 위해
그 길을 이르리라.

1. 카시미르 쉐이비즘?

"마음은 단지 <미묘(微妙)한 물질>이다."는 것은 탄트라의 명제다. **그래서 그것은 변화될 수 있다.** 우리가 <다른 마음>을 가지면 <다른 세상>을 볼 수 있다. 왜냐하면 우리는 <마음을 통해> 세상을 보기 때문이다. 우리가 보고 있는 세상은 <우리의 어떤 마음 때문에>, 그것이 그런 것이라고 그렇게 보고 있는 것이다. 그러니 **마음을 바꾸어라. 그러면 거기에는 <다른 세상>이 있다.** 그것이 예수가 말하는 <회개>의 의미다. 메타노이아[μετάνοια]는 <생각을 바꾸는 것>을 말한다.

만약 마음이 없다면…… **그것이 탄트라에서 궁극 (窮極)이다. <마음이 없는 어떤 상태>를 일으키는 것** 말이다. 그때는 마음이라는 중개자 없이 세상을 직접 바라볼 수 있다. 그때 우리는 <실제의 것>을 접(接)할 수 있고, 또 그때는 아무것도 왜곡될 수 없다. 마음이 있지 않을 때, 그것을 <바이라바의 상태>, 즉 <무심(無心)의 상태>, **사마디**라고 한다. 그때 우리는 처음으로 세상을 <있는 그대로> 볼 수 있다.

우리는 흔히 말한다. "나는 기독교도다." "나는 불교도다." 그러나 사실, 우리는 단순히 한 <인간

존재>로 태어났을 뿐이다. 그렇지만 우리는 어떤 식(式)으로든지 자신이 그런 것이라고 조건화된다. **우리의 의식(意識)은 기독교도나 불교도가 아니다.** 그것은 그럴 수 없다. **그것은 단순히 <의식>이다.** 그리고 의식이 진짜 <나>이다. <참나>다.

우리의 <마음>, 즉 우리의 <생각하는 일>은 늘 이원적(二元的)인 것이다. 기독교든 불교든, 그런 믿음, 신조(信條), 교리, 종교철학 자체가 이원적인 것이다. 그리고 우리의 **마음은 이원성(二元性)은 잘 이해할 수 있다. 마음의 기능(機能)이 나누는 것, <전체(全體)[쿨라, Totality]>를 나누고 조각내는 일이기 때문이다.**

그러나 실재(實在)는 전체이지, 조각이나 부분이 아니다. 그러므로 <실제의 것>을 알기 위해서는 그 역(逆)의 과정이 필요하다. 분석하는 과정이 아닌 <합성의 과정>이, 구분하는 과정이 아닌 <통합의 과정>이 필요하다.

[카시미르 쉐이비즘에는 **쿨라, 크라마, 스판다, 프라탸비갸**의 네 가지 수행 체계가 있고, 방편의 장(章)에서 약간 다룰 것이다.]

2. <사랑의 언어>라는 가당찮은 무엇

탄트라 작품들은 대개 고정된 구조, 즉 <데비가 묻고 **쉬바**가 대답하는 것>으로 되어 있다. 그리고 짧은 질문에 <긴 대답>이…… 그것은 실재(實在)를 알려는 일에, 진리를 알려는 일에 방법은 많다는 것을 말한다. 또 그것이 그렇게 많은 종교가 있는 이유이기도 하다.

그리고 그것은 폴 렙스가 잘 지적한 것처럼 - "우리가 아직도 배워야 할" - <사랑의 언어>라는 것을 나타낸다. 데비는 지금 연인 **쉬바**의 무릎에 앉아서 묻고 있다. <무릎에 앉아서>라고 표현할 수 있는 어떤 상황을 그려 보라. 그것은 연인이 되고, **연모(戀慕)하는 사이일 때만 <저 너머의 무엇>이 전해질 수 있다**는 말이다.

그런 순간, 말은 그렇게 중요하지 않다. 그 의미, 그 메시지가 더 중요하다. 그것은 머리와 머리의 토론이 아닌 **<가슴과 가슴의 속삭임>**이고, 논리가 아닌 **교감(交感)이다.**

<우리의 경험으로는>, **오직 사랑만이 저 너머의 일별(一瞥)을 줄 수 있다.** 사랑하는 두 사람이 사랑 안에 있을 때, 그 속으로 깊이 들어갈수록 점점 더 둘이 아닌 <하나>가 된다. 겉으로는 둘이지만 이제 그들은 불이(不二)다.

오직 그런 의미에서만 "하나님은 사랑이라."는 말이 의미가 있다. <우리의 경험으로는>, **사랑만이 <신(神)의 상태>에 가장 가까운 무엇이다.** 그것은 기독교도들이 지금도 그렇게 알고 또 믿고 있듯이, "하나님께서 당신을 사랑하고 계십니다."가 아니다. 어불성설(語不成說)이다!

그것은 <우리의 경험으로는>, <사랑이 신(神)에, 신성에 가장 가까이 갈 수 있는 유일한 실재>라는 말이다. 우리는 사랑 안에서 <하나가 되는 것>이 느껴지고, <하나임>을 느낄 수 있다.

사랑 안에서, 우리는 상대방 속으로 몰입하고 또 우주 속으로 몰입한다. 이원성(二元性)은 용해된다. 오직 이런 불이의 사랑 속에서, 즉 **아드바이타**의 사랑 속에서, 우리는 <**바이라바**의 상태>가 어떤 것인지 일별할 수 있다.

그런 것을 우리는 동서양을 막론하고, 저 모든 신비가들의 경험에서 볼 수 있다. <십자가의 성(聖) 요한>은 『영혼의 어두운 밤』에서 이렇게 노래했다.

어느 어두운 밤에
사랑에 타 할딱이며
알 이 없이 나왔노라
내 집은 이미 고요해지고

아, 밤이여 길잡이여
꾐하는 이와 꾐 받는 이를,
한데 아우른
한 몸 되어 버린 아, 밤이여

꽃스런 내 가슴 안
오로지 님을 위해 지켜온 그 안에
거기 당신이 잠드셨을 때
나는 당신을 고여 드리고

바람은 저 너머서 불어오는데
고요한 당신의 손길
자리게 내 목 안아 주시니
나의 감각은 일체 끊어졌어라

하릴없이 나를 잊고
님께 얼굴 기대이니
온갖 것 없고 나도 몰라라
백합화 떨기진 속에 내 시름 던져두고
          <최민순 옮김에서, 중략하고 고쳐 옮겼다.>

  <십자가의 성 요한>은 위의 시(詩), 첫 몇 행만을
풀이하는 것으로 그 책을 끝마친다. 시란 <느낌의
세계>가 아닌가?

32

여기서는 다만 솔로몬의 아가(雅歌), 즉 <사랑의 노래>가 적어도 성서(聖書), 즉 <거룩한 책>에 포함되어 있음을 일러둔다. 즉, 성(性)은 성(聖)이 될 수 있음을……

이제 경문을 약간 들여다보자.

아! 쉬바여.
당신의 실재는 무엇입니까?

이 질문은 저 빌라도의 "진리가 무엇인가?"라는 질문과는 너무나도 다르다. 두 질문의 외양은 같다. <실재(實在)가 무엇인가?>와 <진리가 무엇인가?>. 무엇이 실재이고 진리인가?

지금 데비는 **쉬바**와 깊은 사랑 속에 있다. **깊은 사랑 속에 있을 때, 우리는 <내적인 실재>와 마주친다.** 그때 **쉬바**는 형상(形像)이 아니다. 그때 몸은 멀리 사라지고 **<형상 아닌 것>이 드러난다.** 그때 우리는 심연(深淵)을, 나락(奈落)을 마주하게 된다. 그러므로 이 질문은 지적(知的)인 호기심에서 나온 것이 아니다. 그것은 <아주 강렬한 사랑의 순간>에 나온 질문이다.

사랑은 사람의 내면을 꿰뚫는다. 그때 우리는 그 사람을 외부로부터 보지 않는다. **사랑은 <사람이**

속에서 자신을 볼 수 있는 것처럼> 그렇게 사람을 볼 수 있다. 그때 형상은 간단히 사라진다. 그리고 그때 연인은 우주(宇宙)로 가는 문이 된다.

위대한 주여!
아직도 저의 의심은 사라지지 않습니다.

물론 데비는 몇 가지 종교[형식]적인 것을 묻고는 있다. 그러나 **그녀가 참으로 원하고 하고픈 말은 자신의 의심이 사라지지 않는다는 그 정직함이다.** 이것은 아주 중요한 것이다!

의심하는 마음은 어떤 대답이 주어지더라도 의심하는 마음으로 남을 뿐이다. 의심(疑心)이 곧 마음이기 때문이다. 의심할 의(疑), <마음 심(心)>이다! 마음에서 의문과 질문이 생겨나는 것은, 살아 있는 나무에서 잎이 나오는 것과 같다고 했다. 어떻게 그 의심을 없앨 수 있겠는가?

그 의심을 없앨 대답이 있는가? 마음이 용해되지 않으면, 마음이 사라지지 않으면, 그 의심은 없어질 수가 없다.

이제 <그 의심을 없애기 위한 방법으로, **마음을 용해(溶解)하기 위하여**> 112가지 기법을 소개한다. 그것이 이 책의 골자(骨子)다.

3. <비갸나 바이라바 탄트라>라는 책

탄트라는 과학(科學)[Science]이다. 힌두교도들이 만든 것이지만, 힌두교의 것이 아니다. 그것이 이 경전에는 <어떤 종교적인 의식(儀式)>도 전혀 언급하지 않은 이유다. 순수한 과학이기 때문에 어떤 사원(寺院)도 필요하지 않고, 사원이 있어야 한다면 <나의 내면>이라는 사원으로 충분하다. 이 과학의 **실험실은 <나의 내면>이고, 내가 그 실험자이고 또 그 피험자다.**

탄트라는 방편에 대해 <생각하는 것>이 아니라, **그것을 <살고>, 그것을 통해 <자신의 변화(變化)를 허용하는 것>이다.** 그런 경험(經驗)은 <나>를 변혁시킬 것이다.

다음 장에서부터 나오는 방편들을 <**샴바보파야, 샥토파야, 아나보파야**>라는 **우파야**[수행법]로 나눌 수도 있다. 우리가 어떤 먼 곳으로 여행을 갈 때면, 그리로 가는 길은 <하늘 길>도 있고 <바닷길>도, 육로(陸路)도 있을 것이다. 그리고 나름의 어려움과 재미도 있을 것이다.

(1) **샴바보파야**는 영적인 수행으로, 자발적으로 일어나며, 행위가 아닌 <존재의 상태>다. 그리고 <지지(支持)가 없는> 수행이다.

(2) **샥토파야**는 심리적인 수행으로, 의지(意志)와 노력이 필요하며, <심리적 행위의 상태>다. [바른 방향에서의] "생각하는 것"을 사용한다. **갸나 요가** 등으로, 많이 필요한 방편이라고 생각한다. <만약 이 책을 읽고, 재미있다고 느낀다면> 아마도 이런 수행이 좋을 것이다.

(3) **아나보파야**는 신체적인 수행으로, 곧 의지와 노력이 필요하고 <육체적 행위의 상태>다. <호흡>, <감각 기관>을 사용하는 것이다. 특히 **하타 요가**의 방편들은 - <변형된 자세>가 있듯이, 이설(異說)이 있을 수 있어 - 어렵다. 특히 **쿤달리니**의 상승과 의미를 자세히 다루기에는⋯⋯

<거대한 산을 오르는 길>은, 아래쪽에서는 많은 길이 있을 것이고, 위쪽으로 올라갈수록 그 길들은 합쳐질 것이다. 어떤 길은 얼마 가지 않아서 다른 길과 합쳐지고 또 어떤 길은 꽤나 혼자만의 길을 유지하다가 다른 길과 합쳐지는 것도 있을 것이다.

그러나 모든 **우파야**가 우리를 그 정상(頂上)으로 이끈다. 비록 <멀리 돌아가는 길>과 지름길이 있을 지라도 말이다.

물론, <길 아닌 길>인 (4) **아누파야**도 있다.

제 3 장

호흡을 지켜보라
혹은 여호와를 알라

< 1 >

데비여!

숨이 들어와 나가기 전, "그 순간"을 알라.

< 2 >

숨이 나가고 들어오기 전, "그곳"을 느껴라.

< 3 >

샥티여!

들숨도 날숨도 아닌 곳에 "그대"가.

< 4 >

숨이 멎었을 때, "알아채라."

여호와 하나님이
흙으로 사람을 지으시고
생기(生氣)를 그 코에 불어넣으시니
사람이 생령(生靈), 곧 생물(生物)이 된지라.

하나님이 이르시되
"나는 스스로 있는 자(者)니라."
"에흐예 아쉐르 에흐예"

אהיה אשר אהיה

여기서 여호와,
즉 "야훼", "에흐예", "야"는
<생기, 즉 "숨", "호흡"의
근원(根源), 즉 본바탕>을 나타낸다.

< 1 >

데비여!
숨이 들어와 나가기 전, "그 순간"을 알라.

먼저, 재미없지만, **산스크리트어**[영자(英字) 표현] 경문(經文)의 내용부터 약간 살핀다.

Oordhve praano hyadho jeevo
  visarga-atmaa parochcharet
Utpatti-dvitayasthaane bharanaad
  bharitaa sthitih.

우르드베 프라노 : 올라가는 프라나(날숨)
햐도 지보 : 내려가는 **지바**(아파나, 들숨)
비사르가-아트마 : 본성이 창조하는 것
파룻차레트 : 파라데비의 현현(顯現)
웃팟티-드비타야스타네 : 두 지점에서 생성
바라나드 : 마음을 고정
바리타 스티티 : 완전의 상태

위와 같은 <암호문(暗號文) 수준>의 경문을 여러 주석자들의 번역을 거치면 대략 다음의 내용으로 읽을 수 있다. **사티야상가난다**는 이렇게 번역했다.

그 본성이 <창조하는 일>인 파라데비는
<내쉬는 숨>과 <들이마시는 숨>으로 나타난다.
마음을 두 생성점(生成點)에 고정함으로써
<완전의 상태>가.

ꦽ   ꦽ   ꦽ

처음에 소개되는 이 네 가지와 또 나중에 나오는
몇 가지는 <숨 쉬는 것>과 관련 있다. 그래서 우선
호흡(呼吸)에 관한 상식 몇 가지를 짚어 본다.

우리는 <태어나는 순간부터 죽는 순간까지> 끊임
없이 숨을 쉰다. 숨을 쉬지 않는 것은 곧 죽는 것
이다. 그 두 지점 사이에서 무슨 일이 일어나든지,
호흡은 계속된다. 호흡은 <내쉴 호(呼)>, <들이마실
흡(吸)>이다.

프라나라는 말은 인도(印度)에서 <숨>과 <생명>,
둘 다를 의미한다고 한다. 우리말도 비슷하다. 즉,
숨 쉬는 일은 <목숨>이 달린 일이다.

숨은 <나>와 <나의 몸>을 잇는 다리다. 호흡은
끊임없이 나와 내 몸을 연결한다. 또 숨은 <나>와
우주(宇宙)를 잇는 다리이기도 하다. 실제로, **나의
몸은 <나에게 온 우주>**, 아니면 **<나에게 더 가까운
우주>**다.

그 다리가 무너지면, 나는 더 이상 몸 안에 있을

수 없고, 더 이상 우주 안에 있을 수 없다. 더 이상
<시간과 공간> 속에서는 찾을 수가 없다. 그것이
우주(宇宙)라는 한자어의 의미이기도 하다.

우리가 평소에 별 관심을 갖지 않지만, 숨 쉬는
일은 가장 중요한 것이다. 그래서 **쉬바**는 <숨 쉬는
것>부터 시작한다. **만약 호흡으로 어떤 것을 할 수
있다면**, 우리는 <생명의 근원>에 이를 수도 있고,
<시간과 공간>을 초월할 수도 있다.

데비여!

쉬바는 우리를 데비라고 부른다. 데비는 <빛나는
자>라는 뜻으로, 실제로, 우리 몸은 <빛>으로 되어
있다. 몸은 물질(物質)[프라크리티]로, 모든 물질은
<전자(電子), 양자, 중성자>로 되어 있고 또 그것은
빛의 티끌이다. [데비는 별명이 많다. 마치 성경의
<하나님>처럼…… <신의 가면(假面)>은 많다!]

숨이 들어와 나가기 전, 그 순간을 알라.

숨이 들어온 뒤 - 들숨으로 숨이 내려온 상태다.
- 그다음 나가려고 돌기 바로 전 - 날숨이 되어
올라가기 전, **그 순간을 알라.** 그 순간을 알아채라.
그러면 그 <엄청난 사건(事件)>을 경험할 것이다.

숨이 들어올 때, 아주 세밀(細密)하게 잘 관찰하라. 한순간, 아니면 그 한 순간의 천분의 일 동안은 거기에 <호흡하는 일>은 없다.

그 순간은 정확하게 **<호흡하고 있지 않은 순간>이다.** 그리고 <호흡하고 있지 않다는 것>은, <내가 숨 쉬고 있지 않다는 것>은, 정확하게 말하면, 내가 세상에 있지 않다는 것이다. 이것을 명확하게 이해해야 한다. **<내가 숨 쉬고 있지 않을 때, 나는 죽어 있는 것>이다.** 있기는 있다. 죽어 있다.

숨이 들어와 나가기 전, 그 순간을 알라.

우리가 호흡하는 일에 주의(注意)를 기울인다면, 숨 쉬는 일을 의식(意識)으로써, <알아채는 일>로써 계속해서 꾸준히 수행한다면, 어느 날 갑자기 알지 못하면서 그 지점에 이를 것이다. **나의 <알아채는 일>, 즉 각성(覺醒)이 예리하고, 깊고, 강렬해짐에 따라,** 온 세상은 사라지고, **오직 <들어오고 나가는 숨>만이 나의 세계가 되고, 나의 의식(意識)의 활동 무대 전체가 된다.** 그때 문득 우리는 <호흡이 없는 그 지점을, 그 순간>을 느낀다.

탄트라에서 <나가는 숨>은 죽음이고, <들어오는 숨>은 신생(新生)이다. <날숨>은 죽음을 말하고, <들숨>은 삶과 생명을 일컫는다. 그러므로 각각의 숨과 함께, 우리는 죽어 가고 있으며 또다시 태어나고 있는 것이다.

데비여!
숨이 들어와 나가기 전, 그 순간을 알라.

쉬바는 말한다. 숨이 들어와 <나가는 숨>이 되기 전에, 죽음이 되기 전에, **내가 <살아 있는 것>도 아니고 <죽은 것>도 아닌 그 순간을 알아채라고.** 그것은 너무나 짧은 순간이다. 그렇지만 <예리하고 성실한 관찰과 주의>는 언젠가 그 순간을 느끼게 할 것이다. 만약 우리가 그 순간을 느낄 수 있다면, 그 경험(經驗)이……

그 경험은 물론 <신성(神性)의 내재의 경험>, <순야, 즉 공(空)의 경험>이다. 그것을 선각자들과 선지자들은 <깨달음>이라고 했다.

< 2 >

숨이 나가고 들어오기 전, "그곳"을 느껴라.

우리 몸은 아주 복잡한 하드웨어[hardware]다. 인간이 아직도 만들지 못한 거대한 기계 설비이고 기계 장치이다. 그리고 우리 <마음>은 그 기계 설비, 그 기계 장치를 움직이는 소프트웨어[software]로, 거기에 심어진 <미묘한 물질(物質)>이다. 그것 또한 아주 복잡하다.

이 책의 **많은 방편은** 우리의 <몸과 마음>이라는 <그 기계 장치와 그 프로그램>과 관련 있다. 또 항상, <문득 내 자신이 그 기계 장치가 아닌, 문득 내 자신이 그 프로그램이 아닌 그 지점>을 일깨워 준다.

그 지점에서 나는 몸도 마음도 아니고, 육체도 정신도 아니다. **나는 단순히 <있는 그 무엇>이다.** 그러나 생각도 마음도 없다.

숨이 나가고 들어오기 전, 그곳을 느껴라.

<숨 쉬는 일>에는 우리가 잘 알아채지 못하는 두 지점이 있다. 한 곳은 숨이 <몸과 우주>에 닿는 곳이고, **다른 한 곳은 <몸과 우주를 초월하는 어떤 것>에 닿는 곳이다.** 이제 우리는 한 지점은 안다.

그러나 숨은 항상 <몸>에서 <몸이 아닌 것>으로, <몸이 아닌 것>에서 <몸>으로 움직이고 있다. 그 지점은 우리 <몸의 바깥>에 있다.

이것들은 불교에서는 유명하여, <아나파나-사티 요가[출입식-념 수행(出入息念修行)]>로, 즉 <들어오고 나가는 숨을 지켜보는 방법>이다. 붓다는 이 방편으로 붓다, 즉 <깨달은 자>가 되었다고 한다.

성경 창세기에는 "여호와 하나님이 생기(生氣), 즉 <생명의 숨>을 사람의 코에 불어넣어서 사람이 생령(生靈), 즉 <살아 있는 것>이 되었다"고 한다. 사람의 외부에 생명의 원천(源泉)이 있다는 것이다. **여호와를 알라. 그곳을 알아채라. 그것을 느껴라.** 성경은 여호와 하나님이라고 하는 <숨이 일어나는 그곳>, 그 지점을 경험하라고 한다. **<몸과 우주를 초월하는 그 무엇>을 알라**는 것이다. 잘 아는 대로, 여호와라는 말은 야훼, 즉 <있는 것[Being]>, 존재, 존재계(存在界)를 말한다.

쉬바는 말한다. **그곳을 느껴라.** 생생하게 느껴라. 그것을 <그냥 하나의 이론으로, 그냥 그렇게 생각하지 말라>고 한다. 느껴라. **<느끼는 일>은 <어떤 것에 내가 다가가고, 내가 거기에 포함(包含)되는 일>이다.**

< 3 >

샥티여!
들숨도 날숨도 아닌 곳에 "그대"가.

우리는 <중심(中心)과 주변(周邊)으로> 존재한다.
몸은 주변이고, 몸은 잘 안다. 그러나 중심[내면]이
어디에 있는지는 알지 못한다. **<나의 마음>이 중심**
이라고? [저런! ^^*] 그것이 유명한 <신수(神秀)와
혜능(慧能)의 차이> 아니었던가? 너무나 잘 알려진
시(詩) 두 수(首).

身是菩提樹(신시보리수)　　몸은 보리수
心如明鏡臺(심여명경대)　　마음은 거울
時時勤拂拭(시시근불식)　　날마다 닦아
勿使惹塵埃(물사야진애)　　때를 없애리!

菩提本無樹(보리본무수)　　보리수 없고
明鏡亦非臺(명경역비대)　　거울도 없다
本來無一物(본래무일물)　　본래 없거늘
何處惹塵埃(하처야진애)　　어찌 때 낄까?

반복한다. 이 책의 **방편들은 <몸과 마음>이라는**
<그 기계 장치와 그 프로그램>과 관련이 있고, 문득
내 자신이 그 기계 장치가 아닌, 문득 내 자신이

그 프로그램이 아닌 그 지점을 일깨운다.

샥티여!
들숨도 날숨도 아닌 곳에 그대가.

<들숨인지 날숨인지 알 수 없을 때>, <날숨인지 들숨인지 알 수 없는 곳>, 그때 거기에는 들숨과 날숨의 융합(融合)이, 한순간의 그 핵융합(核融合)이 있다. **그곳에는 <엄청난 에너지[샥티]>가 있다. 또 그곳이 우리의 중심이다.** 아무런 움직임도 없는 곳, 그곳에 <나>, 즉 <지켜보는 에너지>가 있다.

우리의 몸 에너지는 단지 연료(燃料) 에너지다. 우리의 <마음 에너지>도, <정신 에너지>도 똑같다. 우리가 무엇을 보고 들으면, 그것은 <욕망>이라는 에너지를 만들어 낸다. 그러나 이런 것은 곧 소모되어 버리는 연료 에너지다.

중심(中心)은 어떤 연료 에너지도 필요하지 않다. 그것은 우리가 먹고 마시는 것과 또 <우리가 보고 듣는 것>에 의존하지 않는다. 그것은 저 **<우주적인 에너지>, <신성(神性)의 무한한 힘>, 즉 샥티다.**

그곳은 <생각>이라는 연료는 전연 필요 없으며, 그 중심은 **니르-비칼파**다. 즉 <생각의 얼개>라고는 없다.

< 4 >
숨이 멎었을 때, "알아채라."

예를 들어, 왕복 2차선 도로에서 차를 운전하고
있는데 갑자기 마주 오는 차가 중앙선을 넘는다.
그 순간 거기에는 <엄청난 정지>가 있을 것이다.
숨이 나갔다면 나간 채 멈출 것이고, 들어왔다면
들어온 채 멈출 것이다. 그런 절체절명(絶體絶命)의
순간에는 숨을 쉴 수가 없다. 갑자기 모든 것이 -
모든 생각과 모든 욕망이 - 멈춘다.

그런 급박한 상황에서는 내가 누구인지, <나의
이름>, <나의 소유>, 모든 것이 그냥 증발(蒸發)해
버린다. 간단히 사라진다.

<갑작스럽고, 예상하지 못하고, 믿을 수 없는
일>은 사람들에게 마음, 즉 생각의 정지를 일으킬
수 있다. 그러나 <순수한 사람>에게는 그런 일이
필요하지 않다. **순수한 마음에는 항상 그런 정지가,
그런 절대의 고요가, 침묵(沈黙)이, 샨티 즉 평화가
있다. 그런 때를 알아채라.**

그때 우리의 소아(小我)는 사라지고, 에고는 사라
지고, 생각은 사라지고, 우리는 <우주적인 의식>을
얻는다.

다시 강조한다. **탄트라**에서는 <들이마시는 숨>은
삶, 생명이고, <내쉬는 숨>은 죽음이다. 내친 김에,

그런 <호흡이 안정된> 법안(法眼) 선사의 시 한 수.

幽鳥語如簧(유조어여황)
柳搖金線長(유요금선장)
雲歸山谷靜(운귀산곡정)
風送杏花香(풍송행화향)

永日肅然坐(영일숙연좌)
澄心萬慮忘(징심만려망)
欲言言不及(욕언언불급)
林下好商量(임하호상량)

유벽한 곳 새 소리 옥피리 노래 같고
수양버들 춤추니 그 가지 비단이라
흰 구름 돌아와 골짜기 더욱 고요한데
살구꽃 열은 향기 실바람에 실려 온다

온종일을 혼자서 **숙연**히 앉았으니
마음이 맑아지고 근심이 사라진다
말하고는 싶지만 언설로써 표현되랴?
그대, 이 숲속 와서 느껴봄이 좋으련만

　기독교의 "안식(安息)"이라는 그 한자어의 말뜻은
<안정된 호흡>을 가리키고 있다.

제 4 장

그대 안의 <생명의 기운>을 느껴라

< 5 >

차크라를 오르는 "에너지"를 느껴라.

< 6 >

그것을 "번개로서" 느껴라.

< 7 >

빛나는 이여!

문자를 넘어 소리로, "느낌"으로 가라.

< 8 >

주의(注意)를 "아갸 차크라"에 두라.

몸의 모든 문(門) 닫고
도둑인 **프라나**, 잡아 가두었다.
가슴의 방안에 단단히 묶고
옴[ॐ]이라는 채찍으로 세차게 때렸다.

마음의 고삐 바짝 당기고
열 **나디**로 흐르는 그 생명을 눌렀다.
그때 초승달 넥타는 흘러내려 내 온 존재로 퍼지고
허공(虛空)이 허공으로 녹아들었다.

옴[ॐ]과 하나 되었을 때
내 몸은 몸서리치는 석탄(石炭)불이 되었다.
여섯 교차로(交叉路) 뒤로 하고
<곧은 참 길>로 들어섰다.

그리고 나, **랄라**
빛의 안식처(安息處)에 이르렀노라.

<카시미르의 **요기니**, **랄라**>

52

프라나는 <호흡(呼吸)>을,
<열(10) 나디>는 <모든 기맥(氣脈)>을 나타낸다.
여기서는 그 어렵다는
프라나야마나 쿰바카[지식(止息)]를 통한
<쿤달리니의 상승(上昇)>으로 보아
<여섯 교차로>는 <여섯 차크라>,
<빛의 안식처>는 사하스라라 차크라로 읽어 본다.
물론 <곧은 참 길>은 아갸 차크라의 활성으로……
[어떤 이는 <여섯 교차로>는 아나보파야의 것들,
 <곧은 참 길>은 삼바보파야라고 한다.]

랄라는
인도의 분쟁(分爭) 지역인 카시미르에서
서로 앙숙(怏宿)인 힌두교도, 이슬람교도
모두에게 사랑 받고 있다.
주민 대부분이 무슬림인 카시미르에는
오직 두 개의 단어만이 어떤 의미가 있다고 한다.
--- "알라"와 "랄라"

랄라!
내 영혼(靈魂)의 여인이여!
그대의 몸부림에 내 존재(存在)는 녹아지고……

< 5 >
차크라를 오르는 "에너지"를 느껴라.

인간은 척추동물이다. **척추(脊椎)[spine, 기초]는 우리의 <몸>과 <마음>, 둘 다의 기초다.** 우리의 온몸은 이 등뼈를 중심으로 연결되어 있고, 마음 즉 생각을 하는 머리는 등뼈의 끝이다. 우리의 모든 것은 등뼈에 달려 있다. 그것이 **하타 요가**에서 수많은 방법으로 등뼈를 <젊고 신선하게> 만들려는 이유다.

요가는 등뼈를 일곱 개의 **차크라[중추(中樞)]**로 나눈다. 첫 번째는 **물라다라 차크라**[뿌리의 자리, 토대(土臺)]로 회음(會陰)[여성은 자궁 경부]에 있고, 두 번째는 **스와디스타나**로 척추 꼬리뼈 끝부분에, 세 번째는 **마니푸라**로 배꼽 바로 뒤에, 네 번째는 **아나하타**로 심장 뒤, 다섯 번째는 **비슛디**로 목구멍 뒤, 여섯 번째는 **아갸**로 뇌(腦)의 중앙에[두 눈썹 사이에], 일곱 번째는 **사하스라라**로 머리 꼭대기에 있다.

어떤 체계(體系)는 더 세분하기도 하고, 서넛으로 나누는 것도 있다. 구분은 큰 의미는 없다. [그러나 카발라의 <생명의 나무>, 즉 세피로트와 비교하는 것은 재미가 있다. **힌두교와 유대교…… <종교>의 영원한 원형(原型)이다!**]

차크라를 오르는 에너지를 느껴라.

척추의 시작은 <땅[earth]>쪽에 있어서, 섹스는 <속된[earthly]>(?) 일이라고 할 수 있다. 등뼈는 시작에서는 땅[프리트비, 흙], 즉 물질과 접촉하고 있고, 마지막에서는 신성과 접촉하고 있다.

나의 에너지는 섹스 센터로부터 흘러내려 땅으로 돌아가거나, 아니면 사하스라라로부터 우주로 풀릴 수 있다. 나의 정수리에서 절대계(絕對界) 속으로 흐르거나, 섹스로부터 상대계(相對界) 속으로 흐를 수 있는 것이다. 그리고 섹스는 중력(重力)을 따라 흐르는 것이기 때문에 쉽다.

그리고 **에너지[샥티]는 곧 에너지일 뿐이다.** 어떤 것은 열(熱)로 나타나고, 어떤 것은 빛으로, 어떤 것은 소리로, 어떤 것은 <성(性) 에너지>로, 어떤 것은 욕망(慾望)으로 나타난다.

탄트라는 <어떻게 하면 성 에너지, 즉 리비도를 위쪽으로 올라가게 하느냐>, <어떻게 하면 중력을 거슬러서 움직일 수 있게 하느냐>는 것일 뿐이다. 에너지가 **사하스라라**에 도달하여 그곳에서 풀리면, 우리는 더 이상 인간이 아니다. 그때 우리는 땅에 속하지 않고, 신성이 된다.

차크라를 오르는 에너지를 느껴라.

싯다-아사나로 앉아라. 그리고 **상상(想像)을 통해 섹스 센터로 움직여라.** 성 에너지는 우리의 상상을 통해 움직이는 것을 잘 알 것이다. 그것이 우리가 사랑에 빠졌을 때면, 상상이 잘 작동하는 이유다. 사랑과 함께 상상이 들어온다.

뜨거운 것이 섹스 센터에서 배꼽으로 올라오는 것을 느껴라. 그다음 가슴으로 올라오는 것을……

그러나 그것은 **<느껴져야>** 한다. 우리의 느낌은 죽어 버렸다. 우리가 척추의 **차크라를** 따라 오르는 <그 뜨거운 것>을 느낄 때, 생기(生氣), 즉 <생명의 기운(氣運)>, 샥티[생명 에너지], <생명의 힘(力)>이 오르는 것을 느낄 것이다.

그러나 우리는 느낌을 완전히 잃어버렸다. **우선, 느낌을 개발해야 할 것이다.** 오직 그때만 우리는 이 방편을 할 수 있다. 그렇지 않으면 이 방편은 작동하지 않을 것이다. 그냥 <지적(知的)인 것으로 해 버리고는>, <느끼고 있다>고 <생각할 것이다.> 그러면 아무것도 일어나지 않는다.

< 6 >
그것을 "번개로서" 느껴라.

앞의 것과 약간의 차이가 있다. 사물을 <점진적으로 상상할 수 없는 사람들>이 있다. <여성적인 마음>은 점진적인 것을 쉽게 생각하고, <남성적인 마음>은 쉽게 도약하고 또 급변한다. 한 가지에서 다른 것으로 번개처럼 튄다. 그것이 여성들과 남성들의 논리가 아주 다른 이유다. 그러므로 좋다고 느끼는 것을 선택하라.

쿤달리니 샥티, 즉 <생명의 에너지>는 세 번째 **마니푸라** 차크라까지는 <빛처럼> 오르고, 그곳을 지나면 돌아가지 않고, 여섯 번째 **아갸 차크라**를 지나면 <곧장> 목적지를 향한다고 한다.

이 두 가지 방편은 **요**가에서 **쿤달리니 탄트라**로 알려져 있다. **쿤달리니**는 뱀, <암컷 뱀>을 말한다. 우리의 **몸 아래에** 잠자고 있는 섹스 에너지, 성력 (性力), 리비도[libido], 곧 <생명의 힘>을 말한다.

아가서(雅歌書)에서 <사랑의 여인> 내지 <사랑의 여신(女神)>은 우리에게 거듭 부탁한다. "내 사랑이 원하기 전에는, [나를] <흔들지 말고> <깨우지> 말 것"을 말이다. 그것은 <뜨거운 것>으로, 마치 <불뱀>처럼 보인다. [그리고 또 <음경(陰莖)과 그 뿌리>도 뱀 같다. ^^*]

구약 성경에는 이런 이야기가 있다. <이스라엘 사람들이 광야에서 "신(神)이 보낸 불뱀들"에 물려 수많은 사람이 죽어 가고 있었는데, 다시 "신(神)의 처방(處方)으로" 놋뱀을 만들어서 장대에 매달았고, 그때 사람들이 그것을 **쳐다본즉** 살더라>는 것이다.

한마디 거들자면, 기독교도들이 좋아할 <그것을 믿은즉 살더라>라는 말은 거기에는 당연히 없다. 그것은 십자가의 예수 그리스도를 상징하는 것이니 예수를 믿으라는 말은 더욱 아니다. 그러면 그것은 저 <느후스단[왕하18:4]>과 다를 바가 없다.

아직 무슨 말을 하고 있는지, 감(感)을 잡지 못한 사람들을 위해…… 그 열쇠는 <쳐다보는 그것>에 있다. <지켜보는 그것>, 즉 <[내가 죽어 가는 것을] 바라보는 그것>은 죽을 수가 없다.

나중 예수는 이 일화와 견주어, <자신이 들려야 하고, 사람들이 자신을 든 후에> "내가 그인 줄을 알리라."고 했다. 우리의 <생명의 힘(力)[샥티]>이 들려 **사하스라라**에서 의식(意識)[쉬바]과 만날 때, 그때 우리는 <그것이 곧 나>인 줄 알 수 있다.

여기서도 우리는 **<성경 전체를 관통(貫通)하는>** **<사랑>-<죽음>-<명상>**의 유사성과 그 흐름을 엿볼 수 있다.

< 7 >

빛나는 이여!
문자를 넘어 소리로, "느낌"으로 가라.

<말>이 무엇인가? <그것이 이렇고 저러한 것을
의미한다고 **사람들이 동의(同意)한 소리**>다. 그런
것을 확실하게 이해해야 한다. <말>은 소리다.

<생각>이 무엇인가? <나열된 말>이다. 논리적인
배열로, 특정한 유형[어법, 문법]으로 나열된 말이
생각이다. 그러므로 **<소리>가 기본이다.** 소리로써
<말>이 만들어지고, 말로써 <생각>이 만들어지고,
그다음 <생각>으로써 모든 종교와 철학, 세계관과
가치관이 만들어졌다.

철학이 무엇인가? <어떤 틀 안에서 논리적으로,
체계적으로 배열된 생각>이다. 우리는 종교와 철학,
즉 <생각의 체계> 속에 산다.

문자를 넘어 소리로, 느낌으로 가라.

이 방편은 그 역(逆)으로 가라고 한다. <말>에서
<소리>로 가라. 그러면 거기에는 그 **소리보다 더
기본적인 것**, 즉 어떤 **<느낌>이 있다.** 이것을 잘
이해해야 한다. 동물과 새들, 갓난아이들은 <어떤
언어적인 의미도 없는 소리>를 사용한다. 그들은

<어떤 느낌을 가진 소리>를 사용한다. 어떤 새가 지저귀고 있다. 그것은 짝을 찾는 것일지도 모르고, 배고픔과 불안을 나타내는 것일지도 모른다. 그렇지만 그것은 어떤 <느낌>을 가리키고 있다.

소리 아래에 느낌이 있다. 세계 전체는 소리로 가득 차 있고, 오직 인간 세계만이 말로 가득 차 있다. <느낌>은 마음 바로 아래에 있다. **느낌은 <나>와 <마음> 사이를, <참나>와 <생각> 사이를 연결하는 것이다.**

먼저 철학을 떠나야 한다. 기독교와 불교를...... 그다음 <생각>을 떠나고, 그다음 <말>을 떠나고, 그다음 <소리>를, 그다음 <느낌>을 떠나야 한다. 우리는 <자신이 서 있는 곳>에서만 떠날 수 있다. 우리 대부분은 아직도 <나름의 철학의 계단>이나 <굳건한 종교의 계단>에 서 있다. 이 방편은 아주 쉽게 할 수 있다. 그러나 **단계적으로 해야 한다.**

우리는 <마음>에서 <존재>로, 머리에서 <배>로 가야 한다. 그리고 그 사이에는 <느낌>이, 가슴이 있다. 그렇지만 그 **느낌으로 가기 위해서, 우리는 많은 것을 떠나야 한다.** 머리에서 가슴으로 오는데, 한평생이 걸렸다는 사람이 있다. 그는 수준 높은 사람이다. 대개는 수백 생(生)을 거치더라도......

문자를 넘어 소리로, 느낌으로 가라.

존재는 곧 자유이고, 마음은 곧 속박이다. 생각, 철학, 지식(知識)은 속박이다. **쉬바 수트라**는 거듭해서 말한다. **"갸남 반다."** 즉 "지식은 속박이다." 우리가 선악(善惡)으로 분별하고 있는 한, 그것은 속박이다. 그것이 옛사람들이 <마음이 **삼사라**, 즉 세상[일체유심조(一切唯心造)]>이라고 하는 이유다. **마음이 곧 세상이다.**

우리는 어디에서도 마음을 떠날 수 없다. **오직 내면으로 움직일 때만 마음을 떠날 수 있다.** 만약 우리가 내면으로, 즉 <말에서 느낌으로, 느낌에서 존재로> 움직인다면, 우리는 세상을 떠나고 있는 것이다.

우리가 어떤 말에 중요성을 부여한다면, 절대로 그 말을 떠날 수 없다. 예를 들어, 누군가가 오직 <오직 예수>라는 말만 할 줄 안다면…… 권하노니, 뇌(腦)의 <언어 영역 발달 장애> 같은 것이 아닌지 잘 살펴볼 일이다. 물론 <다른 말>을 할 수 있게 된 것을, 우리는 신약 성경의 <오순절 사건>이라는 대서특필한 기사(記事)에서 읽을 수 있다.

우리의 말을 보라. 그것의 무익함과 무의미한 것을…… 그러므로 **어떤 말에도 집착(執着)하지 말라.** 불립 문자(不立文字)다!

성경도 <**의문(儀文) 곧 문자는 사람 잡는 것**이고,

영(靈)이 살리는 것>이라고 했다. 유식하게 영어의 한문격인 라틴어로 하면, <Littera enim occidit.>, <The letter kills.>다. [이런! 한문 <不効文字>에다 라틴어까지…… 너무 <문자 쓴 것> 같다. ^^*]

아무튼, 달을 가리키는 손가락에 에너지를 낭비할 일은 아니다. 목숨 걸 일은 더욱 아니고.

[이 방편은 12개의 **차크라**에 **산스크리트**어 문자(文字)를 부여하고, <거친 것>에서 <미세한 것>의 상태를 점차로 떠나는 일이다.

<**크라마**[연속(連續)]의 방법>이라고 할 수 있다.]

< 8 >
주의(注意)를 "아갸 차크라"에 두라.

편하게 앉아서 **눈을 감고, <두 눈썹의 중간>을 바라보라.** 그곳에 집중(集中)하라. 그곳은 **<제 3의 눈>, <쉬바 네트라>**, 즉 **<쉬바의 눈>**이라고 한다. 그것은 **<뇌 속의 이물(異物)>**인 송과선(松果腺)에 해당한다고 하는데, 하여튼 **이 방편은 그 <제 3의 눈>을 뜨기 위한 것이다.**

만약 주의를 거기에 둔다면, 처음으로 <이상한 현상>을 경험하게 된다. **처음으로 생각들이 내 앞에서 달리는 것을 볼 수 있다.** 그것은 마치 극장의 스크린과 같다. 생각들이 내 앞에서 달리고 있고, 나는 그것을 <지켜보는 자>가 된다.

그때 나는 그 생각들과 동일시되지 않는다. 나는 저만큼 떨어져 있고, 마치 높은 곳에서 지나가는 행인들을 바라보고 있는 것과 같다. 그때는 완전히 다르다. 이제는 누군가가 내게 욕을 퍼부어서 화가 거기에 있더라도, **그 화를 하나의 <대상(對象)으로> 바라볼 수 있다.** 이제는 나 자신이 곧 화라는 것을 느끼지 못한다. 그냥 자신이 화로 둘러싸여 있다는 것을 느낀다. 나는 그 <화>, 그 <생각>, 즉 마음과 감정이 아니다.

제 5 장

그대의 본성을 보라

< 9 >

한 점에 "집중(集中)하라."

< 10 >

눈을 감고, "내면에 있는 것"을 보라.

< 11 >

수슘나 나디를 "실감(實感)하라."

< 12 >

"머리의 모든 구멍"을 막아라.

일휴(一休) 선사가
이 세상을 떠나는 - 임종(臨終)에 이른 -
어떤 사람을 찾았다.
"제가 이끌어 드릴까요?"

그 사람이 말했다.
**"저는 이 세상에 혼자 왔다가 혼자 가는 것입니다.
스님이 저에게 무슨 도움이 되겠습니까?"**

선사가 대답했다.
"선생이 정말로 <왔다가 간다>고 여기신다면,
그것은 망상입니다.
소승은 <오는 것도 없고 가는 것도 없는 그것>을
보시는 것을 말합니다."

그 <말 한 마디>에
그 사람은 미소를 지으며 세상을 떠났다.

* 일휴 선사는 왕자로 태어났으나, 그가 어릴 때
모친이 궁(宮)을 떠나 비구니가 되었다.
  나중 그 모친이 세상을 떠나면서, 그에게 짧은
서신(書信) 한 장을 남겼다.

일휴에게

이제 나는 이생에서의 일을 마치고
영원의 세계로 돌아가려 한다.
…… 중략 ……
나중, 네가
<부처와 보리달마는 단지 너의 종>이라는 것을
깨닫게 되거든 그때,
너는 다른 이들을 위해 일할 수 있을 것이다.
하지만,
네가 깨닫지 못했거나 또 깨닫기를 원하거든
무모하게 <생각>에 빠지는 일은 삼가도록 해라.

                    태어나지도 죽지도 않은 네 어미가.

<추신>
불교의 가르침은
단지 사람들을 깨닫게 하기 위한 것이니
네가 그런 것에 의존한다면,
너는 무지한 벌레에 지나지 않는다.
비록 팔만육천의 경전을 다 읽고 잘 해석하더라도
너의 본성(本性)을 깨닫지 못하면,
나의 말이 무슨 뜻인지 이해할 수 없을 것이다.
이것이 나의 유언이자 약속이다.

< 9 >
한 점에 "집중(集中)하라."

마음은 방랑자요 떠돌이다. 우리의 마음은 그저 뛰어다니고만 있다. 그것은 우리의 유산(遺産), 즉 원숭이 유산의 일부다. 몸은 여기에 앉아 있지만 마음은 이리저리로 뛰어다닌다. 장자(莊子)는 그런 것을 좌치(座馳)라고 했다.

마음은 항상 어딘가로 가려고 한다. 마음이라는 것의 본성이 <움직이는 것>이기 때문이다. 마음은 과정(過程)을 의미한다. 만약 우리가 어떤 곳에서 멈추고 움직이지 않는다면, 마음은 갑자기 죽는다. 마음은 더 이상 있지 않고 의식(意識)만 남는다. [혹은 <생각>은 더 이상 있지 않고, 그 생각들이 일어났다가 사라지는 <마음>이라는 바탕만 남는다.] **의식은 우리의 본성이고, 마음은 우리의 활동이다.**

이 방편의 메커니즘은 <우리가 한곳에 집중할 수 있다면 - 마음속 혹은 벽 위의 한 점에 - **그곳에 완전히 집중하여서**, 세상 전체는 잊고, **오직 그 점만이 나의 의식에 남는다면**, 갑자기 우리는 내면의 중심으로 던져질 것이라는 것>이다. 집중을 **다라나**라고 한다.

벽에다 한 점을 찍고 그것에 집중하라. 그 점이 용해될 때까지 집중하라. 생각하지 말라! 집중은

<생각하는 것>이 아니다. 그 점에 완전히 집중해서 내게는 오직 그 점만 있다. **<세상은 이미 사라지고 그 점만 남아 있는데, 만약 그 점도 사라진다면>**, 그때 의식은 어느 곳으로도 갈 수 없다. 거기에는 의식이 움직여 갈 대상이 없다. 의식(意識)이라는 빛이 비출 대상이 없다. 모든 방향과 모든 차원이 닫혔다. 그러면 의식은 곧 그 자신에게로 돌아서서 비춘다. 즉 회광반조(回光返照)다. 그때 우리는 나 자신을 느낀다.

우리가 벽 위의 한 점(點)에 집중한다면, 그 점이 실제로 용해되지는 않는다. **마음이 용해된다.** 만약 우리가 외부의 한 점에 집중하고 있다면, 마음은 움직일 수가 없다. <움직이는 것> 없이는 마음은 죽게 되고 멈춘다. 그리고 마음이 멈출 때 우리는 외부의 어떤 것과도 관계할 수 없다.

마음이 용해될 때, 우리는 그 점을 볼 수가 없다. 왜냐하면 실제로, 우리는 <눈을 통해서>만 그 점을 보지는 않기 때문이다. <눈을 통해서> 또 <마음을 통해서> 그 점을 본다. **만약 나의 마음이 거기에 있지 않다면, 눈은 볼 수 없다.** 계속해서 벽을 응시할지도 모르지만, 그 점은 보이지 않는다. [그리고 <그런 비슷한 경험>은 누구에게나 있다!]

< 10 >
눈을 감고, "내면에 있는 것"을 보라.

눈을 감아라. 그러나 **쉬바**가 눈을 감으라고 할 때는 그냥 눈을 감는 것이 아니다. **눈을 감는다**는 것은 <눈을 감고, **두 눈의 움직임을 완전히 멈추는 것**>을 말한다. 그렇지 않으면 우리의 눈은 외부에 있는 것들의 이미지를 끊임없이 볼 것이다.

그것이 꿈을 꿀 때 <REM[급속 안구 운동]>이 있는 이유다. 실제의 것들은 거기에 있지 않다. 그러나 이미지, 관념(觀念), 사념(思念), 기억들이 흐르고 있다. 그런 것 또한 외부로부터다. 이 방편은 오래 수행해야 할 것이다.

이 방편을 하려면, 우선 나의 몸을 안에서 바라보아야 한다. 눈을 감고 내 몸을 바라보라. 그러면 <나>는 내 몸으로부터 분리된다. <바라보는 자>는 <바라보여지는 것>이 아니고, 관찰자는 그 대상이 아니기 때문이다.

그다음은 마음속으로 들어가라. 그러면 그 마음 역시 내가 바라볼 수 있는 어떤 대상이라는 것을, **<마음, 즉 생각을 바라보고 있는 그 무엇>은 다시 분리되고, 그것은 마음과는 <다른 것>이라는 것을 알 수 있다.** 그것이 **눈을 감고, 내면에 있는 것을 보라**가 의미하는 것이다.

몸과 마음, 나의 구조물(構造物)을 보라. 우리는 <몸>과 <마음>, 그 둘 속으로 들어가야 하며, 또 그것을 바라보아야 한다. 그때 나는 <바라보는 자>, <지켜보는 자>이며, 그것이 바로 <나>다. 그것이 나의 본성(本性)이다.

<바라볼 수 있는 것>은 내가 아니다. **<더 이상은 들어갈 수 없고, 관찰될 수 없는 무엇>에 이르렀을 때, 그때 우리는 <참 자아>에, 나의 근원(根源)에 이른 것이다.** 나는 <지켜보는 근원>을, <지켜보는 에너지>를 지켜볼 수는 없다.

예를 들어, 누군가가 "나는 <나의 지켜보는 그 무엇>을 지켜보았다."고 한다면, 그것은 터무니없는 말이다. 내가 <지켜보는 그 무엇>을 지켜보았다면, 그때의 그 <지켜보는 그 무엇>은 <지켜보는 나>일 수 없다. 바로 <그런 모든 것을 지켜보는 그것>이 <지켜보는 자>다.

실제로, <내면으로, 명상 속으로 깊숙이 움직이는 사람들>은 오직 <있다는 그 느낌> 외에는 아무것도 남지 않는 어떤 순간이 온다. [나는] 있다. 그러나 거기에 <보이는 것>은, <알아볼 대상>은 아무것도 없다. 오로지 <보는 자>, <아는 자>만 있다. 그래서 **쉬바**는 말한다.

눈을 감고, 내면에 있는 것을 보라.

다음은 **라즈니쉬**가 우리에게 전(傳)하는 **붓다**의 죽음이다.

"그러자 그는 눈을 감고 말했다. '그대들이 물을 것이 더 있지 않다면, **죽음이 몸에 일어나기 전에, 나는 그것으로부터 움직일 것이다.**'

그의 <내면(內面)으로의 움직임>은 네 부분으로 일어났다고 한다. **첫 번째로, 그는 눈을 감았다. 두 번째로, 그 눈이 완전히 정지하게 되었다.** 거기에 움직임이란 없었다. 만약 그때 <REM을 기록하는 장치>가 있었다면, 그 그래프는 그려지지 않았을 것이다. **세 번째로, 그는 그의 몸을 보았다.** 그리고 **네 번째로, 그는 그의 마음을 보았다.**

이것이 그 여행의 전체였다. 죽음이 일어나기 전, **그는 <그의 중심>으로, <본래의 근원>으로 돌아가 있었다.** 그것이 이런 죽음을 <죽음>이라고 부르지 않는 이유다. 우리는 그것을 **니르바나** 즉 <정지, 그침>이라고 부른다."

< 11 >

수슘나 나디를 "실감(實感)하라."

이 방편을 하려면, 눈을 감고서 척추를 떠올려야
한다. **등뼈를 곧게 하고** 그것을 떠올려라. 마음에
그려 보라. 그리고 척추 중앙에 <연(蓮) 실(絲)처럼
섬세한 신경>을 떠올려라. 그것은 **수슘나 나디**로
알려져 있다.

요즘도 인도에 가면, **탄트라** 수행자들이 인간의
두개골 등을 갖고 다니는 것을 볼 수 있다고 한다.
실제로, 그것은 내부로부터의 집중을 돕는다. 우선
그는 그 두개골에 집중한다. 그다음, 눈을 감고서
그 자신의 두개골을 떠올린다. 그리고 점차로 그
자신의 두개골을 느끼기 시작한다.

척주(脊柱)[척추 기둥]에 집중하라. 그다음 **<척추
기둥의 중앙>을 통해 달리는 실처럼 아주 섬세한
신경에 집중하라.** 그것은 <아주 섬세하고 미묘한
것>으로, 물질이 아닌 <에너지의 흐름>이다.

수슘나 나디를 실감하라.

**만약 우리가 그 실을 <느낄> 수 있게 되면, 실감
(實感)할 수 있게 되면,** 우리는 그 에너지의 빛으로
가득 찰 것이다. <생명의 힘(力)>, <생명 에너지>가

척추를 따라 - **수슘나 나디**로 - 활발히 움직일 때, 척추는 그 빛을 내뿜기 시작한다. 우리는 빛나게 된다. 그때 우리의 몸 전체가 <빛의 몸>이 된다. 그것이 <오라[aura, 광휘(光輝)]>다.

그러므로 <**붓다**>, 즉 **<깨닫게 된 사람>**은 다른 사람에게 인가(認可)를 받으려고 갈 필요가 없다. **<깨닫게[enlightened, 빛나게]> 될 때,** 오라가 모든 것을 드러내기 때문이다. [물론 <그것을 볼 수 있는 사람>이 볼 수 있다.]

여기서도 <**수슘나 나디**는 저 **쿤달리니 샥티**의 통로가 된다>는 것으로 설명할 수도 있다. 그러나 **그 에너지를 <느낄 수 있게 되는 것>, <민감하게 되는 것>**이 요점이다.

누군가가 **하타 요가**는 <내 몸을 깨닫는 것, 알아채는 것, 느끼는 것>이라고 했다. 한마디로, 몸을, **내 몸을 <살아 있게> 하는 일**이다. 요가를 하라. **하타 요가**를 하라! 나이는 상관없다.

<죽은 몸>, 저 <기계적인 몸>을 가지고는 느낄 수 없는 법! [부드러운 것이 나는 좋아! ^^*]

< 12 >
"머리의 모든 구멍"을 막아라.

이 방편은 오래된 것이다. 머리의 모든 구멍을 막아라. 눈(2)과 귀(2), 코(2), 입(1)을 막아라. **모든 구멍이 막힐 때, <밖으로만> 끊임없이 흐르고 있던 우리의 의식은 갑자기 멈춘다.** 그것은 이제 밖으로 움직일 수 없다.

우리의 삶 전체는 <조건화의 과정>이다. 지식을 모으고 경험한다는 것은 <길들여지는 과정>이다. 그러므로 우리가 그 조건화의 과정에서 어떤 것을 멈춘다면, <그와 관련된 모든 것>이 멈춘다.

예를 들어, <호흡하는 것> 없이는 생각하는 것도 없다. 생각하는 일은 항상 호흡과 함께한다. 우리가 호흡을 갑자기 멈출 때, 생각도 멈춘다.

눈은 감는 것이나 손으로, 귀는 마개나 손으로 틀어막으면 될 것이고, 코와 입이 문제다. 입으로도 숨을 쉬기 때문이다. 코와 입을 손으로 틀어막아라. 질식(窒息)할 것 같다고 <느낄> 때까지 계속하라. **질식이 올 때가, 그 순간이다. 왜냐하면 그 질식이 <옛날의 연상(聯想)들>을 부술 것이기 때문이다.**

그것은 어렵고 무섭다. 자신이 죽어 가고 있다고 느낄 것이다. 그러나 걱정하지 말라. 사람이 정말로 죽어 갈 때는, 손에 힘이 저절로 풀리고, 사람은 코와 입으로 다시 숨을 쉬게 된다.

기회가 있을 때마다 해보라. 그러나 그런 것을 연습(練習)하지는 말라. 예상하고 덤비는 연습은 별 도움이 되지 않는다. **갑작스런 행동이 필요하다.**

머리의 일곱 구멍 모두가 막히면, 우리의 의식은 밖으로 움직일 수 없다. 의식(意識)은 갑자기 안에 남는다. 그리고 **안에 남는 그 일이 두 눈 사이에 하나의 공간(空間)을 만든다.** 그 공간은 <제 3의 눈>이다.

내면에서 <그 공간>을 느낄 수 있으면, 우리는 존재계를, 그것의 전체성(全體性)을 안 것이 된다. 그 내면의 공간은 모든 것을 포함하기 때문이다.

머리의 모든 구멍을 막아라.

의식의 흐름이 밖으로 움직일 수 없으면, 의식은 그 근원에 남는다. **의식의 근원은 제 3의 눈이다.** 그것은 <아갸 차크라의 활성(活性)>이고, 성경이 말하는 여호와의 눈, 즉 영안(靈眼)이다. 여호와의 눈은……

일단 우리가 제 3의 눈에 중심하게 되면, 많은 일이 일어난다. 첫째는, 세계 전체가 내 안에 있는 것을 발견한다. 제 3의 눈은 육체의 일부가 아니다. 두 눈 사이에 있는 그 공간은 우리의 몸 안에 있는 제한된 어떤 공간이 아니다. **그것은 우리 속으로 뚫고 들어온 <무한의 공간>이다.** 그 내면의 공간을 아는 순간, 불사(不死)를 안 것이다.

그 공간을 알게 될 때, 우리의 삶은 진정한 것이 되고 강렬한 것이 된다. 이제 나는 죽을 수도 없고, 내게서 어떤 것을 빼앗을 수도 없다. 이제는 어떤 두려움도 가능하지 않다. 이제는 이 우주 전체가 내게 속한다. 내가 곧 우주다.

그 <내면의 우주>을 알게 된 사람들은 황홀경 속에서 외쳤다. "**아함 브라흐마-아스미!** 아날 하크! 내가 우주다. 내가 곧 존재계다."

그 <내면의 하늘>을 알게 된 선지자들은 과감히 외쳤다. "너희가 나를 여호와[존재계]인 줄 알리라."

그 <내면의 공간>은, 내가 죽음의 언저리에 있을 때, 의식에 찾아온다. "이제는 한순간도 더 지속할 수 없어. 죽음이 바로 가까이 있어."라고 느끼게 될 때, 그때가 바로 그 순간이다.

제 6 장

소리의 세계

< 13 >

눈을 "가볍게" 만져라.

< 14 >

폭포 소리 속에서 "소리의 중심"을 느껴라.

< 15 >

옴을 천천히 "읊조려라."

< 16 >

소리가 사라지는 동안, "깨어 있어라."

여호와께서 지나가시는데

<크고 강한 바람>이 산을 가르고 바위를 부수나
바람 가운데 여호와께서 계시지 아니하며

바람 후에 <지진(地震)>이 있으나
지진 가운데도 계시지 아니하며

또 지진 후에 <불>이 있으나
불 가운데도 계시지 아니하더니

불 후에 <세미(細微)한 소리>가 있는지라.
< 열왕기상 19:11-12 >

이름이 <고요한 천둥>이라는 뜻인
묵뢰(默雷) 선사 밑에
한 아이가 있었는데 겨우 12살이었다.
사람들이 선사에게 화두(話頭)를 청하는 것을 보고
어느 날 그 아이도 화두를 청했다.
아이의 열심(熱心)이 워낙 특심(特甚)한지라
- 마치 엘리야처럼 -
선사는 화두를 주었다.

"두 손으로 내는 소리는 들을 수 있다.
 그런데
 <한 손으로 내는 소리>를 듣거든 말해다오."

아이는 물러나와 며칠을 곰곰이 생각했다.
그때 <사랑하는 이와 헤어진
외로움을 읊는 노래 소리>가 들렸다.
"바로 저거야." 아이는 곧장 달려가 아뢰었다.
"어떻게 그것이 <한 손으로 내는 소리>냐?"

아이는 물러나와 또 며칠을 생각하고 생각했다.
'도대체 <한 손으로 내는 소리>가 무엇인가?'
그러다가 <허공(虛空)에서 땅으로 떨어지는
빗방울 소리>를 들었다.
"이제 알겠네." 그는 선사에게 달려갔다.
"어떻게 그것이 <한 손으로 내는 소리>냐?"

선사의 대답은 언제나 똑같았다.
훗날
그는 모든 소리를 넘어서게 되었고,
그의 제자들에게 말했다.
"나는 더 이상 생각할 수가 없었지.
 그래서 **<소리 없는 소리>**에 도달한 거지."

< 13 >
눈을 "가볍게" 만져라.

사람은 에너지의 80%를 눈을 통해 사용한다고 한다. 특히 현대인들은 라디오보다는 TV를 <보고>, 사무실에서도 여유 있는 서면(書面)보다는 컴퓨터가 대세(大勢)다. 지하철에서도 <스마트 폰>을 <본다.> <폰[phone]>은 원래 <듣는 것>이다! [현대인에게 <똑똑[스마트]한> 것은 듣는 것보다는 <보는 것>인 모양이다. ^^*]

맹인은 자신이 잘 알아채지는 못해도, 우리보다 더 침착하다. 더 조용하다. 왜냐하면 그의 **80%의 에너지가 내면으로 움직이고 있기 때문이다.** 보기 위해 바깥으로 움직여야 할 에너지가 그의 안에서 움직인다. **그것이 <존재의 질(質)>을 변화시킨다.**

그러므로 눈을 신선하게 할 수 있으면, 온몸을 신선하게 할 수 있다. 눈이 몸 에너지의 80%이기 때문이다. 이 방편은 밖으로만 움직이는 에너지를 자신에게로 향하게 하는 것이다.

그리고 우리가 <깊은 잠을 잔 후 생기 있게 되는 것>도 사실은 잠 때문이 아니라, 오로지 <밖으로만 가고 있던 눈의 에너지>가 그때는 안에서 맴돌기 때문이다. 그때는 에너지의 소모가 없다.

눈을 가볍게 만져라.

눈을 감고, 양 손바닥이나 양 <가운데 손가락의 끝마디 바닥 쪽>을 눈 위에 살짝 얹어라. **그것이 <깃털처럼 어떤 압박도 없이> 가볍게 닿게 하라.** 만약 누른다면, 그 질(質)이 변한다. 눈의 에너지는 아주 미묘(微妙)해서, 아주 작은 압력에도 저항이 형성된다. 아주 미세한 압력도 우리의 눈은 정확히 판단한다.

무슨 일이 일어날 것인가? **어떤 압박이나 압력도 없이 단순히 닿을 때, 에너지는 안으로 움직이기 시작한다.** 바깥으로 향하는 문은 닫히고, 에너지가 안쪽으로, 눈 뒤쪽으로 움직이기 시작한다.

바로 이 두 눈 사이의 뒤에 <제 3의 눈>이, 즉 **아갸 차크라가 있다. 뒤로 움직이는 그 에너지는 <제 3의 눈>을 친다.**

그러나 누르지 않고 가볍게 닿기만 해야 한다는 것을 끊임없이 알아채야 한다. 그것은 깊은 각성, 즉 <알아채는 일>이 된다. 마치 <호흡 수련>처럼 말이다. **가볍게** 닿을 것을 끊임없이 주의(注意)해야 하기 때문이다.

< 14 >

폭포 소리 속에서 "소리의 중심"을 느껴라.

우리에게 소리는 항상 있다. 시끄러운 시장이든 깊은 숲속이든 소리는 항상 있다. 그리고 소리라는 현상에는 어떤 특별한 것이 있다. 즉 소리가 있는 곳마다 나 자신이 그 중심이라는 것이다. 소리는 모든 곳에서, 모든 방향으로부터 나에게 온다. **내가 항상 그 소리의 중심이다.**

만약 폭포 옆 같은 곳에 앉아 있다면, 눈을 감고 <주위의 모든 소리를, 모든 곳으로부터 흘러나와 내 안으로 모여드는 그 소리>를 느껴라. <내가 그 중심이다>는 것을 왜 강조하는가?

그 중심에는 어떤 소리도 없기 때문이다. 중심은 <소리 없이> 있다. 그것이 <내>가 소리를 들을 수 있는 이유다. 그렇지 않다면 나는 소리를 들을 수 없다. 만약 내가 어떤 소리라면, 어떤 소리가 다른 소리를 들을 수는 없다. 그 중심은 절대적인 침묵이다.

그 중심이 어디인지 안다면, 갑자기 그 소리는 사라지고, 나는 <소리라고는 없는 곳> 속으로 들어갈 것이다. 우리가 문득 **<모든 소리가 들리고 있는 한 중심>**을 느낄 수 있으면, 그때 거기에는 갑자기 의식의 어떤 전이(轉移)가 있다.

폭포 소리 속에서 소리의 중심을 느껴라.

　굉장한 폭포 소리 속에서, 아니면 공장(工場)의 엄청난 굉음(轟音) 속에서, 아니면 전쟁터의 폭발음 속에서…… 고막(鼓膜)이 터질 것 같은 상황에서, 우리는 그 <소리의 중심>, 즉 침묵(沈默) 또한 들을 것이다. 우리는 그것을 <느낄> 수 있다. 그것이 저 선지자 엘리야가 <얼이 완전히 빠졌을 때> 들은 <침묵의 소리>다.

　어떤 소리도 없는 그 순간, 나는 나 자신에게로 떨어진다. 소리로써 나는 자신을 떠나 다른 사람들에게로 간다. 다른 사람들과 교통(交通)한다. 만약 소리가 다른 사람들에게로 가는 매개물이면, <소리 없는 상태>는 나 자신에게로 가는 매개물이 될 수 있다. 그것이 내면으로 가기 위해서 많은 방편과 많은 사람이 <소리 없는 상태>를, 침묵을 말하고 강조하는 이유다.

< 15 >
옴을 천천히 "읊조려라."

절대적인 의미에서, 궁극적인 의미에서, 존재계는 <하나> 즉 일자(一者)라고 말한다. 그러나 그것은 <절대적인 것>이고, 우리가 보는 것들은 상대적인 것이다. 우리가 어떤 것을 보는 순간, 그것은 <셋>으로 나누어진다. <보는 자>, <보이는 것>, 그리고 <그 관계>로 말이다. <알려진 것>은 이미 상대적인 것이고, <알려지지 않는 것>이 절대적인 것이다.

그러므로 <절대에 관한 우리의 언급>은 절대적인 것이 아니다. 우리가 "절대(絕對)"라고 하는 순간, 그것은 알려져 버리기 때문이다. 그것이 노자가 <진리는 설(說)해질 수 없다[도가도 비상도(道可道非常道)]>고 그렇게도 강조하는 이유다.

우리가 사는 세상에서는, 약간만 깊이 들어가도 모든 것이 세 가지로 환원되는 것을 볼 수 있다. 인도에서는 그것을 **트리무르티[브라흐마-비쉬누-쉬바]**라고 한다. 철학자들은 <인간 정신 요소>의 이상(理想)을 깊이 추구해 들어가면 <진-선-미>가 있다고 하고, 신비가들은 황홀경 즉 **사마디**를 깊이 분석하면 **<삿-칫-아난다**[존재-의식(意識)-지복]>가 있다고 한다.

옴을 천천히 읊조려라.

옴[卐, AUM]도 그런 것의 상징이다. <아-우-음 [A-U-M]>, 이 <세 가지 기본적인 소리>가 옴 속에 결합되어 있다. 그러므로 옴 바로 뒤에는 절대, 즉 <알려지지 않는 그 무엇>이 있다.

옴이 소리에 관한 한 마지막 역(驛)이다. 만약 옴 그 너머로 간다면, 소리 너머로 가는 것이고, 그때 거기에는 어떤 소리도 없다. 그것이 마지막 역으로, 존재계의 경계가 된다.

인도인들은 <우주의 모든 것은 소리로 이루어져 있다>고 한다. 그것을 <샤브다 브라흐만>이라고 한다. 성경도 천지만물이 하나님의 <말씀>으로, 즉 소리로 되었다고 한다. 말씀, 즉 로고스는 우리가 어떤 소리에 이성적(理性的)이고 논리적인 의미를 준 것이다.

옴[卐]은 소리에 관한 한 그 경계가 된다. 우리는 그것 너머로 움직일 수 없다. 그것이 옴이 세계적으로도 그렇게 많이 사용되는 이유다. 기독교도와 이슬람교도의 <아멘[אמן]>은 <옴의 다른 형태> 외에 아무것도 아니다. 똑같은 기본 음절이 거기에 있다. 영어 "omnipresent, omnipotent, omniscient"의 접두사 <omni>도 옴의 파생어(派生語)다.

우주 전체가 옴 아래로 온다. **힌두교도들은** 이런 것으로부터 **<소리의 과학>**과 또 **<소리를 초월할 수 있는 과학>**을 만들었다. **자이데바 싱**이 묘사하는 옴이라는 소리가 사라지는 현상을 보면 굉장하다. 소리는 **<거친 것>**에서부터 **<보다 미세한 것>**으로 되면서 그 길이와 강도가 차례로 반감(半減)된다고 하는데, **아나하타**, 즉 **<내면의 소리>** 수준에서는 그 진동의 미세함이 **마트라**[mora, 음절(音節)]의 1/16이고, **샥티**[에너지]의 수준, 즉 **아난다**에서는 1/64······ 마지막은 1/256까지 된다고 한다. [그런 미세한 수준까지 느낄 수 있다는 것이다!]

옴을 천천히 읊조려라.

소리를 **<읊조리는 것>**은 아주 묘(妙)한 과학이다. 영어에서 **<읊조리는 것[intoning]>**은 **<안으로 동조(同調)되는 것[in-tuning]>**을 말한다. 처음에는 큰 소리로 읊조려야 한다. 그다음 점차로 그 소리에 동조되는 것을 느껴라. 다른 모든 것은 잊고, **옴**이 되어라. 그 소리로 가득 차라. 그 소리로 가득 차는 것은 아주 쉽다.

소리는 우리의 몸을 통해, 우리의 가슴을 통해, 우리의 신경계 전체를 통해 진동할 수 있다. 옴의 여운(餘韻)을 느껴라. 옴을 읊조리며, <몸의 모든 세포가 그것으로 진동(振動)하고 있다>고 느껴라.

그것이 **스판다**, 즉 진동(振動) 곧 <태고(太古)의 울림>이고, 또 <태초의, 시원(始原)의 무엇>이다. 아득한 어떤 것의 느낌…… <지금의 나>라는 것이 있기 전, 오래오래 전의 그 무엇…… [눈물이 흘러 내린다.]

옴을 천천히 읊조려라.

그다음 그렇게 느낄 때, 더 느리게, 작게 하라. 소리는 작고 느릴수록 더 깊이 들어간다. 거칠고 조악(粗惡)한 소리는 가슴속으로 들어갈 수 없다. 귀에는 들어갈 수 있겠지만, 가슴은 아주 섬세하여 <아주 느리고, 조화롭고, 세미한 소리>만 들어간다. 만약 어떤 소리가 가슴속으로 들어가지 못한다면, 그 **만트라**는 완전하지 않다.

만트라는 <가슴으로, 존재의 가장 깊은 곳으로 들어갈 때만>이 완전하다. 그것이 기독교의 <아멘>이라는 것의 참 의미다. **소리가 미세할수록, 그것을 내면에서 느끼기 위해서는 더 강하게 <알아채는 일>, 즉 각성(覺醒)이 필요하다.**

소리가 거칠면 각성할 필요가 없다. 그러나 어떤 소리가 아주 미세하다면, 그때 우리는 그것을 듣기 위해 아주 <깨어 있어야> 할 것이다.

<　16　>

소리가 사라지는 동안, "깨어 있어라."

예를 들어, **옴**이다. 아직 소리를 내지 않았을 때, **깨어 있어라.** 그리고 그 소리가 <소리가 없는 곳> 속으로 완전히 사라질 때까지, **깨어 있어라.**

아니면 <명상 주발> 같은 것을 사용해도 된다. 그러나 무엇보다 먼저 완전히 깨어 있도록 하라. **마치 나의 생명이 이것에 달린 것처럼, 누군가가 바로 이 순간 나를 죽이려고 하는 것처럼** 말이다. 그러면 우리는 <깨어 있을> 것이다.

만약 어떤 생각이 있다면…… 생각이 곧 잠이다. <생각하는 것>은 <깨어 있는 것>이나 <듣는 것>이 아니다.

시간이 걸릴 것이다. 몇 개월이 걸릴지도 모른다. 그동안에 우리는 <점점 더 깨어 있게> 될 것이다. 우리가 그렇게 <깨어 있게> 되면, 우리는 완전히 다른 사람이 될 것이다.

이것은 아주 간단해 보인다. 그러나 **<깨어 있는 일>은, <알아채는 일>은 아주 어렵다.** 명상의 길로 들어선 사람은 누구나 안다. 그것은 어린아이들의 장난이 아니다. 그러나 우리는 자신이 깨어 있다고 생각한다.

작은 것으로 실험해 보라. "나는 깨어서, 정신을

차리고 있겠다. 속으로 열을 세는 동안만." 그리고 열을 천천히 세어라. 곧 놓칠 것이다. 셋이나 넷에 다른 어딘가로 움직여 버릴 것이다. 아니면 셀 수 있다. 그러나 열까지 세었을 때, <생각하지 않을 것>을 생각한 것을 알아채게 될 것이다.

<깨어 있는 일>은 가장 어려운 일 중의 하나다. **방편이 무엇이든 우리가 성취해야 할 것은 <깨어 있는 일>이다.**

그러므로 깨어 있어라. 너희는 그날과 그때를 알지 못하느니라.

제 7 장

<언어의 세계>라는 것

< 17 >

"현악기의 중심 소리"를 들어라.

< 18 >

한 소리를 "들리지 않게" 읊조려라.

< 19 >

"영(靈)"이 안팎에 있다고 상상하라.

< 20 >

"에테르 몸"을 경험하라.

성경에 보면 재미있는 말이 있다. 사도 바울이 <그레데[Κρητη, 크레타, 버림] 섬>에 있었던 <참아들> 디도에게 "이런 자들이 더러운 이득을 취(取)하려고 <마땅치 아니한 것>을 가르쳐 집들을 온통 무너뜨리는" 것을 보고 "그들의 입을 막을 것이라. 네가 저희를 엄(嚴)히 꾸짖어라!"며 한 말이다.

정신 차리고 잘 들어 보라.

그레데인(人) 중에 어떤 선지자가 말하되
"그레데인들은 항상 거짓말쟁이며"

우리는 성경에 있는 말은 무조건 옳다고 여긴다. 그것이 [적어도] <하나님의 **말씀**>이니까…… **바울도** "이 증거가 참되도다."며 **위의 말이 옳다고 했다**.

그러나 보라! <그레데 사람들>이 거짓말쟁이라면, 그것도 <항상> 그렇다면, 위의 말이 정말 옳은가? **<거짓말쟁이가 한 말이 옳은가?>**

[그레데인들은 거짓말쟁이지만, 선지자는 그렇지 않다고 성경을 옹호하는 소리가 들린다. 그러나 그 선지자도 <그레데인 중(中)에> 있다. <밖에> 있다고 씌어 있지 않다!]

나는 성경에 <시비(是非)를 걸려는> 것이 아니다. 단지 우리가 쓰는 <언어를 보라>는 것이다. 물론 성경도, 불경도 언어로 되어 있다. 그러나 **거기에 있는 언어에 매이지 말라.**

그래서 금강경은 <"어떤 말"이 "그런 것[한정된 의미]"이 아니기 때문에 "그 말"을 쓴다>고 자꾸 자꾸 말하고 있다. 왜 그런가?

"하나님"이라는 말이 <하나님>은 아니고, "예수"라는 이름이 <예수>가 아니고, "실재"라는 단어가 실재(實在)는 아니기 때문이다. 그 말이 가리키는 것을 보라! 느껴라!

언어가 모든 것을 한정 짓는다. 구분(區分)한다. 어떤 말도 그렇다! 그러므로 그 말을 <옳다>고만 여기면, <나>도 <그 구분>에 걸려든다.

그래서 노자는 지자불언(知者不言)이라고 했다. 그러나 **"<마땅치 아니한 것>을 가르쳐 집들을 온통 무너뜨리는"** 것을 보면, **"그들의 입을 막을"** 말은 **필요하다.**

"가시를 빼기 위한 가시" 말이다.

[내가 보기에, <언어에 큰 의미를 두는 자> - 그런 수많은 설교자들과 그 추종자들…… 그들은 바벨탑, 저 <혼잡의 탑>을 쌓는 사람들이다.]

< 17 >
"현악기의 중심 소리"를 들어라.

　음악은 기원(起源)이 명상을 위한 것이라는 말이
있다. 특히 인도의 음악과 춤은 명상의 방편으로
개발된 것이라고 한다. 음악과 춤은 <그것에 취한
자>를 명상에 들게 할 수 있다. 만약 어떤 춤꾼과
연주자의 행위 안에 명상적인 것이 없다면, 그는
기술자일 뿐이다.

　그의 영혼은 거기에 있지 않고, 오직 몸만 있을
뿐이다. 영혼(靈魂)은 음악가가 깊은 명상가일 때만
오는 무엇이다.

현악기의 중심 소리를 들어라.

　음악을 듣는 것은 단지 외부적인 일일 뿐이다.
현악기의 소리를 듣는 동안, <강렬한 각성(覺醒)>은
내부로 움직인다. 음악(音樂)은 외부로 흐르지만,
나는 <깨어 있어> <음악의 가장 내밀(內密)한 그
핵심>을 끊임없이 알아채고 있다. 그것은 **사마디**를
줄 수 있다. 그것은 황홀경(恍惚境)이 되고, 가장
높은 산봉우리가 될 수 있다.

　그러나 우리는 음악을 들을 때 무엇을 하는가?
우리는 보통, <나 자신을 잊기 위해> 그것을 사용

하고 있다. 그것은 불행이요, 악(惡)이다.

<깨어 있는 일을 위해서 개발된 방편>이 수면을 위해서 사용되고 있다. 그리고 그것이 인간이 자신에게 해악(害惡)을 가하는 방법이다. 그것이 이런 가르침들이 수천 년을 비밀로 간직되어 온 이유다. 잠자는 인간에게 방편을 주는 것은 무모한 것으로 생각되었다.

예수도 오죽했으면 <거룩한 것과 진주를 개들과 돼지들에게는 주지 말고 던지지 말라>고 했을까? 그러나 요즘도 여전히 개, 돼지들은 그것을 <값싼 것으로 여겨> 짓밟고 있는 것으로 보인다.

현악기를 들으며 그 <혼성(混成)된 중심의 핵>을 찾으면, 우리는 깨어 있게 되고, 그 깨어 있는 일로 편재(遍在)하게 될 것이다. 지금의 나는 어딘가에 있다. <에고>라고 부르는 지점에 말이다.

그러나 깨어 있을 수 있다면, 그 지점은 사라질 것이다. 그때 나는 어딘가에 있지 않고, 모든 곳에 있을 것이다.

< 18 >
한 소리를 "들리지 않게" 읊조려라.

머리, 즉 마음과 생각은 <가슴>으로 가는 통로로 사용되어야 한다. 그러나 가슴으로 바로 가는 것은 아주 어렵다. 많은 생 동안 그것을 너무 많이 잃어 버렸기 때문이다. 이제 어떻게 가슴으로 들어가야 하는지 우리는 알지 못한다.

우리는 계속해서 가슴에 대해 - 사랑과 느낌을 - 말하지만 그 말은 머리에서 나올 뿐이다. 우리는 가슴이 어디에 있는지 알지 못한다. 우리는 머리 안에 있다. 그러므로 내면으로 가는 여행도 우리가 있는 곳에서부터 시작해야 한다.

어떻게 가슴으로, 느낌으로 갈 것인가? 소리를 사용하라. 한 가지 소리가 도움이 될 것이다. 만약 우리의 마음에 많은 소리가 있다면 그것을 떠나는 것은 어렵다.

그러므로 우리는 <**한 소리**를 위해 많은 소리를 버려야> 한다. 그것이 **다라나**, 즉 집중(集中)이다. **파탄잘리**는 **요가 수트라**에서 "다라나는 마음을 한 곳에 묶는 것이다."라고 했다.

어떤 느낌을 갖는 소리를 찾아라. 자신의 이름도 괜찮다. 다른 소리에는 어떤 느낌도 없고, "예수"나 "성모 마리아"라는 것이 귀하고 아련한 무엇으로

다가온다면, 그런 소리가 좋다. [부르지 않는다면, 한(恨)이 될 그 **한 소리**를…… ^^*]

한 소리를 들리지 않게 읊조려라.

점차로 더 들리지 않게 읊조려라. 그러면 우리는 그것을 듣기 위해 노력해야 한다. 소리가 줄수록 느낌으로 가득 찰 것이다. 그리고 **소리가 사라질 때, 느낌만 남는다.** 소리는 머리의 것이고, 느낌은 가슴의 것이다.

<어떤 느낌을 갖는 소리>를 읊조릴 때, 그때는 가슴이 <저리고> 진동하기 시작할 것이다. 온몸이 더 민감해지고, 따뜻한 어떤 것 속으로 들어가고 있다고 느껴진다. 마치 연인이나 어머니의 품처럼 말이다.

<따뜻한 어떤 것>이 나를 감싼다. 이것은 단순히 정신적인 느낌만이 아닌, 육체적인 느낌이다. 만약 <내가 사랑하는 어떤 소리>를 읊조린다면, 주위와 또 내 속에서 어떤 온기를 느낄 것이다. 그런 것이 성경에서 <주의 이름을 부르는 자는 구원(救援)을 얻으리라>고 할 때의 의미하는 것의 하나다.

[물론, 소리에는 나를 나쁜 쪽으로 이끄는 것도 있다. 그런 **만트라**도 있다.]

< 19 >

"영(靈)"이 안팎에 있다고 상상하라.

우선 상상이 어떤 것인지 알아야 한다. 우리는 "상상하라."는 말을 들으면, "그런 것은 쓸데없는 것이고, 나는 실제적인 어떤 것을 원한다."고 한다. 그러나 **상상은 명백히 하나의 실재(實在)라는 것을 알아야 한다.** 그것은 <어떤 능력(能力)>이고, 우리 안에 있는 <어떤 잠재력(潛在力)>이다.

상상(想像)이 무엇인가? 그것은 **<내가 어떤 태도 속으로 아주 깊이 들어가, 그 태도가 실재(實在)가 되는 것>**을 말한다. 예를 들어, 티벳에서 사용하는 <툼모[Tummo]>, 즉 <열(熱) 요가>가 있다. 티벳의 라마는 추운 밤 밖에서 벌거벗고서, 자신의 몸을 타오르는 불이라고 상상하고, 자신이 땀을 흘리고 있다고 상상한다. 그러면 그는 실제로 땀을 흘리기 시작한다. 무슨 일이 일어나고 있는가?

상상은 어떤 힘(力)이고, 어떤 에너지다. 그리고 마음은 상상을 통해 움직인다. 마음이 상상을 통해 움직일 때, 몸은 따른다. 그리고 그런 것은 우리도 해볼 수 있다.

편안하게 앉아서 맥박을 세라. 그다음 5분 동안, 달리고 있다고 상상하라. 숨은 차오르고, 땀을 줄줄 흘리고 있다고 상상하라. 5분 후 다시 맥박을 세어

보라. 이것은 그런 <상상의 힘>, 상상력(想像力)에 기초하고 있다.

영이 안팎에 있다고 상상하라.

눈을 감고, <영적(靈的)인 힘이, 에너지가 나의 안팎에서 느껴진다>고 상상(想像)하라. 안에서부터 <의식(意識)의 강>이 흐르고 있다. 그것은 방 안을 두루 흘러서, 흘러넘친다. 나의 안과 밖, 모든 곳에 영이 현존한다. 에너지가 가득하다. 기(氣)가 점점 빨리 움직이고 있다. 그런 것을 상상만 하지 말고, 몸에서도 느끼기 시작하라.

점차로 우주 전체가 영화(靈化)되는 것을 느껴라. 이 방의 벽과 주위의 사람들과 나무가, 모든 것이 비물질(非物質)이 된다. 영이 된다. 물질은 더 이상 없다. 영(靈)은 영(零)[="0"]이다.

상상을 통해, 나의 <의식적인 노력>으로써, 나는 <내 인식(認識)의 패턴을 파괴하는 어떤 지점>에 이를 수 있다. 나는 <이제 거기에는 물질은 없고, 에너지만이, 오직 영만이 안팎에 있다>고 느낀다. 곧 나는 안과 밖도 사라졌다고 느낄 것이다. 몸이 영적인 것이 될 때, 그것이 에너지라고 느낄 때는, 안과 밖이라는 구분이 없다.

그리고 또 그것은 엄연한 사실이다. 나는 상상을

통해 실재에 도달하고 있다. **나는 지금 상상으로 <어떤 특정한 방식으로만 사물을 바라보는 생각의 낡은 패턴>을 부수고 있다.**

영이 안팎에 있다고 상상하라.

모든 분별(分別)이 사라지고, 우주 전체가 단지 <에너지의 대양>이 되어 버렸다고 느낄 때, 우리는 무섭다. 마치 내가 미쳐 가고 있는 것처럼 느껴질 것이다.

소위 우리의 <온전함[sanity]>이라는 것은 분별(分別)하는 것으로 이루어져 있고, 우리의 <온전한 상태>라는 것은 이 현실(現實)로 이루어져 있는데, <이 현실[을 분별하는 것]>이 사라지기 시작한다면 나의 온전함도 동시에 사라지고 있다고 느껴지기 때문이다.

신비가와 <온전하지 못한 사람들>, 둘 다 소위 이 현실 너머로 움직인다. 만약 우리 편에서 어떤 노력도 없이 우리의 마음과 그 분별을 잃는다면, 우리는 <온전하지 못하게[insane]> 될 것이다.

그러나 **우리의 <의식적(意識的)인 노력>으로써 그런 개념(槪念)과 생각을 부순다면, 우리는 <분별하지 않게[un-sane]> 될 것이다.** 그것은 <온전하지 못하게> 되는 것이 아니다. **<분별하지 않는 것>**은

종교의 차원이다.

이런 일이 일어날 때, 우리는 신(神)이 무엇인지 안다. **<에너지의 대양>이 신이다.** 신은 어떤 인격이 아니다. **신은 <있는 모든 것의 전체성>, <존재계의 창조적인 에너지 전체>를 말한다.** 그러나 우리는 늘 <일정한 생각의 패턴[고정관념]>을 갖고 있어서, "신은 창조자"라고 말한다. 신은 창조자가 아니다. **신(神)은 <창조적인 힘>이고, 창조 그 자체다.**

창조는 과거 그 어떤 곳에서 일어났던 역사적인 사건이 아니다. **그것은 모든 순간 일어나고 있다.** 영어의 "God is creating every moment."라는 문장은 "**신은 모든 순간 <창조하는 것[힘]>이다.**"로 읽어야 한다. 그것이 예수의 "내 아버지께서 **이제 까지 일하시니** 나도 일한다."의 참뜻이다. 그러나 우리는 "하나님은 모든 순간 창조하고 계신다."고 해석한다. 그것은 신은 <창조하는 누구>인 것처럼 느껴진다.

모든 순간 계속해서 움직이고 움직이는 창조성이 신(神)이다. **탄트라**는 <모든 순간 우리는 창조되고 있고, 모든 순간 우리는 신성과, 창조성의 근원과 깊은 관계에 있다>고 한다. 이 방편을 통해 우리는 그 <창조적인 힘>을 일별할 수 있다.

< 20 >

"에테르 몸"을 경험하라.

우리가 지금 보고 있는 몸은 육체이고 물질이다. 이것은 실제의 생명이 아니다. **생명은 <전기적인 몸>, <에테르 몸> 때문에 이 육체에 온다. 그것은 프라나이고, 그것이 우리의 생명력(生命力)이다.**

에테르 몸은 바로 <육(肉)의 몸> 가까이에 있는 두 번째 몸이다. 그것은 우리의 몸 주위에 <마치 흐릿한 빛처럼, 푸르스름한 빛으로> 있다. 그것은 우리가 경험할 수 있다. **눈을 감고 고요히 앉았을 때, <내 몸이 위로 올라간 것처럼 느낀다면, 몸에 아무 무게도 없다고 느낀다면>**, 갑자기 우리는 몸 둘레에 <푸르스름한 빛>이 있는 것을 알아채게 될 것이다. 그러나 눈을 뜨면, 우리는 나 자신이 단지 바닥에 앉아 있는 것을 본다.

그 푸르스름한 빛은 아주 차분하고 이완을 주는 것이다. 우리가 활력(活力)이 넘칠 때면, 그 에테르 몸은 더 큰 범위를 갖는다. 우리가 슬프고 우울할 때, 그것은 몸속으로 물러난다.

다만 고요하게 앉아서 그것을 바라보라. 그 어떤 것도 하지 말라. 실제로 어떤 것도 하지 않을 때, 에너지 전체가 에테르 몸으로 간다. 그리고 **우리가 고요하게 될수록 그것은 더 성장하고, 그것이 성장**

할수록 우리는 더 고요하게 된다. 일단 그런 것을 알면, 우리는 깨달은 것이고, 비밀의 열쇠를 알게 된 것이다.

그때 우리는 축제일 수 있다. 지금의 우리처럼 에너지가 말랐다면, 어떻게 축제일 수 있겠는가? 어떻게 꽃이 피고 열매를 맺을 수 있겠는가? 어떤 나무라도 에너지가 흘러넘칠 때, 그때 꽃이 피고 열매를 맺는다. 나무가 굶주린다면 꽃은 없다. 잘 알다시피 거기에는 엄연히 순서가 있다.

영양분은, 뿌리가 제일 먼저 받는다. 그것이 가장 근본(根本)이기 때문이다. 다음은 원줄기가 받고, 그다음은 가지가 받고 또 잎이 받을 것이다. 이제 나무의 생존에 에너지가 더 이상 필요하지 않다면, 그때는 꽃이 피고 또 열매까지 맺을 수 있다. 그 <넘쳐흐르는 에너지>가 꽃이 되고 열매가 된다. 또 그것은 다른 사람들을 위한 잔치가 된다.

붓다와 예수, 신비가들은 꽃이 피고 열매를 맺은 나무들이다. 그들의 에너지는 넘쳐흘러서, 우리를 초대하고, 오는 사람들에게는 누구에게나 값없이 나누어 준다.

[<에테르 몸>에 대해서는
  < 40 > 공간을 **"지복(至福)의 몸"으로 채워라.**
  의 참고란을 보라.]

제 8 장

그대는 <텅 빈 것>이다

< 21 >

"생각이 없는 순간"을 알아채라.

< 22 >

몸을 "끝없는 것"으로 여겨라.

< 23 >

자신이 "젖었다"고 느껴라.

< 24 >

몸을 "텅 빈 방"으로 느껴라.

비구니 치요노는
오랜 세월 공부했지만
깨닫지 못하였다.
어느 달 밝은 밤 그녀는
대나무 테로 엮은 나무 물통으로
물을 길어 날랐다.
긴 한숨 내쉬면서,
물통 속에 비치는 일그러진 달을 보며……
그때,
대나무 테가 끊어지며 **물통의 밑바닥이 빠졌다.**
물은 쏟아졌고, 함께 달도 사라졌다.

약해빠진 대나무 테 끊어지려 하였기에
어떻게든 낡은 물통 다잡으려 하였지
이놈의 물통 밑바닥이 빠지고야
더는 물이 없고 이제는 달도 없다네

그녀는 일본의 유명한 장군 다케다 신겐의 손녀
로서, 시(詩)에 재능이 있었고, 무엇보다 미모(美貌)
였다고 한다. 열일곱에 왕궁에서 왕후를 섬기다가,
갑작스런 왕후의 죽음을 보고는 비구니가 되기로
결심했다.

그러나 온 집안이 반대했고, <아이를 셋 낳으면
출가할 수 있다>는 조건에 결혼을 했다.

그리고 그렇게 했다. 그러나 이번에는 선사들이 그녀의 미모 때문에 받아주지를 않자, 그녀는 곧장 숯불에 달군 인두로 자신의 얼굴을 지졌다. 그녀는 <이를 기억하려고> 작은 명경(明鏡) 뒤에 시를 한 수 적었다.

왕후를 섬기면서 멋있던 내 옷에 향수 뿌리더니
이제는 선문에 들려고 이 얼굴에 불을 뿌렸노라

　나중 세상을 떠날 때가 되자 그녀는 다시 시 한 수를 남겼다.

예순 여섯 가을을 이 눈으로 보았지
달빛도 넉넉히 보았으니 더는 묻지 마시게
바람 불지 않아도 소나무 잣나무 소리 들리노니

< 21 >

"생각이 없는 순간"을 알아채라.

산스크리트어 "칫"은 우리말의 "마음"에 가깝다.
<우리말 성경>은 "대저 마음의 생각이 어떠하면",
"그 마음의 생각도 이 같지 아니하고", "마음의
생각이 교만한 자들을 흩으셨고" 등에서 보듯이
그것을 잘 구별하고 있다. 그렇지만 영어의 "마음
[mind]"은 우리말에서는 "생각"에 가깝다. [영어권
사람들은 <개념(?)이 없어, 개념이!> ^^*]

마음은 <정신의 작용>, 즉 <생각>, <생각하는
것>을 의미한다. "칫"은 <마음[생각]의 바탕>이 될
것이다. <생각이 떠다니는 배경(背景)>을 의미한다.
마치 구름이 움직이는 <하늘>처럼 말이다. 구름은
<생각>이고, 하늘은 <생각이 떠다니는 공간>이다.
그 하늘, 우리의 <내면의 하늘>, 즉 의식(意識)을
<마음 바탕>이라고 하자.

생각이 없는 순간을 알아채라.

우리의 마음은 생각 없이도 있을 수 있다. 그때
그것을 **칫**이라고 한다. 그것은 <순수한 마음>이다.
그것이 생각을 가질 때 <불순한 마음>이라고 한다.
만약 우리의 마음이 <어떤 생각도 없이> 있을 수

있다면, 그것은 <존재계에서 가능한 것으로는 가장 미묘한 것>이다. 의식(意識)이 가장 미묘한 것이다. <마음에 아무런 생각이 없을 때>, 우리는 순수한 마음을 갖는다. **순수한 마음은 가슴 쪽으로 움직일 수 있지만**, <불순한 마음>은 그렇게 할 수 없다. 여기서 불순은 부도덕한 생각을 의미하지 않는다.

<생각> 그 자체가 불순이다. 비록 우리가 신을 생각하고 있다고 해도, 그것은 불순하다. 왜냐하면 그런 생각도 구름이기 때문이다. 그런 구름은 아주 희다. 또 어떤 구름은 먹구름일지도 모른다. 마음에 생각이 있다면, 우리는 가슴으로 움직일 수가 없다. 생각하고 있을 때, 우리는 머리에 있다.

생각이 없는 순간을 알아채라.

생각은 표현될 수 있는 것이다. 표현이 불가능한 생각은 단 하나도 없다. 있을 수 없다. 생각은 내가 나 자신에게 그것을 이미 표현한 것을 말한다.

그러나 **칫**, 의식(意識), 즉 <마음 바탕>은 표현이 불가능하다. 그것이 신비가들이 <자신이 아는 것을 표현할 수 없다>고 하는 이유다. 논리가들은 <만약 당신이 안다면 왜 그것을 말할 수 없느냐>고 항상 목청을 드높인다. 당신이 정말로 안다면, 그러면 왜 그것을 표현할 수 없는가?

그러므로 <마음 바탕>을 알아채는 일은, **생각이 없는 순간을 알아채**는 일은, 우리가 <의식적으로 단지 있는 어떤 지점>에 이르는 것을 말한다. 어떤 생각을 의식하는 것이 아니고, 단지 깨어 있는 것이다. 마음에서는 어떤 생각도 움직이고 있지 않다. 그것은 아주 미묘한 지점이고, 우리는 그것을 너무 쉽게 놓칠 수 있다.

우리는 두 가지 상태만을 안다. 하나는 <생각이 있을 때>다. 생각이 있을 때 우리는 가슴으로 갈 수가 없다. 또 <생각이 있지 않을 때>다. 그러나 그때 우리는 잠을 자고 있다. 그때 역시 가슴으로 갈 수가 없다. 우리가 무의식적이기 때문이다.

그러므로 **생각은**, <깊은 잠 속에서 멈추듯이>, **멈추어야 하고, 그리고** <낮에 깨어 있을 때처럼>, **깨어 있어야 한다.** <**이 두 가지가 만나야**> **우리는 생각이 없는 순간을 알아챌 수 있다.** <완전히 알아채고 있으면서 어떤 생각도 없을 때>, 우리는 머리에서 가슴으로 던져진다.

머리에서 세상을 바라보면, 거기에는 신은 없고 세상만 있다. 가슴에서 세상을 바라보면, 거기에는 세상은 없고 신만 있다.

< 22 >

몸을 "끝없는 것"으로 여겨라.

이 방편은 <상상할 수 있는 사람>에게 잘 작동할 것이다. **상상할 수 있는 사람, 그에게는 그 상상이 너무나 실재적이어서, 그것이 상상인지 실재인지 말할 수 없다.** 그리고 적어도 30%의 사람은 그런 <상상할 수 있는 힘>을 갖고 있다. 그런 사람들은 아주 강(强)한 힘을 갖고 있다.

교육을 많이 받지 않았으면, 상상하는 일은 쉽다. 그러나 많은 교육을 받았다면, 창조성은 상실되고, 우리의 머리는 단지 <저장 공간>이 된다. 교육은 우리의 머리에 엄청난 자료를 쏟아 붓는다. 그러면 우리는 무엇을 하든지, 단지 그 쌓인 것을 반복할 뿐이다.

그러므로 교육을 많이 받지 못한 사람은 이것을 쉽게 사용할 수 있다. 그리고 그렇게 많은 교육을 받은 뒤에도, 아직도 정말로 <살아 있는> 사람은 이 방편을 할 수 있다. <상상적인 사람>, <꿈꾸는 사람>은 이 방편을 아주 쉽게 할 수 있다.

몸을 끝없는 것으로 여겨라.

그냥 눈을 감고, <내 몸 전체가 퍼져 나가고 또

퍼져 나가고 있다>고 여겨라. 무슨 일이 일어날 것인가? **만약 자신이 우주가 되어 버렸다고 상상할 수 있다면**, 나의 에고와 관련된 것들은 거기에서는 없을 것이다. 나의 이름과 나의 정체성, 모든 것이 상실될 것이다. 내가 편하고 행복한지, 아프고 불행한지…… 그런 것은 <무한한 몸>과는 아무 상관도 없다.

우리가 <그런 것을 상상할 수 있다면>, 갑자기 생각이 멈출 것이다. **<생각하는 일>은 아주 좁은 마음에만 존재할 수 있다**. 마음이 커지고 넓을수록 생각하는 일은 적어진다. 마음이 우주 전체가 될 때는, 생각은 전혀 없다. 있을 수 없다. 설령 어떤 생각이 있다고 하더라도, 그것은 마치 한 방울의 잉크로는 대양을 물들이지 못하고, 한줄기의 연기(煙氣)로는 하늘을 가릴 수 없는 것과 같다.

이런 일은 우리가 결코 알지 못했던 자유를 줄 것이다. 이 좁은 마음에 속하는 모든 불행은 사라질 것이다.

< 23 >
자신이 "젖었다"고 느껴라.

우리는 <젖는 것>에 대해서는 잘 알지 못한다. 우리의 몸이 다공성(多孔性)이고 또 통기성(通氣性)이어서 물이나 공기가 스며들 수 있다는 것을 잘 느끼지 못한다. 우리는 <생명 에너지가 우리 몸을 통과(通過)해 흐르고 있다>는 것을 느끼지 못한다.

몸을 <단단하고, 막혀 있고, 닫혀 있는 어떤 것>으로 여긴다. **생명은 오직 우리가 연약하고, 열려 있고, 닫혀 있지 않을 때만 일어날 수 있다.** 생명은 우리를 관통(貫通)해서 움직인다. 그리고 또, 무슨 일이 일어나든지 그것은 <생명 에너지>에 일어나고 있는 것이다.

자신이 젖었다고 느껴라.

이른 아침, 생명이 깨어나는 것을 느낄 때, 잠이 달아난다고 느낄 때, 우리가 하는 첫 생각이 이 <젖는 것>이어야 한다. 이제 신성(神性)이 잠에서 깨어 눈을 뜨고 있다. <내>가 아니다. 그래서 가장 통찰력이 있었던 힌두교도들은 첫 호흡을 신(神)의 이름으로 시작했다고 한다. 아침에 잠이 깨는 순간, 자신을 기억하지 말고 신성을 기억해야 한다.

그리고 밤에 잠이 들 때, 그것이 마지막 기억이 되어야 한다. 내가 읽고 아는 바로는, 한때 신실한 기독교도들은 "아버지여, 내 영혼을 아버지의 손에 부탁하나이다."라는 말이 그날의 마지막 기도였다고 한다. 우리는 그로써 젖어 잠들어야 한다. 신성이 나의 첫째와 마지막이 되어야 한다. 그러면 신성은 하루 종일 우리와 함께 있을 것이다.

신성(神性)이 <나를 통해서> 흐르고 있는 것처럼 느껴라. 나는 있지 않다. **우주가 내 안에 존재하고, 신(神)이 내 안에 존재한다.** 내가 배고픔을 느낄 때 그가 배고픔을 느끼는 것이고, 내가 목마름을 느낄 때면 그가 목마름을 느끼는 것이다. 그럴 때 몸에 물과 음식을 주는 것은 예배가 된다.

그로써 흠뻑 젖어라. 어떤 구별도 만들지 말라. 나는 물러나고, 나는 더 이상 있지 않고, 오직 그가 거기에 있다. 이 방편으로 얻을 수 있는 <나는 더 이상 있지 않는 것>, 그것이 종교에서의 궁극이다.

< 24 >
몸을 "텅 빈 방"으로 느껴라.

앉아서 등뼈를 똑바로 세우고 온몸을 이완하라. 척추를 곧추 세워라. 눈을 감고서, 잠시 이완되는 것을 느껴라. 나는 점점 더 고요해지고 고요해진다.

나의 몸의 피부는 마치 <텅 빈 방의 벽>과 같다. 그리고 그 방 안에는 아무것도 없다. 이것과 앞의 두 가지는 <내면의 공간>이라는 방편에 대한 수행이다. 나의 몸에서 <이것이 바로 진짜 나>라고 할 만한 것이 무엇인가? 뇌? 대뇌? 전두엽? 후두엽? 신경세포의 시냅스? 신경 전달 물질?

몸을 텅 빈 방으로 느껴라.

우리가 명상 속에서 취하는 자세는 어떤 것도 <수동적이어야> 한다. 가장 수동적인 **아사나**, 가장 수동적인 자세는 **싯다-아사나**, 즉 <성취자의 자세>이다. 우리의 몸은, 심지어 누워 있는 것도 그렇게 수동적이 아니다. 그것은 다소간 능동적이다.

싯다-아사나에서는 중력의 끌어당김이 최소이다. **몸은 비활동적이고, 수동적이고, 안으로 닫혀 있고, 그 자체로 하나의 세계가 된다.** 아무것도 밖으로 움직이지 않고, 아무것도 안으로 들어오지 않는다.

두 눈은 감겨 있고, 손도 잠겨 있고, 또 발도 잠겨 있다. 이제 에너지는 회로 안에서만 움직인다.

그리고 **어떤 것도 하지 말라**. 우리가 어떤 것을 할 때 행위자가 들어온다. 그러나 우리에게 이런 것은 어렵다. 우리가 어떤 행위를 생각할 때마다, 우리는 내부의 어떤 행동하는 자를, 어떤 행위자를 생각하기 때문이다.

붓다는 말한다. "명상하지 말라. 그냥 명상 속에 있어라." 만약 [내가] <명상한다면>, <명상하는> 그 행위자가 들어온다. 우리는 <나 자신이 명상하고 있다>고 생각한다. 그러면 명상은 행동[능동]이 될 것이다.

그것이 가끔 우리가 <행위자가 그 행위 속에서 사라졌을 때>, 갑자기 행복의 고조(高潮)를 느끼는 이유다. <춤꾼>에게는, 춤이 완전히 그를 점거하고, 그 행위자인 춤꾼 자신은 사라지는 어떤 순간이 올 수 있다. 그때 갑작스런 희열이, 갑작스런 황홀경이 있다. 무슨 일이 일어나는가? 오직 그 행위만 남고, 그 행위자는 더 이상 없기 때문이다.

몸을 텅 빈 방으로 느껴라.

그 <텅 빈 것> 속으로 빠져들어라. 문득, 모든 것이 사라져 버렸다고 느끼는 순간이 올 것이다.

거기에는 아무도 없다. 내가 있지 않을 때, 신성이 있다. 내가 있지 않을 때 신(神)이 있고, 내가 있지 않을 때 지복(至福)이 있다.

　내가 <텅 빈 방>이 된다는 것은 곧 <진리조차도 욕망하지 않는 상태>를 말한다. <신(神)이나 천국, **목샤**, 해탈, 깨달음, 궁극적인 자유조차도 바라지 않는 상태>를 말한다. 그때 우리는 정말로 <텅 빌> 수 있다.

제 9 장

그대는 불타고 있다

< 25 >

복을 받은 자여!

"감각을 가슴으로" 흡수하라.

< 26 >

"중도(中道)"를 가라.

< 27 >

"활동하면서" 두 숨 사이에 주의하라.

< 28 >

발가락에서부터 "타오르는 불길"에 집중하라.

비구니 혜춘(慧春)은
홍일점으로 승려 20명과
한 선사 밑에서 공부하고 있었다.
비록 머리를 빡빡 깎고 남루한 옷을 입었지만
무척이나 아름다웠다.
몇몇은 그냥 남몰래 연모(戀慕)하는 것으로
그쳤지만
그중 한 사람은 열애(熱愛)한다며 만나자는
쪽지까지 전했다.
다음 날 스승의 설법이 끝난 후
그녀는 자리에서 일어났다.

"지금 이 자리에는
저를 열애한다는 분이 계십니다.
저를 그토록 뜨겁게 사랑하신다면
여기서 그 사랑으로 **저를 불태워 주십시오.**"

나중
육십이 넘어 세상을 떠날 때가 되자
그녀는 몇 사람에게 부탁하여
절 뒷마당에다 장작더미를 쌓았다.
그리고
그 장작더미에 올라 불을 붙이라고 했다.

불길이 타오르는 것을 보자
한 승려가 어쩔 줄을 모르고 외쳤다.
"스님! 뜨겁지 않으세요?"

그녀가 말했다.
"그런 염려(念慮)는
너 같은 사람이나 하는 일이다."
이윽고 그녀의 몸은 불길에 휩싸이고,
그녀는 불태워졌다.
그렇게 그녀는 떠나갔다.

< 25 >
복을 받은 자여!
"감각을 가슴으로" 흡수하라.

이 방편은 <가슴 지향적인 사람들>, 즉 <느낄 수 있는 사람들>을 위한 것이다. 그들은 <이 시대>에 **복(福)을 받은 사람들**이다.

대부분의 종교는 <가슴 지향적인 방편>에 기초를 두고 있다. 기독교와 이슬람교와 또 **힌두교와 많은** 종교가 그렇다. 오래된 종교일수록 <가슴 지향적인 사람>을 위하여 있다. 그러나 이 시대는 그 반대가 문제다.

기독교에는 명상 같은 것이 있지 않다. 그러나 서양에서도 많은 사람들이 명상에 열광하고 있다. 그것은 우리가 기도할 수 없기 때문이다. 기도는 가슴 지향적인 방편이다. 그것이 <기도의 종교>인 기독교가 있는 서양에서 일어나는 일이다.

아무도 교회에 가지 않는다. 설령 간다고 해도 그냥 형식적인 것일 뿐이다. 그리고 오늘 현대를 살아가는 대부분의 한국인은 <서양적인 인간>이다. **명상은 <보다 더 머리 지향적인 방편>이다.**

복을 받은 자여!
감각을 가슴으로 흡수하라.

무엇을 해야 하는가? 많은 방법이 있을 것이다. 눈을 감고, 어떤 것을 만져 보라. 연인을 만지고, 나무나 꽃을 어루만져라. 흙을 만져라. 눈을 감고, <나의 가슴에서 흙으로 가고, 또 흙에서 나의 가슴으로 오는 어떤 교통(交通)>을 느껴라. **나의 손은 단지 <흙을 만지기 위해 뻗어 나온 내 가슴>이라고 느껴라.** 만지는 느낌이 가슴과 관련되도록 하라.

또 음악을 듣고 있다. 그것을 머리로 듣지 말라. 가슴으로 들어라. 음악이 여기 가슴으로 들어오는 것을 느껴라. 이 가슴이 그 조화로움으로 진동하고 있다. 모든 감각을 가슴으로 흡수하고, 또 가슴으로 용해(溶解)되는 것을 절실히 느껴라.

그것은 우리에게 어떤 중심을 준다. 일단 **우리가 이 가슴 중추를 알면, <배>로 내려가는 것은 아주 쉽다.** 쉬바는 그런 것은 언급하지도 않는다. 내가 가슴속으로 흡수되고, 이성(理性)이 작동하는 것을 멈추면, 내려가게 되어 있기 때문이다.

< 26 >

"중도(中道)"를 가라.

마음은 <한 극단에서 다른 극단으로> 움직인다. 그것이 마음의 길이다. 한때 부(富)를 좇아 미쳤던 사람은 이제 모든 것을 포기하고 고행자가 된다. 한때 섹스광(狂)이었던 사람은 이제 독신주의자가 되어 금녀(禁女)의 지역으로 들어간다. 그러나 그 광기(狂氣)는 똑같이 남아 있다. 우리는 놀란다. "우와, 기적이다!" 그러나 그것은 아무것도 아니다. 그냥 그런 <마음의 법칙>일 뿐이다.

마음은 마치 시계추와 똑같다. 마음을 잘 관찰해 보면 그런 것을 쉽게 알 수 있다. 예를 들어, 내가 어떤 일로 화를 <불같이> 낸다. 이제 그 화가 지나 가고, 나는 후회한다. "그래, 이것으로 됐어. 이제 다시는 이런 일로 화내지 않을 거야." 그렇게 굳게 결심을 한다. 그렇지만 다음에 "이제 다시는"이라고 한 그 마음이 다시 화를 낸다. 그리고 화가 났을 때는, 전에 후회한 것과 결심한 것을 완전히 잊어 버리고 있다. 이제 또 그 화가 지나간 후, 다시 또 그 후회와 결심이 찾아오는 것을 많이도 경험했을 것이다.

우리는 이 마음의 교묘한 속임수를 결코 느끼지 못한다. **"이제 다시는"이라는 것이 어떤 극단이다.**

극단은 마음에게는 아주 매력이 있다. 왜 그런가? 왜냐하면 중간에서는 마음이 죽기 때문이다. 시계추를 보라. 시계추는 그 극단을 오가며 종일 움직인다. 왼쪽으로 갈 때는 오른쪽으로 가는 운동량을 모으고, 그 반대로 갈 때도 그런 식으로 운동량을 모으고 있다. 그러므로 항상 그 극단을 오간다.

시계추가 중간에 머물도록 하라. 그러면 운동량 전체가 상실되고, 그 운동 전체가 멈춘다. 그러므로 **만약 화를 냈다면, 이렇게 하라. 즉 후회하지 말라.** 그 중간에 머물러라. 속으로 이렇게 말하라. "그래, 나는 화가 났어. 나는 이런 놈이야." 후회하는 짓은 다른 극단으로 움직이는 일이다. 만약 그 중간에 머무를 수 있다면, 우리는 다시 화를 낼 운동량을, 에너지를 모으지 않을 것이다.

그러나 **마음은 그 중간에는 관심이 없다.** 우리는 이것을 듣고 또 이해한다. 그러나 마음은 주목하지 않는다. **마음은 늘 어떤 극단을 선택한다.** 그러므로 마음에는 관심 말고……

"마음에 관심 말고[un-minding mind]……" [이 말은 **락쉬만 주**가 즐겨 쓰던 말이었다고 한다.]

붓다는 말한다. "항상 중간(中間)에 남아라. 모든 것에서." 그래서 **붓다**의 길은 <**맛즈힘 니카이**>, 즉 **중도**(中道)로 알려져 있다.

중도를 가라.

그렇지만 이것은 <세상에서 가장 하기 어려운 일>이다. 그것은 쉽고 간단해 보인다. 그러나 내가 화를 냈을 때, 마음은 내가 후회하도록 우긴다는 것을 알 것이다.

이 경문은 우리의 삶 전체를 위한 것이다. 끊임없이 알아채야 한다. 모든 곳에서 중도를 지켜라. **적어도 시도(試圖)는 해보라. 그러면 어떤 평온함이 자리 잡는 것을, 고요한 중심이 내부에서 자라는 것을 느낄 것이다.**

일단 그것을 알면, 우리는 다시는 그것을 잊을 수 없다. 그 중간 지점은 마음을 넘어서는 것이기 때문이다. 그 중간 지점은 영성, 신성, 불성(佛性), 깨달음, <성령(聖靈)을 받음>이 의미하는 것이다.

< 27 >

"활동하면서" 두 숨 사이에 주의하라.

이 방편은 락쉬만 주가 좋아했던 것이라고 한다. 앞에서 호흡을 이용하는 방편이 있었고, 단지 이런 차이점이 있다. 즉 **일상적인 활동 중에 수련해야 한다**는 점이다. 별도로 시간을 내지 않아도 좋다. 이것은 우리가 다른 것을 하고 있는 동안에 하는 것이다.

왜 활동하면서인가? 그 활동이 나의 마음을 분산시키고, 그것이 나의 주의를 다시 또다시 부르기 때문이다. 그렇지만 분산되지 말고 그 간격에 고정되라. 어떻게 그렇게 할 수 있겠는가?

우리의 실존(實存)은 두 가지 층으로 되어 있다. <하는 것>과 <있는 것>으로. 즉 <행위>와 <존재>, <주변>과 <중심>이다. 주변에서는 계속해서 무엇을 하라. 그러나 중심에도 주의하라. 무슨 일이 일어날 것인가? **나의 활동이 연기(演技)가 될 것이다.** 마치 연극에서 내가 어떤 배역을 맡아 하고 있는 것처럼 말이다.

이 방편을 수행하면, 나의 삶 전체가 하나의 긴 드라마가 되고, 나는 그 역할을 연기하는 배우일 것이다. 그러나 우리는 그 역할이 곧 나라고 잘못 생각하고 있다. 우리는 그 역할과 동일시되어 있다.

그것이 우리가 지금까지 해 온 일이다. 이 방편은 그 동일시를 깨기 위한 것이다.

활동하면서 두 숨 사이에 주의하라.

만약 나의 주의가 중심에 가 있다면, 그때 나의 주의는, 사실은, 주변에 있지 않다. <주변에 있는 주의>는 단지 "버금가는 주의"일 뿐이다.

우리는 그런 것을 느낄 수 있고 또 알 수 있다. 그때는 마치 삶이 나에게 일어나고 있지 않는 것과 같다. 이 방편을 하게 되면, **나의 삶 전체가 마치 내게 일어나는 것이 아니고 다른 누군가에게 일어나고 있는 것처럼 느낄 것이다.**

[이런 것을 이해할 수 있을 때, 우리는 운명론, 즉 숙명의 이론도 이해할 수 있다. 만약 우리가 <모든 것은 이미 정해져 있다>고 여긴다면, 우리의 삶은 하나의 드라마가 될 수 있다.]

< 28 >

발가락에서부터 "타오르는 불길"에 집중하라.

이 방편을 하고 싶다면, 인도로 가서 **가트**의, 즉 강변 화장터의 화장을 구경하는 것이 좋다. 아니면 드물게 있는 스님들의 다비식(茶毘式)을 지켜보는 것도 좋다. 상상력이 좋지 않는 사람이라면, **최소한 한 구(具)의 시체가 불타는 것을 보라.** 붓다는 이 방편을 아주 좋아해서, 이 방편으로 수많은 제자를 입문시켰다고 한다.

쉬바가 <**타오르는 불길**>이라고 말하는 **카알라-아그니**는 우리네 인생에게 주어진 <시간의 불>을 말한다. **죽음은 <절대로> 확실하다. 우리는 죽어야 한다.** <우리는 죽어야 한다>고 할 때, 그것은 먼 장래에 일어나는 어떤 것이 아니다.

태어나는 순간, 우리는 죽어 가고 있다. 출생과 함께, 사망은 하나의 확고한 현상이 되었다. 일단 태어난 사람은 이미 <죽음의 영역>으로 들어온 것이다. **죽음은 <이미 일어나고 있는 어떤 과정>이다.** 삶이 과정이듯이 죽음도 과정이다.

또 짧게는, 들이마시는 숨은 삶이고, 내쉬는 숨은 죽음이다. 그리고 잘 관찰해 보라. **숨을 내쉴 때, 우리는 더 평온해진다. 숨을 깊이 내쉬라. 그러면 어떤 안정(安靜)을 느낄 것이다.** 왜냐하면 죽음이 평화이고, 죽음이 침묵이기 때문이다. 죽음은 마냥 아름답다. 그처럼 고요하고 이완되고, 또 평온하고 정온(靜穩)한 것은 없다. **죽음은 삶에 적대적으로 보이지 않고, <삶의 근원(根源)>, <삶의 에너지>로 보인다.**

삶은 호수에 이는 잔물결과 같고, 죽음은 호수 그 자체와 같다. 잔물결이 있지 않을 때도 호수는 있다. 삶은 죽음 없이는 있을 수 없지만, 죽음은 삶 없이도 있을 수 있다. 이제 우리는 이 방편을 해볼 수 있을 것이다. **이제 죽음은 깊은 안식(安息)처럼 보이기 때문이다.**

발가락에서부터 타오르는 불길에 집중하라.

누워라. 그리고 나 자신을 죽은 것으로 생각하라. 이제 나의 몸은 단지 한 구의 시체다. 그리고 주의(注意)를 발가락으로 가져가라. 눈을 감고, 불길이 발가락부터 머리 쪽으로 타오르고 있다고 느껴라. 불길이 위로 올라옴에 따라 몸은 사라지고 있다.

왜 발가락에서 시작하는가? 그것이 더 쉽기 때문이다. 발가락은 에고로부터 아주 멀리 떨어져 있다. 에고는 머리에 존재한다. 이제 발가락이 불타고 또 발이 불타고 그 재만 남는다. 종아리와 넓적다리가 사라진다.

재가 되어 버린 것을 바라보라. 불길이 지나간 부분들은 더 이상 있지 않다. 그것은 간단히 재가 되어 버린다. 마침내 머리도 사라진다. 모든 것이 재가 되어 버린다. 재 위로 재가 쌓이고, 먼지 위로 먼지가 쌓인다.

그때, **나는 단지 주시자(注視者)로 있을 것이다.** 몸은 거기에 있다. 죽어, 불에 타서 재가 되어…… 그러나 나는 <지켜보는 자>일 것이다. <지켜보는 자>에게 에고는 없다.

제 10 장

상상(想像)이라는 힘

< 29 >

온 세상이 불타고 있다고 "상상하라."

< 30 >

"유방(乳房)"에 집중하라.

< 31 >

프라나를 "꿈속에서" 알아채라.

< 32 >

모든 것은 이 "있는 것"에 집약된다.

중국에 장감이라는 사람이 살았는데, 그에게는 <천녀>라는 아리따운 딸이 하나 있었다. 그는 가끔 농담으로 왕주라는 젊은이에게 천녀를 데려가라고 했다. 그런데 그 지방 고관(高官)이 천녀를 보았고, 장감은 그에게 딸아이를 주려고 했다.

천녀는 상심하였고, 왕주 또한 모든 것을 잊고 그곳을 떠나기로 했다. 왕주가 배를 타고 떠나려고 하는데 저편 언덕에 천녀의 모습이 보였다. 그래서 둘은 머나먼 땅으로 가서 그곳에서 꿈같은 세월을 보냈다.

몇 해가 지난 뒤 천녀가 시름시름 앓더니 그것을 마음의 병이라고 했다. 하여 둘은 늦게나마 부모의 허락을 얻겠다고 다시 고향을 찾았다.

천녀를 잠깐 배에 남겨 두고, 왕주 혼자 장감의 집으로 가 그간의 정황을 설명하자 장감은 놀라서 눈이 휘둥거래졌다. "그게 무슨 소린가? 내 딸은 지금 저 규방에서 병으로 누워 있는데……"

더욱 더 큰 충격을 받은 것은 왕주였다. "그게 무슨 소립니까? 따님은 저랑 같이 지내다가 지금 함께 왔는데요."

이 소동을 규방의 천녀에게 전하자 죽어 가던 그 얼굴이 생기를 띠기 시작했다. 한편 장감은 사람을 시켜서 또 다른 천녀를 데려오게 했다.

<배에서 내린 천녀>와 <규방에서 일어난 천녀>가

마당에서 만나는 순간, 둘은 거짓말처럼 <하나>가
되었다.

오조(五祖) 선사가 물었다.
"<천녀 이혼(離魂)>에서 어느 것이 진짜인가?"

나 무문(無門)이 말한다.
"여기서 진짜를 깨칠 수 있다면,
 생사(生死)를 드나듦이
 객사(客舍)를 출입하는 것 같음을 알리라.
 그러나 그럴 깜냥이 아니면 함부로 날뛰지 말라.
 어느 날 지수화풍(地水火風)이 흩어질 때,
 뜨거운 솥의 게마냥 팔다리를 뒤틀리니."

구름 너머의 달은 하나인데,
계곡과 강에 비치는 것은 제각각.
아, 좋고도 좋구나. 하나인가 둘인가.

<한형조의 무문관에서 약간 고쳐 옮김>

< 29 >

온 세상이 불타고 있다고 "상상하라."

우리는 <상상이 어떻게 현실이 될 수 있는지> 잘 알지 못한다. 그러니 먼저 그것을 느껴야 한다.

간단한 실험. 눈을 감고, 두 손으로 서로 깍지를 껴라. 그리고 <이제 나는 두 손을 풀 수 없다!>고 상상하라. 이제 이 두 손은 굳어 버렸다. 처음에는 단지 내가 상상하고 있다고 느낄 것이다. 그렇지만 5분 동안 그렇게 상상하라.

그다음 손을 풀려고 해보라. 약 30%의 사람들은 성공한다. 그들은 손을 풀 수 없다. 상상이 현실이 된 것이다. 그들은 아무리 애를 써도 풀 수 없다. 풀려고 애를 쓸수록 더 어렵다. 손이 완전히 굳어 버린 것이다. 만약 손을 풀 수 없더라도, 걱정하지 말고, 눈을 감고 이제는 <두 손을 풀 수 있다!>고 다시 상상하라.

아주 민감(敏感)한 사람들은 어떤 것도 상상할 수 있고, 그 일은 일어난다. 그리고 <상상이 현실이 될 수 있다는 것을 느끼면>, 그러면 그들은 감(感)을 잡은 것이고, 그것을 가지고 많은 일을 할 수 있다.

온 세상이 불타고 있다고 상상하라.

우리가 <세계 전체가 불에 타서 재가 되는 것>을 상상할 수 있다면 - 물론, 세계 전체가 불에 타서 재가 되므로 나도 당연히 불에 타서 재가 된다. - 우리는 인간 너머의 존재가 된다. 우리는 초인적인 의식을 알게 된다.

그러나 **우리의 상상력은 너무나 훈련되어 있지 않다.** <상상력을 위한 훈련 과정>이 없기 때문이다. 지성(知性)과 논리는 훈련한다. 대학교까지 있어서 많은 시간을 그런 것을 훈련하는 것으로 보낸다. 그러나 상상력은 훈련하지 않는다. 이 시대의 소위 종교라는 것들도 **상상(想像)이나 꿈, 환상(幻像)**은 <개똥 취급도 하지 않는다!>

상상력(想像力)은 <나름의 아주 놀라운 차원>을 갖고 있다. <만약 상상력을 잘 훈련할 수 있다면>, 우리는 그것을 통해 놀라운 일을 할 수 있다.

< 30 >

"유방(乳房)"에 집중하라.

어떤 생물학자는 여성을 <제 1의 성(性)>이라고 했다. 태아가 자궁에서 처음 생겼을 때는 남성도 여성도 아니다. 그런데 임신 8주가 될 때, 그 몸에 유전자 스위치가 켜지면 남자가 되고, 그냥 그대로 있으면 여성이 된다는 것이다. 남자가 되려면 무언가가 있어야 하지만, 여성은 <있는 그대로>이므로 여성이 <으뜸가는 성>이라는 것이다.

만약 태아가 여성이 된다면, <성 에너지>의 극성(極性)은 가슴이 될 것이다. 그것이 양극(陽極)이다. 여성의 질(膣)은 음극(陰極)이다. 또 남자가 된다면, 음경(陰莖)이 양극이 된다. [철(凸)이고 또 남자에게 있으니 양경(陽莖)이 더 좋지 않은가? ^^*] 여성도 대응물로 음핵(陰核)이 있지만, 남자의 유방처럼, 기능을 하지 않는다.

유방에 집중하라.

이 방편은 여성들을 위한 것이다. 그들의 양극은 가슴, 즉 유방(乳房)에 있다. 실제로, 여성의 질은 다소간 둔감하다. **여성의 몸에서 창조성(創造性) 그 전체는 유방에 있다.** 여성들이 유방에 집중한다면,

그들은 아주 행복하다고 느낀다. 감미로운 무엇이 그들의 존재 모든 곳으로 퍼져나가고, 몸은 중력을 잃고, 어떤 가벼움을 느낄 것이다. 마치 날 수 있을 것처럼 말이다.

그런 집중(集中)으로 많은 것이 변할 것이다. 더 <어머니답게> 되고 모성애(母性愛)가 넘칠 것이다. 실제의 어머니는 안 될지도 모르지만, 모든 사람을 대하는 태도가 더 어머니답게 되고, 많은 자비와 사랑이 일어날 것이다.

오직 유방에 집중하라. 그것과 하나가 되라. 몸은 잊고, 주의 전체를 거기로 가져가라. 그러면 많은 현상이 일어난다. 여성의 **창조성은 이제 아기라는 <새로운 생명>으로 섬세한 형태를 띠게 될 것이다. 우리 안에서 잉태되기를 기다리는 영성(靈性)이라는 아기 말이다.**

물론, 남성이 이 방편을 하려면 음경의 뿌리에 집중해야 한다.

[이 방편은 **카시미르 쉐이비즘**의 <창조의 전개>에서 **<가장 거친 것[地水火風]>에서 <미묘(微妙)한 것>으로, <더 미묘한 것>으로…… <가장 미묘한 것>**의 순서로 명상하는 것이다.]

< 31 >
프라나를 "꿈속에서" 알아채라.

프라나는 호흡의 <비물질적인 부분[영(靈)]>, 즉 <생명 에너지>, <목숨>이다. 그러나 우리는 그것을 느낄 수 있어야 한다. **프라나**는 <두 눈썹 사이>에, 즉 **아갸 차크라**에 주의를 주면 잘 느낄 수 있다.

이 방편은 <잠에 빠져드는 동안>에 해야 한다. 오직 그때라야 한다. 밤에 잠자리에 누워 기다려라. 이제 나는 잠에 빠져들고 있다. 점점 더, 점점 더, 잠이 나를 덮쳐 오고 있다. 이제 몇 순간 뒤, 나의 의식은 용해되고, 나는 알아채지 못할 것이다. 그 순간이 오기 전에, 알아채라. **호흡의 <볼 수 없고 만질 수 없는 부분>, 프라나를 알아채라.**

그리고 이제 그것이 가슴으로 오는 것을 느껴라. **프라나는 가슴에서 몸 안으로 들어간다.** 계속해서 들어오고 있는 것을 느껴라. 그것을 느끼고 있는 동안, 잠이 오게 하라. 나는 계속해서 느끼고 있다. 그리고 잠의 여신이 와서는 나를 감싸게 하라.

만약 이런 일이 일어난다면, <프라나가 가슴으로 들어오는 것을 느끼고 있으면서 잠에 빠진다면>, 나는 꿈속에서도 <알아채게> 될 것이다. **우리는 <내가 꿈꾸고 있다>는 것을 알아채게 될 것이다.** 보통은 <내가 꿈꾸고 있다>는 것을 알지 못한다.

그래서 꿈꾸는 동안 우리는 그것을 현실이라고 여긴다. 그것 또한 <제 3의 눈> 때문에 일어난다. <제 3의 눈>에 집중하는 것 때문에, 우리는 꿈을 현실이라고 여긴다. 우리는 그것을 꿈이라고 느낄 수 없다. 그것은 명백한 현실이다. 그리고 아침에 꿈을 깨고는 "내가 꿈을 꾸고 있었군."이라며 알게 된다. 그러나 그것은 나중의, 회고적인 깨달음이고, 꿈속에서는 <내가 꿈꾸고 있다>는 것을 알아챌 수 없다.

만약 그것을 깨달을 수 있다면, 그러면 거기에는 두 가지 층이 있다. 꿈이 거기에 있고, 우리는 깨어 알아채고 있다. 그것을 자각몽(自覺夢)이라고 한다.

프라나를 꿈속에서 알아채라.

만약 꿈속에서 알아챌 수 있으면, 두 가지 일을 할 수 있다. 첫째, 꿈을 만들어 낼 수 있다. 보통, 우리는 꿈을 만들어 낼 수 없다. 우리는 어떤 것을 꿈꾸고 싶어도 할 수 없다. 그것은 나의 손에 달려 있지 않다. 우리는 단지 꿈의 희생자일 뿐이다.

그러나 <모든 호흡으로 끊임없이 **프라나**에 접촉 하고 있는 것을 기억하면서> 잠 속으로 **빠진다면**, <꿈의 지배자>가 될 것이다. 그리고 이것은 희귀한 지배력이다. 자신이 좋아하는 꿈은 어떤 꿈이든지 꿀 수 있다. 잠에 빠져드는 동안, <나는 이런 꿈을 꾸거나 꾸고 싶지 않다>고 단지 주목하라. 그러면 그렇게 된다.

이 방편으로 우리는 꿈의 지배자가 될 것이다. 즉, 꿈꾸는 일이 멈출 것이다. 그러나 꿈꾸는 것을 원한다면 꿀 수 있다. 그러나 우리의 자의(自意)일 것이다. 그리고 그때 잠의 질은 마치 죽음처럼 될 것이고, **그때 우리는 <죽음이 곧 잠>이라는 것을 알 것이다.**

우리가 꿈을 지배할 수 있으면 모든 것을 지배할 수 있다. 왜냐하면 꿈이 이 세상의 자료(資料)이기 때문이다. 그때는 자신에게 어떤 출생을, 어떤 삶을 줄 수도 있다. 그러나 우리들은 단지 삶과 죽음의 희생자일 뿐이다. 우리는 왜 태어났는지, 왜 죽는지 모른다. 모든 것은 그냥 우연인 것으로 보인다.

이 방편으로 우리는 <죽음은 단지 긴 잠이다>는 것을 알 것이다. 경험할 것이다. **그런 말이 이제는 하나의 이론이나 지식이 아니다.**

< 32 >

모든 것은 이 "있는 것"에 집약된다.

에고는 하나의 울타리다. 그리고 또 감옥이기도 하다. 우리가 그 감옥을 받아들이는 것은 <나>라는 것이 불안을 느끼기 때문이다. 감옥은 어떤 안정된 느낌을 준다. 우리는 보호되고 지켜진다. 이 방편을 하려면 <삶은 불안정하다>는 것을 알아야 한다.

실제로, 삶을 안정되게 하는 방법은 없다. 우리가 무슨 짓을 하더라도 도움이 되지 않는다. 오로지 <허구(虛構)의 안정>만 만들 수 있을 뿐이다. 삶은 불안정한 채로 남는다. 죽음이 그 안에 들어 있기 때문이다. 그러니 어떻게 <살아가는 일>이 안정될 수가 있겠는가? 죽은 것만이 영원하다. <살아 있는 것>은 변(變)하게 되어 있다. 그리고 변화 속에는 불안정이 있다.

모든 것은 이 있는 것에 집약된다.

모든 것이 <나의 존재> 속으로 집약된다. 나는 열린 하늘 아래 서 있다. 그리고 이 **존재계 전체가 모든 곳으로부터 나에게로 수렴되고 있다. 그러면 나의 에고는 존재할 수 없다.** 그런 <열려 있는 일>에서는 나는 개아(個我)로 존재할 수 없다. 나는

<열린 공간>으로서 존재할 것이다. 한 개체(個體)인 나, 소아(小我)는 아니다.

이 방편을 하려면, 작은 것부터 하라. 나무 밑에 앉아라. 미풍이 불어오고 나뭇잎이 살랑거린다. 그 바람이 내 주위를 스치고 지나간다. 그러나 바람이 그냥 나를 스쳐 지나가도록 하지 말라. 바람이 내 속으로 움직이도록, 나를 통해서 지나가도록 하라. 나도 그 나무처럼 열려 있어서, **바람이 그 나무를 통해서 불고 있듯이, 나를 관통해서 불고 있다고 느껴라.** 처음에는 그런 것이 상상처럼 보일 것이다. 그러나 <공기가 나를 관통하고 있는 것>은 실재다.

그다음은 떠오르는 태양 아래 앉아라. 그리고 그 **햇빛이 내게 닿을 뿐만 아니라, 또 내 속으로 들어오고, 나를 통해 지나가고 있다고 느껴라.** 그러면 나는 민감해지고, 열려 있다고 느끼기 시작한다.

모든 곳으로부터 소리가 내게로 모인다. 그러면 나는 몸 전체를 통해 그것을 들을 수 있다. 모든 세포를 통해, 나는 듣고, 마시고, 흡수할 수 있다. 그것은 나를 관통하고 있다.

이제 **나는 어떤 것에도 장벽이 아니다. 공기, 말, 소리, 빛, 어떤 것에도 말이다.** 나는 어떤 것에도 저항하지 않는다. <이제 자신이 저항하지 않는다는 것을, 자신이 투쟁 속에 있지 않다는 것을> 느끼게 될 때, 우리는 문득 나라는 에고가 있지 않은 것을 알아채게 된다.

에고는 우리가 투쟁하고 저항할 때만 존재한다. 우리가 <아니오>라고 할 때마다 <나>는 생겨나고, 우리가 <예>라고 할 때는 <나>는 없다. 그런 것이 예수를 <그리스도>라고 하는 이유다. 사도 바울은 자신이 전한 예수에게는 항상 <예>만 있다고 했다. 그런 사람은 설령 죽음이 찾아오더라도, 문을 닫지 않는다.

모든 것은 이 있는 것에 집약된다.

<열려 있는 일>, 개방성(開放性)이 생겨야 한다. 그때 이것을 할 수 있다. 이 방편은 존재계 전체가 나라고 하는 **이 있는 것에** 수렴되고 있다고 한다. 어떤 저항도 없이, 모든 것을 환영하고, 모든 것이 수렴되도록 허용하라. 그러면 나는 간단히 사라질 것이고, 우리는 <무한한 공간>이 될 것이다.

[이 방편은 우주 전체를 <거친 것>에서 <미세한 것>으로…… <순수 의식>이 될 때까지 단계적으로 명상하는 것이다. **크라마**의 방편이다.]

제 11 장

놀이의 세계

< 33 >

친절한 이여!

"마음"과 놀아라.

< 34 >

그릇을 "전체로" 바라보라.

< 35 >

"광야(曠野)"에 머물라.

< 36 >

사랑하는 이여!

<앎>과 <알지 못함>, "다 떠나라."

포대 화상(布袋和尙)!

<삼베 자루> 즉 포대(布袋)를
메거나 들고, 웃고 있는 **배불뚝이 스님!**
<포대 화상>으로 알려진
이 사람은 당나라 사람으로
자신을 선사라고 불러 주기를 바라지도 않았고
주변에 제자들을 모으려고도 않았다.

그저
그 커다란 포대에 과자 등을 넣고 다니면서
아이들에게 나눠 주고
그들과 재미있게 노는 것이 전부였다.

어쩌다 신도들을 만나면 그는 말했다.
"한 푼 주십시오."
혹 사람들을 가르칠 것을 권하면 그는 말했다.
"한 푼 주십시오."

언젠가 그가 아이들과 놀려고 하자
어떤 선사가 그에게 물었다.
"도대체 선(禪)의 의미가 무엇이오?"

그러자 그는 포대를 땅에 내려놓고
그 선사에게 물었다.
"그러면 선(禪)의 실현은 무엇이오?"

< 33 >

친절한 이여!
"마음"과 놀아라.

우리의 삶은 활동이다. 우리는 하루의 몇 시간은 활동하지 않을 수 있지만 나머지 시간은 활동해야 한다. 예를 들어, 우리는 좌선(坐禪)으로 몇 시간은 활동하지 않을 수 있지만 나머지 시간은?

그러므로 명상은 우리의 <삶과 생활의 전체적인 양식(樣式)>이 되는 것이지, 단지 한 부분으로 있는 것이 아니다. 우리의 <일과 활동에 대한 태도>를 바꾸어야 한다는 말이다.

일을 일이 아니라, 놀이로 여겨야 한다. 하나의 게임으로 여겨야 한다. 마치 놀고 있는 어린아이와 같아야 한다. 그때는 <일>, 활동 그 자체를 즐긴다. 놀이를 해보면 그 차이를 느낄 수 있다. 어떤 것을 일로 할 때, 우리는 부담이 되고 심각해지며 걱정하고 염려한다. 왜냐하면 그 결과가 동기(動機)이기 때문이다.

그러나 놀이에서는 그 과정이 그냥 좋은 것이다. 걱정하지도 않고 심각하지도 않다. 비록 심각하게 보이더라도, 단지 그 안에서다. **이 <놀이의 차원>은 우리의 삶 전체에 적용되어야 한다.** 단지 즐기고 있다.

명상을 하는 동안 우리는 **<마음이 장난치고 있는 것을, 마치 놀고 있는 어린아이들처럼 넘쳐흐르는 에너지로 이리저리 뛰어다니는 것>을 바라보아야 한다.** 생각들이 이리저리 뛰어다니고 있다. 혹 나쁜 생각이 있더라도 움츠러들지 말고, 또 아주 거룩한 생각이 있더라도 우쭐거리지 말라. 단지 장난치고 있는 마음일 뿐이다. 그것은 가끔은 내려가고 또 가끔은 올라간다. 많은 모양과 형태를 띠면서.

사람들은 <마음에 관한 한> 그냥 무의식적이다. 마음이 나를 어디로 이끌고 가는지 알지 못하면서 그 속에서 표류하고 있다. 만약 우리가 그 <마음의 행로(行路)>를, <생각의 행로>를 알아채게 된다면, 아주 당황할 것이다. 마음은 <연상(聯想)을 통해> 움직인다.

과학자들은 인간의 뇌(腦)에 전극을 붙이고 많은 실험을 했다. 예를 들어서, 전극을 특정한 부위에 대면 특정한 기억이 살아난다. 갑자기 우리는 어린 시절 고향집 마당에서 뛰노는 장면을 본다. 모든 것이 거기에 있다. 그때 전극을 떼면 기억은 정지된다. 그러나 다시 그 부위에 대면, 그 기억은 다시 살아난다. 그것은 마치 어떤 것을 기계적으로 기억하고 있는 것과 같다.

한 실험자가 그것을 여러 번 시도해 보았는데, 그 기억이 똑같았다고 한다. 피험자도 곧 그것을 알아채게 되었고, 아주 기이(奇異)하다고 느꼈다. 자신이 의도적으로 그렇게 생각한 것이 아니었기 때문이다. 그는 그 기억을 보기는 했지만, 그때 그 자신, 즉 <지켜보는 자>와 <이 기억, 이 생각>은 다르다는 것을 알아채게 되었다.

이런 실험은 명상을 수행하는 사람들에게는 많은 도움이 될 것이다. 왜냐하면 **<마음은 내 주위에서 일어나는 모든 것의 기계적인 기록 외에 아무것도 아니다>는 것을 알 때, 나는 <마음>과는 분리되기 때문이다.**

친절한 이여!
마음과 놀아라.

<일을 놀이로 하는 것>은 모든 명상적인 과정의 기초다. 그리고 우리는 내면에서도 놀이로 할 수 있다. 그때 우리는 <나의 생각들> 위로 뛰어올라 그것들과 장난을 칠 수 있다. 만약 우리가 **<나의 마음과 놀 수 있다면>**, <나의 마음에 **친절**(親切)**할 수 있다면>**, **이 마음은 아주 빨리 떨어져 나갈 것이다.** 마음은 우리가 심각할 때만 거기에 있을 수 있기 때문이다.

< 34 >

그릇을 "전체로" 바라보라.

한 대상을 <전체로> 보라. 그러나 우리는 보통, 부분으로 나누어 본다. 의식적으로는 그렇게 하지 않을지 모른다. 그러나 부분으로 나누어 본다. 부분으로 나누어서 볼 때, 우리의 눈은 한 곳에서 다른 곳으로 움직일 기회를 갖는다. 그러나 우리가 **어떤 사물을 <전체로> 볼 때, 눈은 움직일 필요가 없게 된다.**

그것을 계속해서 <전체로> 바라보라. 눈의 어떤 움직임도 허용하지 말라. 그때 무슨 일이 일어날 것인가? 우리는 문득 <나 자신>을 알아채게 된다. 왜 그런가? 우리의 눈이 외부로 움직일 가능성이 없기 때문이다.

우리가 <나 자신>을 알아채게 되는 순간, 그릇은 거기에 있지 않다. 그것은 거기에 있다. 그러나 <나에게는> 있지 않다. 그릇[세상]은 꿈처럼 사라진다. 이 방편은, 시간은 좀 걸리겠지만, 어렵지는 않다. **우리가 <의식(意識)이 돌아서는 것>을 안다면,** 이 방편을 어디서든 할 수 있다. 책상에 앉았을 때나 지하철에 앉아서도 할 수 있다. 또 특별한 대상도 필요하지 않다.

세상이 환영(幻影)인 것은 아니다. 그것은 거기에

있다. 그러나 우리가 두 세계를 동시에 볼 수 없는 것이다. 우리가 <나 자신> 속으로 들어갈 때, 참 자아(自我)를 알게 될 때, <지켜보는 자>가 될 때, 세상은 있지 않다. 그런 상태[의 수준]에서, 세상을 환영 즉 **마야**라고 한다.

성경은 그런 것을 "주(主)께서 깨신 후에는 저희 형상을 멸시(蔑視)하시리이다."고 했다. 즉 의식이 깨어나면 세상은 환영으로 보이는 것이다.

우리가 <나 자신>을 직접적으로 찾으려고 하면, 그런 노력이 바로 장애물이 된다. 그래서 **쉬바**는 <어떤 대상에 시선을 고정하고, 거기서 움직이지 말라>고 한다. 그러면 **거기에 남으려고 하는 바로 그 노력이** 의식이 안쪽으로 흐를 가능성을 만들어 내기 때문이다.

[그릇이나 항아리, 통(桶)은 (그 안에) 면(面)이나 벽(壁)으로 둘러싸인 <빈 공간>이 있다. 그리고 그 <안의 공간>과 <밖의 공간>은 다른 것이 아니다. 유사하게, 우리가 쉬는 숨[**프라나**]도, 즉 <우주의 생명>도 우리 몸속에 있든지 몸 밖에 있든지 다른 것이 아니다. 그런 것을 명상한다면, 우리 마음도 텅 비게 될 것이다.]

< 35 >

"광야(曠野)"에 머물라.

이 방편은 **카이발야**, 즉 <홀로 있는 일>과 관련있다. 그것은 우리 인간의 실재(實在)로서, 우리가이 사회로 들어오기 전에 있었던 방식이고, 우리가이 사회를 나가서 죽을 때 다시 실재가 될 것이다. 우리는 다시 <홀로 있을> 것이다.

외로이 있는 그 두 지점 사이에서, 우리의 삶은많은 사건들로 채워진다. 결혼을 해서 둘이 되고, 자녀를 낳아 여럿이 된다. 그리고 삶의 모든 것이계속해서 일어난다. 그러나 단지 주변에서만 그런것이고, 깊은 곳에서는 홀로 있다. 그것이 우리의실재이다. 깊은 고독 속에서, 그 본질은 다시 포착되어야 한다. **붓다**나 예수가 성취했다고 했을 때, 사실은, 이것을 성취한 것을 말한다. **마하비라**의**카이발야**라는 말은 <홀로 있는 일>, 독존(獨存)을의미한다.

광야에 머물라.

<끝없이 볼 수 있는>, <시야가 완전히 탁 트인>산 위 같은 곳, 아니면 인적을 찾아볼 수 없는 저광야(曠野) 같은 곳에 머물러라. 만약 우리가 그런

곳에 있다면, <나>라는 것은 없을 것이다. 에고는 한계가, 경계가 필요하다. 경계가 명확할수록, <나>라는 것은 더 명확히 존재한다. "나는 기독교도다. 나는 아무개다." 그보다 더 확실한 것은 없다.

<나>라는 것, 에고, 언어[생각], 마음은 <사회로부터 주어진 것>이다. 마음은 사회 외에 아무것도 아니다. **내재화한 사회다.** 사회가 내 속으로 들어온 것, 그것이 마음이다. 우리는 사회로부터, <외적인 현실>로부터는 도망칠 수가 있다. 그러나 내재화한 것은 우리가 가는 곳마다 따라와 있을 것이다.

마음은 우리가 어디로 가든지 그림자처럼 따를 것이다. <홀로 있는 일>은 결코 쉽지 않을 것이다. 그것은 어느 누구에게도 결코 쉽지 않을 것이다.

그러므로 <자기 자신을 다시 또다시 깨어 있게 만드는 것>은, **<다시 또다시 지켜보는 자가 되는 것>은**, <다시 또다시 [마음의] 희생자가 되지 않는 것>은 **기나긴 투쟁이고, 또 혈투(血鬪)일 것이다.** 마지막까지 마음은 따라다닌다. 필사적(必死的)이지 않으면, 오히려 그 마음이 <이런 인간은 치유 불능이고, 이제 어떤 것도 할 수 없다>고 우리를 포기하지 않으면, 계속해서 우리를 따라다닐 것이다.

마음은 환상과 공상, 꿈을 만들 것이다. 그것은 모든 형태의 매혹과 유혹을 만든다. 모든 선견자의 생애에서는 그를 유혹하기 위해 사탄이, 저 악마가 찾아왔다고 기록되어 있다. 그러나 사실은 누구도 오지 않는다. 단지 우리의 마음이다. **우리의 마음이 유일한 악마다.** 그리고 그런 일은 이런 과정에서 기본적인 투쟁이다. 그것은 마음이라는 것이 단지 <습관의 기계 장치>, <기계적인 지속성(持續性)의 메커니즘>이기 때문이다.

만약 <우리가 잘 버틴다면>, <우리가, 이런 것은 마음이 하고 있는 짓이고, 마음이 반드시 그렇게 하게 되어 있는 짓이라는 것을, 알아챈다면>, <이 마음과 동일시되지 않는다면>, 마음이 나를 떠나는 순간이 온다. 그리고 마음이 나를 떠나는 것으로 모든 압박이 끝난다.

마음이 나를 떠날 때, 우리는 그 짐을 벗게 된다. 왜냐하면 **마음이 우리 인간에게 <유일한 짐>이기 때문이다.**

광야에 머물라.

< 36 >

사랑하는 이여!
<앎>과 <알지 못함>, "다 떠나라."

　예를 들어, 여기에 꽃이 있고, 나는 그것을 본다. 나는 그것을 <안다.> 그다음 눈을 감으면 그것은 더 이상 있지 않고, 나는 그것을 <알지 못한다.> 그때 <내가 알던 그 일>과 <내가 알지 못하는 일>, 그 둘 다를 떠나라. 무슨 일이 일어날 것인가?

　나는 <텅 빌> 것이다. 왜냐하면 우리가 <지식>과 <지식 아닌 것> 둘 다를 떠날 때, 우리는 텅 빌 것이기 때문이다.

　<긍정적인 것>과 <부정적인 것>, 둘 다 떠나라. 그때 우리는 누구일 것인가? 갑자기 그 너머를, <그런 것을 초월하여 있는 그것>을 알아채게 될 것이다. <증오>와 <사랑>, <우정>과 <적의(敵意)>, 둘 다를 떠나라.

사랑하는 이여!
앎과 알지 못함, 다 떠나라.

　그러나 마음은 속인다. 마음은 한쪽을 떠날 수는 있다. 그러나 양쪽을 모두 떠날 수는 없다. 우리는 괴로움을 떠날 수는 있다. 그렇지만 그때 우리는 쾌락에 매달린다. 우리는 적(敵)을 떠나 친구에게 매달리거나, 친구를 떠나 적에게 매달린다. 우리는 부(富)를 떠나 가난에 매달리거나, 지식과 경전을 떠나 무지(無知)에 매달린다. 아니면 **<있는 것>을 떠나 <있지 않는 것>에 매달린다. <영적인 것>에 말이다.**

<매달리는 것>이 문제다. 매달린다면, 텅 빌 수 없기 때문이다. **매달리지 말라! 이것이 이 방편의 메시지다.** 긍정적이든 부정적이든, 그 어떤 것에도 매달리지 말라. <매달리지 않는 것>으로 우리는 나 자신을 찾을 수 있다. 나는 <거기에> 있다. 그러나 매달리는 일 때문에 나는 숨겨져 있다.

부활의 예수는 **사랑하는 이**, 막달라 마리아에게 말했다. "나를 붙잡지 말라!" **<나>를 붙잡지 말라.** "놀리 메 탕제레[Noli me tangere]!" **나에게 매달리지 말라.** <나>에게 매달리지 않으면 <내>가 드러날 것이다.

예수는 <그 어떤 것에도 매달리지 말라>고 한다. **그 어떤 것에도 매달리지 말라!**

제 12 장

사랑의 눈으로 보라

< 37 >
"사랑스러이" 보라.

< 38 >
우주를 "현존(現存)"으로 느껴라.

< 39 >
호흡의 틈에 "헌신하라."

< 40 >
공간을 "지복(至福)의 몸"으로 채워라.

한 노파(老婆)가
어떤 승려를 위해 암자(庵子)도 지어 주고
참선을 할 때면 음식도 마련하고
여러 가지로 뒷바라지를 했다.
그렇게 하기를 이십 년……

노파는
승려가 그동안 얼마나 진전이 있었는지
궁금했다.

그래서 <한창 피가 끓는 한 젊은 여자>에게
도움을 청했다.
"가서 다정(多情)히 그를 꼭 안고는
이렇게 말하거라. '지금 어떠세요?'"

젊은 여자는 승려를 찾아
그렇게 하면서 그렇게 물었다.

그러자 승려는
짐짓 시(詩)를 짓듯이 이렇게 말했다.
"추운 겨울 노송(老松)이 찬 바위에서 자라니
온기(溫氣)라고는 도무지 찾아볼 수 없구나."

젊은 여자는 돌아가 그대로 전했다.

노파는
너무나도 실망이 커 분노했다.

"이런 한심한 놈을 보았나?
이런 놈을 이십 년이나 섬기다니!
그래, 네가 뭐가 필요한지는 관심도 없고,
네 형편이 어떤지는 물어보지도 않았단 말이지?

**열정(熱情)이야 없어도 되지만,
최소한 동정(同情)은 있어야지."**

노파는 그 길로 달려가
암자를 불태워 버렸다고 한다.

< 37 >
"사랑스러이" 보라.

누군가를 **사랑스러이** 바라본 적이 있는가? 대개 그렇다고 말할지도 모른다. **사랑스러이** 바라본다는 것이 어떤 의미인지를 잘 모르기 때문이다. 아마도 <탐욕스럽게> 바라보았을 때가 더 많았을 것이다. 그 둘은 아주 다른 것이다.

여기에 아름다운 얼굴이, 아름다운 몸매가 있다. 우리는 그것을 보며, **사랑스러이** 바라보고 있다고 생각한다. 그렇지만 그것을 왜 바라보고 있는가? 그것에서 어떤 것이라도 얻고 싶고, 그것을 어떤 식으로든 이용하고 싶다면, 그것은 탐욕(貪慾)이지 사랑이 아니다.

사랑에서는 상대방이 중요하고 탐욕에서는 내가 중요하다. 탐욕에서는 <어떻게 하면 상대방을 나의 도구로 만들 수 있을까>를…… **우리가 어떤 말을 하느냐는 큰 의미가 없다.** 우리는 탐욕 속에서도 <사랑의 용어>로 말하기 때문이다.

사랑스러이 보라.

무엇을 해야 할 것인가? **사랑스러이** 바라보려면, 무엇을 어떻게 해야 할 것인가? 나 자신을 잊어라.

예를 들어, 한 송이 꽃을 바라보며, 그 꽃만 있도록 하라. **그 꽃만을 느껴라. 그러면 나의 의식으로부터 깊은 사랑이 그 꽃 쪽으로 흐른다.** 나는 한 가지 생각만으로 가득 찬다. <어떻게 하면 이 꽃이 더 아름답게 되고, 더 잘 개화하고, 더 행복하게 될 수 있을까……>

<내가 어떤 것을 할 수 있느냐, 할 수 없느냐>는 요점이 아니다. **내가 어떤 것을 해보려고 하는 <그 느낌>이,** 즉 이 꽃이 더 아름답고, 더 살아 있고, 더 행복하도록 내가 무엇을 할 수 있는가에 대한 **<그 간절함>이, <그 깊은 아픔>이 의미가 있는 것 이다.**

그리고 그런 것이 사실일 때, 우리는 부재한다. 나 자신에게는 전혀 관심이 없고, 오로지 상대방의 견지에서만 생각하고 있다. 상대방이 그 중심이다. **<깊은 동정(同情)으로, 애틋한 사랑의 감정으로>,** 생각하고 있다. "사랑하는 이를 행복하게 해 주기 위해 내가 무엇을 할 수 있는가?"

"어떻게 하면 상대방이 더 행복하고 어떻게 하면 그를 도울 수 있을까?"를 생각할 때, 그런 생각은 더 이상 계속될 수 없다. **실제로 내가 할 수 있는 것이 아무것도 없고, 내가 할 수 있는 것은 별로 중요하지 않아 보이고 의미가 없어 보인다.** 그런 것은 결코 충분치 않아 보이고, 할 수 있는 것은 아무것도 없다고 느낀다.

모든 것을 해 주고 싶지만, 할 수 있는 것이라곤 아무것도 없다고 느낄 때, 그때 이 마음은 멈춘다. 사랑하는 이에게 모든 것을 주고 싶고, 온 우주를 주고 싶다. 그러나 내가 무엇을 할 수 있겠는가? 사랑은 <절대적으로> 무력(無力)한 것이다. 그리고 그 무력함이 아름답다.

우리가 어떤 사람을 정말로 사랑할 때, 우리는 무력함을 절실히 느낀다. 그것이 사랑의 아픔이다. 그런 것이 성경이 말하는 <하나님의 사랑>이라는 것의 참 의미다.

우리가 전적으로 상대방에게만 관심(關心)을 가질 때, 우리는 마음이 없게 된다. 그때는 어떤 생각도 없다. 어떤 사람을 진실로 사랑하라. 그러면 우리는 절대적으로 무력하다. 우리는 텅 비게 된다. 그것이 사랑이 깊은 명상(冥想)이 되는 이유다.

< 38 >
우주를 "현존(現存)"으로 느껴라.

이 방편은 <내적인 민감함>, 즉 민감성에 기초를 두고 있다. **먼저 민감성을 길러라.** 영성(靈性)은 곧 민감함을 말한다.

작은 것부터 해보라. 밤에 혼자서, 방문을 닫고, 작은 촛불을 켜라. <아주 경건한 태도로> 그 촛불 가까이에 앉아라. 그리고 사랑하는 이에게 말하듯 말하라. "그대 자신을 나에게 드러내소서." 촛불을 바라보라. 다른 모든 것은 잊어라. 계속해서 그것을 바라보라. 이것을 **트라타카**, 즉 <집중 응시>라고 한다.

5분 후에 촛불에서 많은 것이 변하고 있는 것을 느낄 것이다. 그러나 촛불이 변하는 것이 아니다. 우리의 눈이 변하고 있다. **온 세상은 닫아 버리고, <완전한 집중으로, 사랑스런 태도로, 그리고 느끼는 가슴으로>,** 계속해서 그 촛불을 바라보라. 그러면 그 불꽃에서 새로운 빛을 볼 수 있다. 전에는 결코 보지 못했던 새로운 것을 말이다.

가끔은 그 촛불이 신비한 것이 되었다고 느낄지 모른다. 그것은 새로운 매력을 띠게 되고, 미묘한 신성(神性)이 그 안으로 들어왔다.

우주를 현존으로 느껴라.

많은 것으로 해볼 수 있다. 어떤 나무 가까이에 앉아서 그 껍질을 만져라. **눈을 감고 그 나무에서 일어나고 있는 생명(生命)을 느껴라.** 그 <미세하고 미묘한 떨림>을 느껴 보라.

주말에 한적한 강가로 가라. 거기에서 예쁘다고 생각되는 작은 돌 하나를 주워라. 그 돌을 <손으로 꼬옥 쥐고 쓰다듬고, 뺨에 대고, 혀로 핥고, 냄새를 맡고, 가슴에 대고> 느끼려고 해보라. 가능한 모든 방법을 가지고, 그 돌을 느끼려고 해보라. 한 시간 동안 그렇게 해보라.

우리가 그 작은 돌과 <교감(交感)하는, 동정적인 관계>를 가진다면, 우리는 사랑에 빠질 것이다.

그러나 우리가 그런 민감함을 가지지 않을 때, 그때는 아무리 아름다운 사람과 있더라도 바위와 함께 있는 것이다. 그리고 실제로 우리들은 더 돌 같다. 살아 있는 돌이다. 아주 단단하다.

가만히 누군가의 손을 다정(多情)하게 잡아 보라. 눈을 감고 그 사람의 생명을 느껴 보라. 그 생명을 느껴라. 그 생명이 내 쪽으로 흐르도록 허용하라. 아니면 나 자신의 생명을 느껴라. 그리고 그것이 그 사람 쪽으로 흐르도록 허용하라.

우리의 민감함은 성장해야만 한다. 우리의 모든

감각은 <살아 있어야> 한다. 그때 이 방편을 할 수 있다.

우주를 현존으로 느껴라.

나뭇잎과 꽃, 돌과 바위를 보라. 조만간 우리는 그들을 느낄 것이다. 그냥 은근과 끈기로 기다려라. 충분한 시간을 주라. 절대로 서두르지 말라. 서두를 때는 그 어떤 것도 드러나지 않는다.

그러면 **우리는 <항상 거기에 있었지만, 지금까지 결코 알지 못했던, 결코 알아채지 못했던 새로운 현상>을 발견할 것이다. 현존, 즉 의식(意識)이라는 것을 말이다.** 성경의 선지자들은 끊임없이 외치고 호소(呼訴)한다. "너희는 여호와를 알라!" "우리가 여호와를 알자. 힘써 여호와를 알자!"

우주, 즉 존재계는 탐구하는 이에게 그 비밀을 드러낸다. **현존(現存)**, 의식, 야훼, 존재계……

< 39 >
호흡의 틈에 "헌신하라."

호흡에 관한 것은 앞에서 여러 번 다루었다. 이 방편은 단지 거기에 **헌신하라**는 것이다. 이 방편은 <가슴 지향적인 사람들>, <헌신의 세계에 속하는 사람들>, 그들을 위한 것이다.

헌신(獻身)으로 번역한 **박티**라는 말은 곧 <사랑, 믿음, 신뢰>를 의미한다. **호흡의 틈에 헌신하라.** — 호흡의 틈을 사랑하라. 그것을 믿어라. 어떻게 그런 것을 할 수 있겠는가? 우리는 신이나 사람에게는 헌신할 수 있다. **붓다**나 그리스도는 사랑하고 믿을 수 있다. 그러나 어떻게 호흡의 틈에 그렇게 할 수 있겠는가?

탄트라는 <몸은 사원(寺院)이다>고 한다. 성경도 <우리는 그리스도의 몸>이라고 한다. 우리의 몸은 <신성(神性)의 사원>, 신의 거처(居處)다. 그러므로 몸을 하나의 물건으로 취급하지 말라. 그것은 신성(神聖)하고, 거룩하다.

그러므로 숨을 쉬고 있는 동안, <숨을 쉬고 있는 것>은 내가 아니고, 내 안의 신성(神性)이다. 먹고, 일하고, 걷는 것도 내 안의 신성이다. 그러면 모든 것이 헌신이 될 수 있고, 또 헌신이 되어야 한다. 그것이 성인(聖人)들이 자신의 몸을 아주 사랑하는 이유다. 그들은 몸을 마치 그들의 연인에게 속한 것처럼 여긴다.

우리는 이 몸을 단지 어떤 기계적인 것으로 여길 수도 있고, 아니면 죄악된 것으로, 더러운 무엇으로 여길 수도 있다. 그러나 **이 몸을 <기적적인 어떤 것>으로**[실제로, 그렇다!] **혹은 신성의 거처로 여길 수도 있다**. 그것은 나의 태도에 달린 것이다. 만약 이 몸을 사원으로 여긴다면……

호흡의 틈에 헌신하라.

해보라. 쉽다. 먹고 있는 동안, 내가 먹고 있다고 생각하지 말라. 지금 먹고 있는 것은 내 안의 신성이라고 생각하라. 그리고 **그 차이를 느껴라**. 똑같은 것을 먹고 있지만, 모든 것이 달라진다. 신성에게 음식을 주고 있는 것이다. 그러면 그것은 헌신이 되고, 예배가 될 수 있다. 목욕을 하고 있다. 아주 일상적이고 사소한 일이다. 그러나 내 안의 신성을 목욕시키고 있다고 느껴라. 그러면 이 방편이 쉬울 것이다.

< 40 >
공간을 "지복(至福)의 몸"으로 채워라.

끝없는 공간이 펼쳐지는 산 위나 그런 곳에서 이 방편을 하면 좋다. 끝없는 그 공간을 나의 **지복의 몸**이라고 여겨라.

지복의 몸은 나의 마지막 몸이다. 내면으로 들어갈수록, 우리는 자신이 지복한 것을 많이 느낀다. **지복의 몸**, 지복의 층에 가까워지고 있기 때문이다. <아난다의 층>에 말이다.

산 위에 앉아서, 끝없는 하늘을 바라보며, **우주 전체가, 공간 전체가 나의 지복의 몸으로 찼다고 느껴라.**

그러나 어떻게 그것을 느낄 수 있겠는가? 우리는 **아난다**, 즉 희열(喜悅)이, **지복**이 무엇인지 알지 못한다. **우선은 공간 전체가 [지복이 아닌] 침묵으로 찼다고 느끼는 것이 더 낫다. 우주가 침묵으로 찬 것을 느껴라.** 그러나 우리에게는 그런 침묵조차도 어려운 일이다.

그러므로 자연(自然) 속에 있는 것이 도움이 될 것이다. 자연 속에서는 작은 소리조차도 고요하다. 왜냐하면 그것이 방해하지 않기 때문이다. 그것은 조화롭다. 또 음악적인 소리도 침묵이 될 수 있다. 그것이 조화롭기 때문이다. 그것은 우리의 침묵을 깊게 한다.

우리가 자연 속으로 움직일 때, 산들바람이 불어 오고 시냇물과 강물이 흐른다. 거기에 어떤 소리가 있더라도, 그것은 조화로운 것이고 전체를 만들고 있다. 그것은 방해하지 않는다. 우리는 그것을 들을 수 있고, 그리고 그 듣는 것이 우리의 침묵을 깊게 할 것이다.

하늘과 땅이 온통 침묵으로 가득 찬 것을 느낄 때, 그때 우리는 지복으로 가득 차는 것을 해볼 수 있다. **그 침묵이 깊어질 때, 우리는 지복의 일별을 가질 수 있다. 침묵이 깊어짐에 따라, 우리는 편안 하고 이완되는 것을 느낀다.** 그 일별이 올 때, 그때 우리는 <우주 공간 전체가 이제 지복으로 찼다>고 상상할 수 있다.

우리가 외진 곳에서 - 하늘과 바다만 있는 작은 섬에서, 높은 산 위에서, 아니면 끝없는 들판에서 - 인간 존재를 도무지 볼 수가 없을 때, 우리는 문득 자신이 인간이라는 것을 잊는다. 그때 나는 **어떤 사람에게도 속하지 않고, 어떤 단체, 어떤 종교에도 속하지 않는다. 이 사회(社會)에 속하지 않는다.**

참고로, 우리는 다음과 같은 <에너지의 몸>, 즉 옷을 입고 있다고 한다.

(1) **안나-마야 코샤** : 음식으로 된 층(層). 육체.

(2) **프라나-마야 코샤** : 생명력으로 이루어진 껍질.

"< 20 >의 **<에테르 몸>**"

(3) **마노-마야 코샤** : 생각, 즉 지식. 마음.

(4) **비갸나-마야 코샤** : 직관(直觀), 즉 지혜(智慧).

(5) **아난다-마야 코샤** : 지복, 희열.

"이 방편의 **<지복의 몸>**"

아니면, 간단히 3개의 옷이 더 좋다!

[나신(裸身)이 제일 좋고…… ^^*]

(1) 물질의 몸 : 육체.

(2) 미묘한 몸 : 마음, 정신.

(3) 원인의 몸 : 영혼. 윤회의 원인이 되는 씨앗.

그리고 <거친 에너지>가 <미묘한 것>에 영향을 줄 수는 있지만, <미묘한 에너지>가 <거친 것>을 조절하고 조정한다!

제 13 장

탄트라 성행위의 영성(靈性)

< 41 >
예쁜 그대여!
"애무(愛撫)"가 되라.

< 42 >
"감각의 문"을 닫아라.

< 43 >
"사정(射精)"하려고 애쓰지 말라.

< 44 >
그 "떨림" 속으로 들어가라.

아담이
[그 **가슴**에서 나온
여자(女子)를 보고] 가로되

"이는
내 <뼈 중의 뼈>요, <살 중의 살>이라."

< 구약 창세기 >

그 여자의
성기(性器)는 제단이요,
그 음모(陰毛)는 불살개 지푸라기,
가운데 붉은 음핵(陰核)은 **아그니**[불] 여신,
가장자리 음순(陰脣)은 **소마**[신주(神酒)]를 짜내는
것이라.

"정수(精水)여.
너는 나의 온몸에서 생겨났도다.
그중에서도 **가슴**을 타고 그 모습을 보였으니
너는 실로 내 몸의 정수(精髓)로라.

그러니 독화살에 암사슴이 쓰러지듯이
　　이 여인으로 황홀에 젖게 하라."

이 [성교(性交)의] 지혜를 아는 것으로
　　아는 것만큼 얻으리라.

　　< 브리하드 아란야까 우파니샤드(VI:4) >
　　　　　　(이재숙 옮김에서 고쳐 옮겼다.)

< 41 >

예쁜 그대여!

"애무(愛撫)"가 되라.

성(性)은, 성욕(性慾)은 순수한 에너지다. 그것은
<우리 안을 흐르는 생명>이다. 그것을 불구(不具)의
무엇으로 만들지 말라! 그것이 위를 향하도록 하고,
성(性)은, 섹스는 사랑이 되도록 해야 한다.

우리의 마음이 섹스로만 가득할 때, 우리는 단지
상대방을 착취하는 것이다. 그때 상대방은 쓰고는
버리는 도구가 된다. 그러나 섹스가 사랑이 될 때,
상대방은 도구가 아니다. [아니면, 원래 의미로서
<도구(道具)>가 될지도 모른다.] 그럴 때, 상대방은
오히려 중요해지고 독특해진다.

쉬바에게 사랑은 위대한 문이다. 그에게 섹스는
씨앗이며, 사랑은 그것의 개화(開花)다. 그러므로
사랑은 꽃이 피어야 하고, 성(性)은 사랑이 되어야
한다! 섹스가 사랑이 되지 않는다면, 그것은 오로지
우리의 잘못이다. 그것은 사랑이 되어야 한다.

또 사랑은 사랑으로 남아서는 안 된다. **그것은
빛으로, 명상적인 경험으로, <최종적이고 궁극적인
신비(神秘)의 절정>으로 변형되어야 한다.** 그것이
탄트라의 가르침이다.

예쁜 그대여!
애무가 되라.

어떻게 섹스를 변형시킬 것인가? **행위 그 자체가 되라.** 행위자는 잊어라. 애무를 하거나 받는 동안, **애무 그 자체가 되라.** 사랑을 하는 동안, **그 사랑이 되라.** 그러므로 그때는 단순히 사랑이다. 나의 사랑이나 어떤 사람의 사랑이 아니다.

그것은 단지 사랑일 뿐이다. 내가 거기에 있지 않을 때, 우리가 궁극적인 근원의 손 안에 있을 때, 사랑의 흐름 안에 있을 때, <사랑 속에 있는 자>는 내가 아니다. 나는 문득 사라져 버리고, 나는 단지 <흐르는 사랑의 에너지>가 된다.

사랑은 깊은 명상이 될 수 있다. **그러나 자신의 사랑을 명상으로 변형시키지 않으면, 그것은 단지 일별일 것이다.** 이제 우리는 <왜 탄트라가 사랑과 섹스에 대해 많이 말하는지>를 이해할 수 있다. 또 그것은 아가서(雅歌書)가 성서(聖書)에 자리 잡고 있는 이유이기도 하다. 사랑과 섹스는 <이 세상을, 이 수평적인 차원을 초월할 수 있는> <가장 쉬운 자연(自然)의 문>이다.

사랑은 항상 <지금 여기>이다. 사랑에는 과거나 미래가 없다. 그것이 사랑과 죽음이 명상에 그렇게 가까운 이유다. 죽음도 항상 지금 여기이다. 죽음은 결코 미래에 일어날 수 없다.

우리는 시간을 세 부분으로 나눈다. <과거-현재-미래>로. 그러나 그 구분은 거짓이다. 절대적으로 거짓이다. 시간에는 과거와 미래밖에 없고, 현재는 시간의 일부가 아니다. 현재는 영원(永遠)의 일부다. 지나가 버린 것도 시간이고 다가올 것도 시간이지만, **<늘 있는 무엇>은 시간이 아니다. 그것은 <결코 지나가지 않기 때문에>,** 그것은 늘 여기에 있다. <지금>은 항상 여기 있다. <지금>은 영원한 것이다.

[**쿠하나**는 요술(妖術), <간질이는 것>을 말한다. 그럴 때, 우리는 어리둥절해 하거나 감탄하면서 또 자지러지게 웃으면서 잠시 <생각이 없는 상태>에 있게 된다. **크고 작은 간질임 속에서** - 우주적인 농담 속에서, 아니면 겨드랑이를 간질이는 것으로 - **우리는 웃는다. <웃는 일>**은……]

< 42 >

"감각의 문"을 닫아라.

한번은 필자가 시골에서 말벌의 공격을 받았다. 나중, 옆에 있던 분이 머리에 약을 바르면서 일곱 군데를 쏘였다고 했다. 그날 밤 암모니아수를 거듭 바르고 진통제를 먹었지만, <그 얼얼한 통증으로> 인해 잠을 잘 수도 없었고, 어찌할 방법이 없었다. 밤중에 홀로 앉아서 다만 그 통증을 겪어야 했다. 말벌에 쏘여 보라!

그때 이 방편을 안 것은 아니지만, 그 밤을 꼬박 세면서 그 통증을 지켜볼 수밖에 없었다. 달리, 할 묘책이 없었으니까. 그래서 <어둔 방안에 꼿꼿이 앉아서, 그 통증을 마주하기로 결심했다.> 그러자 차츰 내가 아픈 것이 아니라, <내 몸>이 아프다는 느낌이 들었다. **그 통증은 엄연히 거기에 있었다. 그러나 약간 떨어진 듯한, 마치 나는 거기에 연루되지 않는 것처럼 느껴졌다.**

그때, 이 방편을 알았더라면, 더 멋지고 자세한 경험이 되었으리라.

감각의 문을 닫아라.

쉬바는 말한다. 세상에 대해 닫혀, 돌처럼 되라.

파탄잘리는 그것을 <프라탸하라[감각 철수(撤收)]>라고 했다. 그는 **요가 수트라**에서 **요가**를 <8가지 단계>로 말했다. 그리고 **아사나**[자세], **프라나야마**[호흡 조절], **프라탸하라**는 <나의 의식을 외부 환경으로부터 분리시키는 것>을 말한다.

우리가 세상에 대해 닫힐 때, 우리는 나의 몸에 대해서도 닫힌다. 왜냐하면 나의 몸은 나의 일부가 아니라, 세상의 일부이기 때문이다. 외부 환경으로부터 완전히 닫힐 때, 우리는 나의 몸에 대해서도 완전히 닫힌다.

프라나야마의 경지가 깊어질 때나 **쿰바카**[지식(止息)]가 있을 때, 아니면 **<갑자기> 호흡을 멈출 때, 우리의 감각은 간단히 닫힌다.** 잘 알다시피, <요가의 신>은 **쉬바**다. [잠깐, 지금도 한국의 일부 기독교도들은 **요가**를 마치 <사탄에게 속한 무엇>인 것처럼 여겨 두려워한다. 그런 것을 <혁신 기피증> 내지는 <소심 공포증>이라고 할 수 있다. <내가 잘 알지 못하는 새로운 것에 대한 막연한 두려움>을 말한다. 때로는 <익숙한 것과의 결별>이 아름답지 않은가? 그것이 또 <우리의 삶이라는 이 여행>의 진한 맛이 아닌가?]

감각의 문을 닫아라.

어떤 것이라도 좋다. 발이 가시에 찔려 굉장히 아프다. 아니면 어떤 상처를 갖고 있다. 어떤 것도 그 대상으로 좋다. 우리가 무엇을 느끼고 있든지, 모든 **감각의 문을 닫아라**.

눈을 감고, 볼 수 없다고 생각하라. 귀를 막고, 들을 수 없다고 생각하라. 다섯 가지 감각 모두를 닫아라. 어떻게 모든 감각을 닫을 것인가? 그것은 쉽다. **눈을 감고, 귀를 막고, 갑자기 숨 쉬는 것을 멈춰라**. 우리의 모든 감각이 닫힐 것이다.

우리가 밖으로 도무지 움직일 수 없을 때, 그때 우리는 저절로 자신에게로 던져진다. 우리는 자신에게 중심하게 되고, 나 자신을 경험하게 된다.

[이 방편은 모든 감각을 닫을 때, **프라나-샥티**가 척추를 따라 천천히 위쪽으로 움직이면서, 그것이 마치 개미가 등으로 기어오르는 것 같은 느낌으로 보기도 한다. 같은 것이다.]

< 43 >

"사정(射精)"하려고 애쓰지 말라.

섹스에 대해 그렇게 많은 갈망(渴望)이 있는 것은 세상이 더 타락했기 때문이 아니다. 그것은 우리가 섹스를 <전체적인 행위>로 즐길 수 없기 때문이다.

이제 현대인들에게는 성행위조차도 머리로 이전되었다. 우리는 그것에 대해 <생각한다.>

탄트라는 우리를 <전체(全體)로 만들기 위해서> 성행위도 사용한다. 그리고 현대를 살아가는 우리로서는, 오직 섹스만이 <우리를 전체적으로 만드는 데> 가장 쉬운 방편으로 보인다. 우리는 그것에서 태어났다. 우리 몸의 모든 세포는 성세포(性細胞)로부터 분화되었고, 우리의 몸 전체는 <성 에너지의 현상>이다.

사정하려고 애쓰지 말라.

우리에게 성행위는 어떤 방출일 뿐이다. 그래서 그 속에서 움직일 때 우리는 서두른다. 방출(放出), 사정(射精)을 원한다. 넘쳐흐르는 에너지는 방출될 것이고, 우리는 시원함을 느낀다. 에너지는 긴장과 흥분을 유발하고, 그때 우리는 무언가가 행해져야 한다고 느낀다. 그리고 에너지가 방출될 때, 우리는 열기가 사라지면서 약해지고, 침체(沈滯)를 겪는다.

그런 일을, 긴장과 흥분이 더 이상 있지 않기에, 넘쳐흐르는 에너지가 더 이상 있지 않으므로 이완으로 볼 수도 있다. 그러나 그런 이완은 부정적인 이완으로, 육체적인 것일 뿐이다. 그것은 더 깊이 들어갈 수 없고, 영적(靈的)인 것이 될 수 없다.

어떻게 해야 할 것인가? **성행위를 어딘가로 가는 길로 여기지 말라.** 그것을 하나의 수단으로 여기지 말라. 그것은 그 자체가 그 끝이다.

성적인 흥분이 왔을 때, 흥분을 약간 진정시켜라. 그리고 **숨을 길게 내쉰 후 완전히 멈추어서 복부를 수축하라.** 그러면 그때 회음(會陰)과 요도 괄약근도 같이 수축될 것이다. **요가는** 이 세 가지를 잘 수축하면 어떤 때라도 사정을 완전히 멈출 수 있다고 한다.

그것은 새로운 통찰(洞察)을 줄 것이다. **만약 그 행위를 빨리 끝내기 위해 서두르지 않는다면,** 점차 그것은 성적인 것이 되지 않고 영적인 것이 된다. 그 순간을 즐겨라. 그것은 황홀경이 되고, **사마디가** 되고, <우주 의식>이 된다.

< 44 >

그 "떨림" 속으로 들어가라.

<떨린다는 것>은 아주 놀라운 일이고, 경이로운 현상이다. 우리가 성행위에서 떨릴 때, 그 에너지가 온몸으로 흐르기 시작하면서 그 에너지가 온몸을 진동시키기 때문이다.

한줄기 세찬 바람이 불고 있고, 한 그루 나무가 떨고 있다. 그 뿌리마저 떨고 있다. 한줄기 광풍이 불고 있다. 그리고 **성행위는 한줄기의 광풍이다.** 그 엄청난 에너지가 우리를 통해서 불고 있다. 떨어라! 진동하라! 연인들이 춤추고 있고, 모든 세포가 진동하고 있다.

그것은 우리의 가장 근본 되는 <생명 에너지>의 만남이다. **힌두인**들이 말하는 이 우주의 질료라는 <소리>도, **카시미르** 쉐이비즘이 말하는 **스판다**도, 결국은 이 <떨림>, 이 진동(振動)이다.

성행위에서 나의 몸이 떨릴 때, 그것은 <나의 몸>이 떨고 있는 것이 아니다. **그것이 <나>이다.** 처음에는 두 개의 떨리는 에너지가 있지만, 마지막에는 단지 <하나의 원(圓)>만이 있다. 그 원 안에서 우리는 이 우주라는 <존재계의 힘>의 일부가 된다. **그 떨림 속에서, 우리는 <우주 전체>의 한 부분이 된다.**

그리고 그 순간은 엄청난 창조(創造)의 순간이다. 우리는 단단한 몸을 갖고서 용해(溶解)된 것이다. 우리는 액체가 되어 서로 속으로 흘러든다. 마음은 녹아 버리고, 구분과 분별은 없다. 우리는 <하나가 된 상태>를 가진다.

그런 것이 **아드바이타**, 즉 불이(不二)다. 그것이 <비(非)-이원성>이다. 만약 우리가 그 비이원성을 느낄 수 없다면, 모든 <불이론(不二論)의 철학>은 소용이 없다. 그것들은 단지 말뿐일 것이다. 그러나 우리가 이 비이원적인 순간을 알면, 그때 우리는 **우파니샤드**를 이해할 수 있고, 또 신비가들의 말을 이해할 수 있다.

그 떨림 속으로 들어가라.

그때 우리는 세상으로부터 분리되어 있지 않다. 그때는 존재계가 나의 집이 되고, 우리는 나의 집 안에서 편안하다. 모든 걱정이 사라진다. 그런 것을 노자는 도(道)라고 했고 **샹카라**는 **아드바이타**라고 했고, 예수는 **아버지**라고 했다. 그리고 그런 상태를 표현하는 나만의 단어를 선택할 수도 있다.

제 14 장

보고 맛보라

< 45 >
"상대방 없이" 사랑하라.

< 46 >
기쁨이 일 때 "그것이 되라."

< 47 >
먹고 마셔라. 그리고 "느껴라."

< 48 >
사슴의 눈을 가진 이여!
보고, 맛볼 때 "그대가 있음"을 알아채라.

반산(盤山) 선사는
저잣거리를 걷다가
정육점 주인과 손님이 말하는 것을 듣고
깨달았다고 한다.
그 손님이 말했다.
"가장 좋은 고기를 주세요."
주인이 말했다.
"가장 좋은 고기가 아닌 것은 없어요."

도수(桃水) 선사는
몇 곳에서 가르쳤는데 마지막에는 제자가 많았다.
어느 날 선사는 가르치는 일을 그만둔다며
제 갈 길을 가라고 했다.
그 후 선사의 종적을 아는 이가 없었다.
3년 후, 제자 한 사람이 우연히 길을 가다가
선사를 보게 되었다.
교토의 한 다리 밑에서
걸인(乞人) 몇 사람과 살고 있었다.

제자가 가르침을 간청하자
선사가 말했다.

"사흘을 **나처럼 <산다면>** 그렇게 하지."

그래서 그도 거지 옷을 입고
그렇게 하기로 했다.

그런데 그 다음 날 걸인 한 사람이 죽어,
두 사람은 한밤중에 시신을 메고 가 산기슭에
묻었다.
그리고 다시 다리 밑 거지 굴로 돌아왔다.
선사는 곧 코를 골며 잠이 들었지만
그는 잠을 이룰 수가 없었다.

아침이 되자 선사가 말했다.
"오늘은 동냥 나갈 필요가 없겠구나.
어제 죽은 친구가 저기 먹을 걸 좀 남겨 두었으니."
그러나 제자는 조금도 **먹을 수가 없었다.**

그러자 선사가 말했다.
"나처럼 살 수 없다고 하지 않더냐?
이제 그만 떠나고 다시는 나를 귀찮게 하지 말라."

< 45 >

"상대방 없이" 사랑하라.

이것은 약간 어렵다. 그러나 그런 일은 일어난다. **우선은 <그 느낌>을 가져야 한다.** 즉 **<나라는 것은 거기에 있지 않았고, 오로지 진동하는 에너지만이 있었던, 상대방과 하나가 되었던 순간>을** 말이다. 그러면 상대방 없이도 그 속으로 들어갈 수 있다.

그 순간, 거기에 상대방은 있지 않았고, 오로지 나만 있었다. 또 상대방에게는 내가 있지 않았다. 그리고 이제 <하나가 되었던 그 느낌>은 내 안에 중심하고 있다.

실제로 그 행위 속으로 들어가고 있듯이 하라. 상대방과 할 수 있었던 것은 하라. 소리를 지르고 떨어라. 곧 원(圓)이 거기에 있을 것이다. 그러나 이제 그 원은 상대방 때문에 생겨난 것이 아니다.

이제는, 내가 남자라면 온 우주가 여성이 되고, 또 여자라면 온 우주가 남성이 된다. 이제 우리는 존재계 자체와 깊은 교감 속에 있다. 그 문이었던 상대방은 더 이상 있지 않다. 실제로, 사랑을 하는 동안 우리는 존재계 자체와 사랑을 하는 것이다. 여성도 하나의 문이고, 남성도 하나의 문이다. 단지 서둘렀으므로 그런 것을 느낄 수 없었을 뿐이다.

혼자서 그렇게 할 수 있을 때, 그것은 우리에게

어떤 새로운 자유를 준다. 상대방으로부터의 자유 말이다. 그래서 우리 **내면에 그 원이 만들어졌을 때, 그때 우리는 진정한 독신(獨身)이 성취된다.**

그것이 탄트라가 전하는 기별이다. 즉 **성(性)은 가장 깊은 속박이지만 또 <가장 높은 자유를 위한 매개체>로 사용될 수도 있다는 것이다.** 탄트라는 독(毒)도 약(藥)으로 사용될 수 있다고 한다. 그러나 지혜(智慧)가 필요하다.

상대방 없이 사랑하라.

존재계 전체가 상대방이 되는 일은 실제로 일어 난다. 존재계가 연인(戀人)이 되는 것 말이다. 그때 우리는 이 존재계와 끊임없는 교감(交感) 속에 있을 수 있다. 예를 들어, 우리는 아침저녁 산책을 하며, 떠오르는 태양과 달과 별과 나무와 교감 속에 있을 수 있다. 그것이 어떻게 일어나는지를 알면, 우주 전체와 성행위 속에 있을 수 있다.

< 46 >

기쁨이 일 때 "그것이 되라."

예를 들어, 오래고 오랜 날을, 몇 년 동안을 보고 싶었지만, 늘 그리워하면서도 보지 못했던 친구를 만난다. 갑자기 기쁨이 일어난다. 그러나 그때 **나의 주의는 그 친구에게 머문다. <나의 기쁨>에 머물지 않는다.** 그러면 그때 어떤 것을 놓치게 된다. 나의 주의는 그 친구에게로 가서, 옛날 일을 기억하고 말하기 시작한다.

친구를 만나는 동안, **<나의 가슴에서 일어나는 그 기쁨>을 느껴라. 그 기쁨에 집중하라. 또 그것이 되라.** 친구는 단지 주변에 두고, 나는 <나의 행복한 느낌에> 남는다.

기쁨이 있을 때마다, 우리는 그것이 밖에서 오고 있는 것으로 느낀다. 물론 그 기쁨은 친구로부터, 그를 보았기 때문에, 오는 것처럼 보인다. 그러나 그것은 진상이 아니다. **기쁨은 항상 <나의 내면에 있는 것>이다.** 친구는 단지 하나의 상황이 된 것뿐 이다.

기쁨이 일 때 그것이 되라.

그리고 이런 것은 기쁨만이 아니다. 모든 것에서

그렇다. 분노와 슬픔, 기쁨, 모든 것에서 그렇다. 상대방은 오직 내 안에 있던 것이 표출되는 상황이 된 것뿐이다. 무슨 일이 일어나고 있든지 그것은 내게 일어나고 있는 것이다. 그것은 항상 거기에 있었다.

이제 그런 일이 일어나거든 나의 내면의 느낌에 중심한 채 남아라. 그러면 인생의 모든 것에 대해 다른 태도를 지닐 것이다.

어떤 감정이라도, 이 방편을 해보라. 그러면 우리 안에 엄청난 변화가 있을 것이다. 만약 **그 감정이 부정적인 것이라면, 그것이 내 안에 있었다는 것을 알아채게 되는 것으로 우리는 자유로워질 것이다.** 또 그 감정이 긍정적인 것이라면, 우리는 그 감정 자체가 될 것이다. 그러므로 <알아채는 일>이 양쪽 경우에서 다르게 작동한다.

<알아채는 일>을 사용하라. 그것은 마치 등불을 어두운 방 안으로 가져가면 어둠이 더 이상 있지 않는 것과 같다. <알아채는 일>을 통해 어둠처럼 모든 <부정적인 것>은 녹을 것이다. 증오와 분노, 슬픔과 좌절 등은 말이다. 그리고 사랑과 기쁨은 처음으로 우리에게 드러나게 될 것이다.

< 47 >

먹고 마셔라. 그리고 "느껴라."

불교는 채식을 권(勸)하고, 기독교는 어떤 것을 금(禁)한다. **마하트마 간디**도 그런 것을 규칙으로 삼았다고 한다. 어떤 것도 맛보지 말라! 음미(吟味)하지 말라!

우리는 음식을 먹는다. 그러나 <로봇처럼> 아주 무의식적으로 먹는다. <맛보는 것> 없이도 우리는 먹을 수 있다. <음미하는 것>은 욕망이다! 그러니 <기계적으로> 먹어라. 그러면 우리는 단지 위장을 채우고 있는 것이다. 우리가 바쁠 때면, 대개 그런 수준일 것이다.

그러나 **탄트라**는 맛보라고 한다. 가능한 한 많이 그것을 맛보라. **더 많이 민감하게 되고, 맛에 <살아 있게> 되라**. 아니 오히려, **그 맛이 되라**. <맛보지 않는 것>으로 우리의 감각은 점점 둔해질 것이고, 그 느낌을 알 수 없을 것이다.

먹고 마셔라. 그리고 느껴라.

천천히 먹어라. 그리고 그 맛을 알아채라. 오직 천천히 먹을 때만 알아챌 수 있다. 서두르지 말고, 그것을 맛보고, 그 맛이 되라.

목이 갈할 때, 눈을 감고 물을 천천히 마시며, 그 시원함을 느껴라. 그리고 내가 바로 그 시원함이 되었다고 느껴라. 그 시원함이 이제 물에서 내게로 오고 있다. 그 시원함은 지금 내 몸의 일부가 되고 있다. 그것이 몸 전체로 잔물결처럼 퍼져 나가도록 허용하라. 그러면 온몸에서 그 시원함을 느낄 수 있고, 우리의 **민감함은 성장할 수 있다.**

먹고 마셔라. 그리고 느껴라.

그러면 우리는 더욱 <살아 있게> 되고, 또 <살아 있는 것[즉, 삶]>으로 가득 채워질 것이다. 그래서 **탄트라**가 말하는 요점은 이것이다. **"살아 있어라! 더욱 살아 있어라!"** 왜냐하면 **삶이 곧 하나님이기 때문이다.** 삶 외에 다른 신은 없다! 우리가 완전히 <살아 있을 때> 우리는 신성(神性)이 된다. 그러면 죽음은 없다.

그러나 우리는 정말로 <살아 있은> 적이 없다. 우리는 정말로 <살아 본> 적도 없이, 우리의 삶을 다 놓치고 있다. 그리고 죽음은 시시각각(時時刻刻) 다가오고 있다.

<살아 있는> 사람은 죽음을 두려워하지 않는다. 그는 정말로 살아 있기 때문이다. 우리가 **정말로 살아 있을 때, 우리는 <죽음을 살 수조차> 있다.**

죽음이 올 때, 그것에 나는 너무나 민감하게 되어, 그것에 살아 있게 되어서, 그것을 즐길 수조차도 있는 것이다.

<만약 우리가 중심으로 물러나서 나의 죽어 가는 몸에 민감해질 수 있다면>, <만약 그런 것까지도 느낄 수 있다면>, 그때 우리는 이미 불사(不死)가 된 것이다.

먹고 마셔라. 그리고 느껴라.

예수는 <존재계가 우리에게 한 상(床) 듬뿍 차려 놓았다>고 한다. 그러나 우리는 이런저런 핑계로 그 잔치에 가지 않는다. 보고 맛보라……

성경의 시인도 말한다. "너희는 여호와[존재계]의 선(善)하심을 맛보아 알지어다." 그것을 맛보라. 불교든 이단(異端)이든, 선이든 악이든, 생명이든 죽음이든 <있는 그대로>를 맛보라. **그리고 느껴라.**

< 48 >

사슴의 눈을 가진 이여!
보고, 맛볼 때 "그대가 있음"을 알아채라.

우리는 우리 주위의 모든 것은 알아챌지 모른다. 그러나 나 자신의 있음은 알아채지 못한다. <내가 있다>는 것을……

그러나 나 자신을 알아채지 못하면, 그 알아채는 일은 엉터리다. 그것은 우리의 마음은 모든 것을 반영할 수 있지만, <나>를 반영할 수는 없기 때문이다. 그러므로 **우리가 나 자신을 알아챘다면, 그때 우리는 마음을 초월하는 것이다.**

무엇을 하고 있든지, 나 자신을 기억하라. 그것은 쉬운 것처럼 보이지만, 아주 어렵다. 우리는 3, 4초 동안도 자신을 기억할 수 없다. <기억하고 있다>는 느낌은 가진다. 그러나 곧 다른 생각으로 움직인다. 심지어 "그래, 나는 내 자신을 생각하고 있어."라는 생각과 함께 그것을 놓친다.

이른바 **<자기 기억>에서는 생각이 없다.** 우리는 <완전히 텅 빌> 것이다. 그것은 마음속에서 "그래, 나는 있다."고 재잘거리는 것이 아니다. 그런 것은 마음의 일이고, 정신적인 과정이다. 생각하지 말고, 느껴라! 내가 있음을 알아채라. **만약 계속해서 밀고 나간다면** 그런 일은 일어난다.

어떤 것을 하는 동안, 내가 있음을 기억하고 또 내가 있다고 느껴라. 예를 들어, 숲을 걷고 있다. 나무가 있고, 저 멀리 태양이 떠오르고 있다. 그런 것이 나를 둘러싸고 있는 세계다. 나는 그런 것을 알아챈다. 그러나 그때 **갑자기 <내가 있다>는 것을 기억하라.** 그러나 언어화(言語化)하지는 말라. 그냥 내가 있다고 느껴라.

언어화하지 않은 그 느낌은, 단 한 순간일지라도, 나에게 그 일별을 준다. 실재(實在)의 일별을 준다. 단 한 순간 나는 존재의 중심으로 던져진다. 그때 나는 반영(反影)의 세계를 넘은 것이다. 마음이라는 거울 뒤에 서 있다. 우리는 언제든지 그것을 할 수 있다. 어떤 특별한 장소나 시간을 낼 필요도 없다.

"나는 시간이 없어서……"라고 할 수 없다. 먹을 때도 할 수 있고, 걸어가거나 앉아 있을 때도 할 수 있다.

사슴의 눈을 가진 이여!
보고, 맛볼 때 그대가 있음을 알아채라.

쉬바가 그대가 있음을 알아채라고 할 때, 우리는 무엇을 할 것인가? "내 이름은 아무개다."를 기억할 것인가? 아니면 나는 이런 집안에 속하고, 이런 저런 종교와 지위에 속하는 것을?

어떤 것도 필요 없다. 단지 "[내가] **있다**"는 것, 단지 <존재감>, <현존감(現存感)>만이 있게 하라. 즉 <[나는] **있다는 느낌**> 말이다.

우리는 그 <단순한 존재감>을 기억하지 못하기 때문에 모든 것이 어렵다. 우리는 나 자신에 대해 기억할 때마다, <나의 이름, 나의 역할, 직업, 종교, 그런 것들>에 대해 기억한다.

우리는 실재하지 않는 것에 집착하고, 실재하지 않는 것에 동일시되어 있다. 이름이 아무개로서의 나, 기독교도로서의 나, 인간으로서의 나는 죽어야 할 것이다. 즉 <이름과 형상인 나>는 죽어야 한다. <이름과 형상>, 즉 **나마-루파**에 집착하면, 죽음의 공포가 찾아오게 된다.

<실재하는 것>, 우리 안의 그것은 불사(不死)다. 일단 우리가 <이름과 형상>을 잊게 되면, 내면에서 <이름도 없고 형상도 없는 것>을 보게 된다.

제 15 장

잠드는 순간을 알아채라

< 49 >
"만족(滿足)"을 느껴라.

< 50 >
"잠드는 순간"을 알아채라.

< 51 >
"가을 하늘"이 되라.

< 52 >
"죽은 듯" 누워 있어라.
어떤 것을 "빨아라."

신(神)이
아브라함에게 말했다.
"네 아들을 내게 번제(燔祭)로 바쳐라!"

< 창세기22:2 >

아들이 물었다.
"저를 누구에게 바칠 겁니까?"
아버지가 대답했다.
"<죽음의 신(神)>에게 바쳐지게 되리라."
아들은 죽음의 신에게로 가서 사흘을 기다린 후,
죽음의 신, **야마**가 나타나자 말했다.

"저는 <죽음> 너머로도 가겠나이다.
그러나 저를 당신에게 바칠
불의 신 **아그니**를 알고 싶습니다."
"**아그니**는 <불멸의 세계>를 알 수 있는 길이다."
그러면서 세상의 시작인 **아그니**와
그 장작더미에 대해서 말했다.
"그럼 죽음 이후는 어떻게 됩니까?"
"그런 것은 **<그것>을 아는 스승**이 가르쳐야 하며
말로 표현할 수 있는 것이 아니니라.

육신은 수레, 감각은 말,
마음은 말고삐, 지혜는 마부(馬夫),
감각이 좇는 대상은 말이 달리는 길이고
<마차 뒤에 앉은 이>가 주인인 **<그것>**이니라.

지혜(智慧)인 마부가 잘못하면,
마음인 고삐가 불안하며
그 조정을 받는 말은 제멋대로 움직인다.
우리의 감각은 밖으로만 향하게 되어 있으니,
밖의 대상만 보려 든다.

그러니 마음속에 있는 원망(願望)에서
완전히 풀려나면……

그리고 **<그것>**을 나 외에 누가 알 수 있으랴?"
<까타 우파니샤드>
(이재숙 옮김에서 간추려 옮김)

* **야마**는 **요가**에서 첫 단계다.

< 49 >

"만족(滿足)"을 느껴라.

우리의 이 마음은 얄궂다. 오직 불만족, 미흡만 느낀다. 만족하지 못할 때, 우리는 그것을 느끼고 또 그것이 된다. 예를 들어, 목이 마를 때 처음에는 목에서만 갈증을 느끼지만, 나중에는 몸 전체에서 느끼고, 내 자신이 바로 그 갈증이 되어 버렸다고 느낀다.

이 방편은 우리에게 <긍정적인 접근 방식>을, 이 마음과 그 과정에 반전을 준다. 그리고 **그것은 <더 긍정적인 존재계>의 일별이 될 수 있다.**

사실, 행복과 불행은 <우리의 해석이고, 우리의 태도이고, 우리의 접근 방식이고, 우리가 바라보는 방법>이다. 그것은 곧 우리의 마음이다.

그러나 우리는 <나 자신은 달라지는 것이 없이> 오로지 세상을, 사회를, 환경을 변화시키려고 한다. 우리는 **<나 자신이 변화되는 것은 없이> 사물만을 계속해서 바꾼다.**

우리는 어떻게 하면 더 부(富)를 얻을 것인가에 관심이 있다. 두 채의 집과 더 두둑한 은행 잔고, 더 많은 것을 가질 수 있다. 그러나 양은 변하지만 우리의 질(質)은 똑같은 것으로 남는다.

실제로, 부유(富裕)는 물질에 있지 않다. 그러나

우리 대부분은 이런 말을 들으면, 속으로 비웃는다. 부유함은 마음의 질, 삶의 질에 있다. 질에 관한 한, 가난한 사람이 부유한 사람일 수 있고, 부유한 사람이 가난한 사람일 수 있다.

이것은 거의 항상 그렇다. 왜냐하면 물질과 양에 관심이 있는 사람은 그의 내면의 다른 차원, 즉 <질의 차원>이 있다는 것을 알아채지 못하기 때문이다.

아름답고 만족한 것을 느낄 때마다 그것을 알아채라. 하루 24시간 속에는 그런 순간이 많다. **해가 떠오르고, 새가 지저귀고, 미풍이 나뭇가지 사이로 분다. 작은 아이가 순진한 눈으로 나를 바라보고, 새파란 싹이 길가의 보도블록 틈에서도 올라온다. 미묘한 행복의 느낌이 든다.**

<그것>이 일어나고 있다! 이것은 아주 섬세하고 아주 미묘한 과정이다. 그냥 아름다운 것만 보고 추구하라. 그러면 추한 것 또한 아름다운 것으로 되는 순간이 온다. 행복한 순간만을 찾고 바라보라. 그러면 불행하다고 할 수 있는 것이 아무것도 없는 순간이 온다.

< 50 >
"잠드는 순간"을 알아채라.

내가 <잠자는 것도 아니고, 깨어 있는 것도 아닌 때>, 그 순간은 아주 짧고, 아주 미묘한 순간이다. 그러나 그 틈을 통해 우리는 <존재>를 일별할 수 있다. 만약 <그 순간>을 놓치면, 놓치는 것이다.

우리의 의식은 전환점이 있다. 마치 <숨이 들어오고 나가는 그 지점>처럼 말이다. 늦은 밤 <깨어 있다가 잠이 들려고 할 때>와, 아침에 <깨어나는 것을 느끼지만 아직 깨지는 않았을 때>다. 그 지점에서 우리는 <존재>, 삿에 더 가까이 있다.

잠드는 순간을 알아채라.

불을 끄고 침대에 누워, 눈을 감아라. 어떤 것도 하지 말고, 그냥 기다려라! 이제 내 몸은 이완되고 있다. 잠은 그 나름의 과정이 있어서, 그 나름으로 작동한다. 나의 <깨어 있는 의식>은 사라지고 있다. 이 방편은 시간이 걸릴 것이다.

그러나 어느 날 밤, 문득 <내가 깨어 있는 것도 아니고 잠자는 것도 아닌 상태>를 알아채게 된다. 그것은 아주 기이한 현상이다. 갑자기 공포(恐怖)가 사로잡는다. 왜냐하면 우리는 두 가지, 즉 <잠자고

있을 때>와 <깨어 있을 때>만 알고 있기 때문이다. 우리는 어느 쪽도 아닌, 세 번째 지점은 잘 알지 못한다. 그러나 그런 순간을 반복해서 경험할 때는 다른 느낌도 준다. **<내가 살아 있는 것도 아니고 죽은 것도 아닌, 이것도 저것도 아닌 어떤 상태>의 느낌을……**

<깨어 있는 상태>와 <잠자는 상태>, 이것은 마치 두 개의 높은 절벽과 같다. 우리는 한쪽에서 다른 쪽으로 건너뛴다. 그러나 만약 그 중간에 머문다면, 우리는 깊은 골짜기로, 저 심연으로 떨어질 것이다. **그것은 무저갱(無底坑)이다.**

무저갱은 바닥이 없는 나락이다. 허공이다. 나는 계속해서 떨어지고 떨어진다. 수피들도 이 방편을 사용했는데, 그들은 구도자를 보호하기 위해, 다른 것을 훈련하도록 했다고 한다.

그것은 <눈을 감고, 나 자신이 깊은 우물 속으로 떨어지는 것을 상상하는 것>이다. <엄청나게 깊은 우물>로, <바닥이 없는 캄캄한 우물> 속으로 떨어진다고 상상하라. 떨어지고, 떨어지고, 영원히 떨어진다. 이제 그 추락은 멈출 수가 없다. 그러나 멈출 수 있다. 눈을 뜨고 더 이상 하지 않겠다고 하면 된다. 그러나 그렇지 않다면 멈출 수 없고, 우리는 더 깊이 내려가고 더 캄캄해질 것이다.

이 우물 훈련은 아주 좋다. 그것을 잘 훈련하여

그 아름다움을 알게 되면, 우리는 더 깊이 들어갈 수 있고 더 침묵하게 된다. 세상은 멀리, 저 멀리로 떠나간다. **침묵은 어둠과 더불어 성장한다**. 공포가 찾아올 수도 있지만, 단지 상상이라는 것을 알기에 계속할 수 있다.

잠드는 순간을 알아채라.

그러나 이 방편에서, <깨어 있는 것>과 <잠자는 것> 사이에 있는 우물로 떨어질 때, 그것은 상상이 아니다. 그것은 엄연히 존재하는 실재(實在)다. 그 심연은 실제로 바닥이 없는 것이다. 그것이 **붓다**가 그것을 **순야**, 즉 공(空), 무(無), <텅 빈 것>이라고 했던 이유다. 그것은 끝이 없다.

만약 그것을 알게 되면, 나 역시 끝이 없게 된다. 이것은 **락쉬만** 주가 좋아했던 또 다른 방편이라고 한다.

< 51 >
"가을 하늘"이 되라.

<마음>이라는 것이 무엇인가? 마음은 <끊임없는 생각의 행진>을 말한다. 그것은 <연상되는 것이든 되지 않는 것이든, 관련 있는 것이든 않는 것이든, 수많은 곳에서 수집한 인상(印象)들의 흐름>이다. 우리의 삶은 수집, <먼지의 수집>이다. 그것은 계속되고 계속된다.

한 아이가 태어난다. 그 아이는 깨끗하다. 마음이 있지 않기 때문이다. 그러나 그 아이는 교육이라는 것으로 지식, 문화, 종교 등 조건화들을 수집한다. 그것은 유용하고 또 필요하다. 그 아이는 수많은 것을 수많은 출처로부터 모아야 할 것이다. 그러면 마음은 시장(市場)이 되고, 군중(群衆)이 된다.

가을 하늘이 되라.

하늘을 묵상하라. 우리네 조선 사람의 심성에는 하늘은 <하느님> 곧 신(神)이다. 하늘은 <끝없고, 텅 빈 것>으로, <탁 트인, 구름 한 점 없는 가을 하늘>을 바라본다면, 갑자기 마음이 사라지는 것을 느낄 것이다. 그리고 문득 <그 맑은 하늘이 내 안으로 들어온 것>을 알아채게 될 것이다.

<어떤 생각도 없을 때>, <어떤 구름도 없을 때>, 외부의 하늘은 내면과 하나가 된다. **오직 생각이 그 벽(壁)을 만든다. 우리의 생각 때문에, 외부는 외부이고 내면은 내면이다.** 실제로 그 경계는 결코 존재하지 않는다. 생각이 <나>라는 경계를 만든다.

내가 어떤 사람을 본다. 그러면 그것은 단지 내 외부에만 있지 않고, 어떤 것이 내 속에서도 시작된다. 마음은 그것을 반영하여 반응하기 시작한다. 그러므로 내가 보고 듣고 경험하는 모든 것이 나를 틀 짓고, 나를 수정하고, 나를 만든다. 외부는 끊임없이 내면과 관련된다.

탁 트인 가을 하늘을 들여다보는 것은 좋다. 그 광활한 공간은 어떤 경계도 없다. 그때, 나 자신의 경계도 사라질 것이다. 그 경계가 없는 하늘이 내 안에 반영되기 때문이다. 그러나 나의 눈의 초점은, 하늘에 맞추지 않으면, 늘 구름에 맞춰진다.

하늘을 응시하라. 눈을 깜빡이지 말고, 그 허공을 응시하라. 그러면 어느 순간 그 허공이 내 속으로 들어온다. **먼저 내가 하늘 속으로 들어가라. 그러면 하늘이 내 속으로 들어온다.** 그때 거기에 외부의 하늘과 <내면의 하늘>이 만난다. 그 만남 속에서 우리는 마음이 아니다.

하늘에 대해 생각하지 말라. 꼭 기억하라. 우리는 하늘에 대해 생각할 것이다. 하늘에 대한 시(詩)나

노래나 어떤 것을 기억할 수 있다. 그러면 요점을 놓친다. 단지 그 안으로 들어가서, 그것과 하나가 되어야 한다.

가을 하늘이 되라.

어떻게 할 것인가? **그냥 계속해서 더 멀리, 더 멀리 응시하라. 마치 그 경계를 찾고 있는 것처럼, 깊이, 깊숙이 들어가라.** 바로 그것이 그 벽을 부술 것이다.

하늘이 우리에게 일어나도록 허용하라. 명상은 어떤 것이 일어나도록 허용하는 것뿐이다. 이제껏 우리는 어떤 것이 일어나도록 강요해 왔기 때문에 모든 불행을 만들어 왔다.

하늘은 절대적으로 수동적이다. 그러므로 **그냥 수동적이 되어 열려 있고 여성적이 되면**, 하늘 곧 신(神)이 우리에게 일어날 것이다.

< 52 >

"죽은 듯" 누워 있어라.
어떤 것을 "빨아라."

죽은 듯 누워 있어라. 갑자기 내가 죽어 버렸다. 몸을 움직이지 말라. 그냥 내가 죽어 있다고 상상하라. 이것은 많이 사용된 방편 중 하나다. 가끔은 악몽(惡夢)에서도 그런 일이 일어난다.

라만 마하리쉬는 그런 일을 당(當)하고 깨달음을 얻었다. 어느 날 밤, **라만**은 자신이 문득 죽어 가고 있는 것을 느꼈다. 그것은 너무나 확실하여 죽음이 그를 완전히 점거해 버렸다. 그는 의식(意識)에는 힘이 있었지만 몸에는 아무런 힘도 없었다. 그는 자신이 거기에 있다는 것을 알았다. **그는 있었고, 의식적이었고, 깨어 있었다. 그러면서 그는 자신이 죽어 가고 있다는 것을 느꼈다.**

점점 더 몸은 뻣뻣하게 되었고…… 몸이 죽었다. 그러나 그때 그것이 하나의 문제가 되었다. 그는 몸이 죽었다는 것을 알았다. 그러나 그는 거기에 있었고, 그는 그런 것을 알았다. 그는 의식의 다른 영역, 다른 차원을 알게 된 것이다.

어떤 것을 빨아라. 이것은 하기가 쉽다. <빠는 일>은 우리 모두가 했던 첫 번째 일이다. 우리의 우주와의 첫 접촉은 엄마의 젖가슴이었다. 그것은 절박했던 생명의 힘을, 사랑을, 모든 것을 주었다. 그 접촉은 아주 부드러웠고, 너무나 기분 좋은 것이었다. <Euphoria[포만감, 도취감]>라고 한다.

어떤 것을 빨아라. 그리고 그 <빠는 것>이 되라. 예를 들어, 담배를 빨아라. 그러나 담배는 잊고, 그 행위 속으로 몰입하라. [이것이 <담배 명상>이다. 흡연을 장려하는 것이 절대 아니다! ^^*]

그 <빠는 것>이 될 수 있을 때, 우리는 즉시로 순전하게 될 것이다. 신생아(新生兒)처럼…… [아무 생각이 없다!]

[<혀를 입천장 쪽으로 길게 목구멍에 대는 것>을 **케차리 무드라**라고 한다. 그때 <입천장의 **랄라나 차크라**>와 <목의 **비슛디 차크라**>, <뇌 속의 **아갸 차크라**>가 자극되고, <머리 꼭대기 뒤의 **빈두**>의 넥타는 **비슛디 차크라**로 떨어져 모든 곳으로 스며든다. 또 **비슛디 차크라**는 <정화(淨化) 중추>다.]

우리는 순전(純全)하게 될 수 있다. 그런 상태를 성경의 시인은 이렇게 노래했다.

실로 내가 내 영혼으로 고요하고 평온케 하기를 젖 뗀 아이가 그 어미 품에 있음 같게 하였나니 내 중심(中心)이 젖 뗀 아이와 같도다.

제 16 장

처음인 것처럼 보라

< 53 >
"엉덩이로만" 앉아라.

< 54 >
"가슴의 평화(平和)"를 느껴라.

< 55 >
"처음인 것처럼" 보라.

< 56 >
"혀 위에" 집중하라.
"흐" 소리를 느껴라.

우리나라
숭산 행원(崇山行願) 스님의
화두(話頭) 하나.

"아무리 예수 그리스도를 찬양하고
그의 말씀을 전한다고 해도
그가 내 안에 거(居)하지 아니하면
그는 나와 상관없으리라."

1. 예수 그리스도가 누구인가?
2. 그가 어떻게 내 안에 거하나?
3. 어떻게 그에게 도달하나?

화두는 공안(公案)으로,
진리의 깨달은 정도를 가늠할 수 있다고 한다.

위의 질문에
기독교의 설교자들과 신자들은 너무나 쉽게
대답할지도 모른다.

그러나 제발
그렇게 쉽게 말하지 말라.
자신이 아는 그 정답(?) 때문에 혀가
근질근질할지도 모른다.

그러나 무엇이라고 중얼거리는 순간
빗나간다.

<빗나가는 것>을 기독교 용어로,
헤트[חֵטְא], 하마르티아[ἁμαρτία],
즉 **죄(罪)라고 한다.**

물론 **죄인(罪人)**은 <하나님의 나라>에
절대로 들어갈 수가 없다.

< 53 >
"엉덩이로만" 앉아라.

첫째는 <아주 민감한 몸>이 필요하다. 엉덩이는 우리 몸에서 가장 둔감한 부분이다. 우리는 온종일 엉덩이로만 앉아 있으니, 그것은 그래야 한다!

이 방편을 하려면 <엉덩이를 민감하게 만들어야> 한다. 쉬운 방법이 있다. 의자에 편하게 앉아 눈을 감아라. 모든 것은 잊고, 왼손만을 느껴라. 그리고 거기에 어떤 것이 일어나고 있는지 느껴라. 어떤 작은 감각이나 경련, 어떤 미세한 움직임이라도…… 몇 주 안에 새로운 왼손이 생길 것이다.

손으로 성공했을 때, 그때 엉덩이로 해보라. 눈을 감고, 오직 엉덩이만 있다고 느껴라.

엉덩이가 민감하게 되었을 때, 그때 눈을 감고 편한 바닥에 앉아라. **싯다-아사나**[성취자의 자세, 달인좌(達人坐)]나 **파드마-아사나**[연꽃 자세, 연화좌 (蓮華坐)]가 좋다. **이제 엉덩이가 민감하게 되었기 때문에, 한쪽이 더 많이 닿고 있는 것을 잘 느낄 것이다.** 그러면 다른 쪽으로 움직여서 균형(均衡)을 잡아라. **오직 <민감(敏感)하고> <균형이 잡힐 때>**, 그때 우리는 <나의 중심>을 느낄 수 있다.

현대인의 척추는 생각하는 만큼 똑바르지 않고, 골반은 뒤틀려 있다. 요가를, **하타 요가**를 꾸준히 해보면, 우리는 나 자신이 그동안 얼마나 뒤틀린 자세로 살아왔는지 잘 알 수 있다.

엉덩이로만 앉아라.

하타 요가에서, <문자 그대로> 엉덩이로만 앉는 자세는 많다. 어떤 이는 <댜나 비라-아사나[영웅의 명상 자세]>나 <마첸드라의 자세>로 보기도 한다. 우리의 몸을 가지고 하는 하타 요가는 <해[하]와 달[타]의 결합[요가]>을 의미하고, <핑갈라 나디와 이다 나디의 활성화를 통해 수슘나 나디를 뚫는 일>, <중앙 통로로 에너지를 모으고, 균형(均衡)을 잡는 일>이다.

마첸드라의 제자 고락샤는 하타 요가의 수많은 자세 중에서도 특히 두 가지만을 언급하고 있는데, 싯다-아사나와 파드마-아사나다. 다음은 고락샤가 말하는 싯다-아사나로, 정확하게 표현하자면 싯다-아사나에서 샴바비 무드라를 행하는 것이다.

한쪽 발뒤꿈치를 회음(會陰)에 대고
다른 쪽 발뒤꿈치는 음경(陰莖) 위에 놓는다.
<두 눈썹 사이>를 확고하게 응시하면
해탈(解脫)로 향한 문이 갑자기 열린다.

223

< 54 >

"가슴의 평화(平和)"를 느껴라.

첫째, 편안한 자세로 있는 것이다. 나에게 편안한 자세로 말이다. 어떤 특정한 **아사나**를 하려고 하지 말라. **붓다**는 어떤 특정한 자세로 앉는다. 그것이 그에게 편하기 때문이다. 그러므로 편안한 자세를, 이완(弛緩)을 찾는 일이 요점이다.

어떤 주석가가 설명하는 이 방편의 자세는 **순야 얀트라**라는 것으로, 두 팔을 위로 올려서 원(圓)을 만드는 것이다. 그리고 그 원의 <시작도 없고 끝도 없는 것>이나 그 원 안의 <텅 빈 것>을 명상하는 것이다.

그렇게 볼 수도 있겠지만, 그것은 **두 손을 모아 깍지를 끼고 두 팔을 쭉 펼쳐 올려, <가슴을 활짝 편 자세>로 <마음껏 기지개를 켜는>** 그런 모습과 또 그런 [마음의] **상태와 비슷한 것 같다.**

혹시 기지개가 무엇인지 생각해 본 적이 있는가? 기지개의 메커니즘과 그 생리를 아는가? 누군가는 기지개를 <氣指開>로 풀었다. <氣至開>가 더 낫지 않은가? 지복(至福)처럼…… [그래서 **하타 요가**는 그렇게도 기지개를 권하는가 보다. ^^*]

가슴의 평화를 느껴라.

눈을 감고 **가슴을 느껴라**. 그리고 그것이 평화로 가득 찼다고 느껴라. 실제로, 우리의 **몸이 편안하고 완전히 이완되면, 평화는 가슴에서 <저절로> 일어난다**. 가슴은 고요해지고 이완되고 조화롭게 되어, 가슴은 평화(平和)를 발산한다.

사랑도 때로는 우리에게 평화를 준다. 이 방편은 <사랑을 통하지 않고, 그 평화를 찾는 것>이다. 이 방편으로 오는 평화는 나의 내면에 뿌리를 내리고 있는 것이다. 그리고 사랑은 그 평화 때문에 온다. 그러나 우리에게 평화는 사랑 때문에 온다. 그것이 우리의 사랑에는 괴로움과 고통이 있는 이유다.

가슴은 원래 <평화의 근원>이다. 그것은 우리가 평화를 만들고 있다는 것이 아니다. 우리는 단지 항상 거기에 있는 어떤 근원으로 간다. 이 방편은 <가슴은 원래 평화로 가득 차 있다>는 것을 알게 한다.

가슴의 평화를 느껴라.

그 평화를 느낄 때, 우리는 존재의 표면으로부터 저만큼 떨어져 있다. **어떤 거리를 느낀다**. 세상은 돌아가고 있지만, <나>와 <그 모든 것> 사이에는 얼마쯤 거리가 생긴 것을 느낀다. 그 거리는 내가 주변에서 물러났기 때문이다.

주변에서 많은 일이 일어나고 있지만, **그것들이 내게는 마치 다른 사람에게 일어나고 있는 것처럼 보인다.** 나는 거기에 포함되어 있지 않다. 그것이 초월(超越)이고, 그것이 깨달은 이들이 세상을 꿈, 환영이라고 하는 이유다. 그것은 실제로 세상이 곧 환영이라는 말이 아니다. **그들은 <더 높은 실재>를 알게 된 것이다. 그때, 이 세상은 꿈처럼 보인다.**

우리가 어떤 것을 현실이라고 느끼려면, 그것이 나를 깊이 관통할 때, 그렇게 느낄 수 있다. 관통이 깊을수록, 우리는 더 실재적인 것으로 느낀다. 예를 들어, 내가 머리를 어떤 모서리에 부딪쳤다.[굉장히 아프다!] 그런데 **<내가 그 일을 마치 꿈속에서의 일 처럼 느낀다면>,** 그때 그것은 나에게는 환영적인 것이 된다. 그것을 현실로 느끼지 못한다.

그런 것이 **붓다가** 어떤 것도 실체가 있지 않다고 하는 이유다. 그것은 세상이 환영이라고 하는 것과 똑같다. 또 그것이 <내면이 평화로운 사람들>에게 일어나고 있는 일이다.

< 55 >
"처음인 것처럼" 보라.

성경은 해 아래는 새것이 없다고 한다. 그러나 해 아래는 옛것이 없다. 오직 우리의 이 두 눈만이 옛것이다. 우리는 사람과 사물을 보면서 곧 익숙해진다. 그러면 아무것도 새롭지 않다. 단지 <우리의 오랜 습관>이, 즉 마음이 그렇게 느끼도록 만드는 것이다. 실제로, 아내와 남편은 어제 본 그 사람이 아니다.

어떤 것도 다음 순간 똑같을 수가 없다. 있다면, 그것은 기적(奇蹟)이다! 똑같은 일출은 두 번 다시 일어나지 않는다. 모든 아침은 그 나름의 개별성을 갖고 있다. 하늘의 구름과 색깔은 다시는 똑같은 패턴으로 모이지 않는다.

처음인 것처럼 보라.

무슨 일이 일어날 것인가? 갑자기 우리는 자신이 그동안 얼마나 아름다운 세상을 놓치고 있었는지 놀랄 것이다. 시력(視力)을 회복할 것이다. 예수는 말한다. "<눈이 있는 자>는 보고, 귀가 있는 자는 들어라." 우리는 자신이 잘 본다고 생각한다.

그러나 기독교도인 나는 **처음인 것처럼** 기독교를

본 적이 있는가? 또 불교도인 나는, 불교를 그렇게 본 적이 있는가? 내가 늘 걷던 거리 풍경이 아주 낯설어 보인 적은 없는가? 늘 사용하는 말이 아주 낯설게 느껴진 적이 없는가?

<잘 안다고 여기면서 그냥 지나치는 모든 것>을 **처음인 것처럼 보라. 그런 것을 지속적인 태도로 만들어라.** 모든 것을 마치 **처음인 것처럼** 말이다. **만약 그런 것을 할 수 있다면, 우리는 과거로부터 자유로울 것이다.** 나의 무의식 깊숙이 있는 무거운 짐인 그 축적된 경험들로부터 자유로울 것이다.

이것은 우리가 과거로부터 자유로울 수 있도록 하는 위대한 방편이다. 그러면 우리는 현재(現在)에 있게 될 것이고, **점차로 현재에 친근감(親近感)을 가질 것이다.**

실제로, 모든 것은 강처럼 흘러간다. 만약 우리가 과거로부터 자유롭고 또 현재를 볼 수 있는 눈이 있다면, 우리는 모든 것 속으로 들어갈 것이며 또 내 자신 속으로도 들어갈 것이다. 왜냐하면 현재가 그 문이기 때문이다.

사실 **모든 명상 방편은 이런저런 식으로 우리가 현재에 있게 하려는 것이다.** 이 방편은 하기 쉽다. 또 어떤 위험도 없다. 만약 우리가 늘 지나다니는 거리를 신선하게 바라볼 수 있다면, 그것은 새로운 거리다. 그것은 낯선 거리다.

늘 보는 친구를 낯선 사람인 것처럼 만나고, 또 아내를 전에 낯선 사람이었을 때 보듯이 보며, 그 친구나 아내가 이제는 낯선 사람이 아니라고 말할 수 있는가? 수십 년을 아내와 남편으로 같이 살아왔지만, 정말 아내를 안다고 말할 수 있는가?

다시 새롭게, 신선하게 바라보라. **처음인 것처럼** 말이다. 그러면 우리는 <똑같지만 낯선 사람>을 볼 것이다. 아무것도 낡은 것이 아니다. 이것은 우리의 시선(視線)에 신선함을 준다. 우리의 눈은 순전하고 온전하게 될 것이다. 그리고 그 순전한 눈이 볼 수 있다. 내면의 세계를……

그때, 성경에서 늘 보았던 "여호와 보시기에"나 "하나님의 보시기에"라는 말이 마치 **처음인 것처럼** 내게 <어떤 것>으로 다가오는 것을 볼 수 있다. 또 그때, 에스겔이 수없이 말하고 있는 "너희가 나를 여호와인줄 알리라."라는 뜻을 가늠해 볼 수 있다.

< 56 >

"혀 위에" 집중하라.
"흐" 소리를 느껴라.

마음은 <초점을 모으는 일>이다. 그리고 또 어디에도 초점을 모을 수 있다. 일단 초점이 모아지면, 그곳으로부터 그것을 제거하는 일은 아주 어렵다. 보통 우리는 머리에 초점을 모아 왔다.

요가는 일곱 개의 **차크라**[중추]가 있다고 한다. 각각의 중추는 다른 기능을 한다. 우리가 특정한 중추에 집중하면, 우리는 <다른 사람>이 된다.

혀 위에 집중하라. 이 방편은 마음을 <혀 위에, 혀의 중앙에> 집중하는 것이다. 입을 다물지 말고, 마치 말을 하려고 하는 것처럼 약간 벌려라. 아주 이상한 느낌이 들 것이다. **그곳은 언설의 중추다.** 혀의 중앙에 주의를 기울이면, 생각이 멈춘다.

그리고 생각이 언설이다. 생각하고 있을 때, 나는 무엇을 하고 있는가? 속으로 말하고 있다. 속으로 말하는 것 없이, 생각할 수 있겠는가? 그리고 그때 혀가 반드시 수반된다. 생각하고 있을 때, 그것을 알아채라. 혀는 마치 <내가 다른 사람에게 말하고 있을 때처럼> 진동하고 있다.

"흐" 소리를 느껴라. 마치 말을 하려고 하는 것처럼 입을 약간 벌리고, 숨을 조용히 들이마셔라. 그리고 <들이마시는 것으로 생겨나는 소리>를 알아채라. 그것은 단지 "**흐**[HH]"다.

그것은 아주 조용하고, 겨우 들릴 만한 소리이다. **그 소리를 알아채기 위해서는 <아주 깨어 있어야> 한다. 그것은 숨을 들이마시거나 내쉴 때 생기는 자연적인 소리이다.** 죽어 가고 있는 사람의 곁에서 <겨우 드나드는 숨>을 조용히 지켜보라. 거기에는 "야훼[יהוה, YHWH]"의 "**흐**[HH]"가 있다.

이 모든 방편은 생각에서 <생각이 없는 상태>로, 마음에서 무심(無心)으로, 표면에서 중심(中心)으로 우리를 움직이게 하는 것이다. **<생각이 없는 상태>에서 우리는 <영원한 것>의, 부동(不動)의 일부가 된다.** 생각을 하게 되면, 우리는 <움직이는 것>의, 세상의 일부가 된다. 세상이 <움직이는 것>이다.

그것이 세상을 **삼사라,** 즉 윤회(輪廻), <돌아가는 바퀴>라고 부르는 이유다. 선지자 에스겔도 그런 것을 신(神)의 계시, 즉 환상으로 보았다. 우주는 돌아가는 바퀴와 같다. 그리고 바퀴는 <그 중심이, 바퀴 축(軸)이 돌아가지 않고, 부동으로 남아 있기 때문에> 돌아갈 수 있다.

제 17 장

푸른 하늘을 보라

< 57 >

"무중력"이 되게 하라.

< 58 >

움직이는 수레 안에서 "흔들려라."

< 59 >

"구름 너머"를 보라.

< 60 >

샥티여!
우주를 "머릿속에서" 느껴라.

화두(話頭)가 무엇인가?

붓다가 가르친 핵심은 <마음[心]>으로, 화두는 <어떻게 하면 그 마음을 녹이느냐>는 관문이다. <진리를 찾는 이들에게 내는 수수께끼>라고 할 수 있다.

무문(無門) 선사가 편집한 <무문관(無門關)>에서 하나를 보자.

누군가가 조주(趙州) 선사에게 물었다.
"개에게도 불성(佛性)이 있습니까?"
선사가 말했다.
"무(無)[없다]!"

진리를 찾으려면, 조사(祖師)가 세워 놓은 관문을 뚫어야 하고, **깨달음을 얻자면, 모든 생각의 길목을 차단해야 한다.**

그럼 대체 조사의 관문이란 어떤 것인가? <없다> 이 한 마디에 매달려라. 집중하라. <없다>는 것을 공허나 결핍으로 여기거나, **<유(有)와 무의 상대적 공간>에서 읽으려 들지 말라.**

이런 훈련이 오랫동안 지속되면, 그대의 마음은 **점점 익어, 어느 날 <안과 밖이 하나로 합쳐지는 경지>에 도달할 것이다.**

개의 불성, 온전한 제시(提示) 분명한 가르침이라.
<있다>와 <없다> 사이에 머뭇거리면,
네 목숨은 간데없다.

<한형조의 무문관에서 중략과 고쳐 옮겼다.>

누군가가 물었다.
"악마에게도 영성(靈性)이 있습니까?"
내가 말했다.
"유(有)[있다]!"

우리의 마음이 점점 녹아서, 어느 날 <신(神)과 인간이, 아니면 초월(超越)과 내재(內在)가 하나로 합쳐지는 지점>에 이르면, 누구나 노래할 것이다.

악마의 신성, 온전한 제시 분명한 가르침이라.
아직도 선악과(善惡果)를 따먹고 있는 한,
네 구원은 간데없다.

< 57 >

"무중력"이 되게 하라.

<무게가 없는 상태>는 곧 <몸이 아닌 상태>이다. 그리고 그때 우리는 마음 역시 초월한다. **마음, 즉 두뇌 역시 몸의 일부이고, 또 물질이기 때문이다.** 물질은 무게가 있다. 그러나 <나>는 어떤 무게도 갖지 않는다. 이것이 이 방편의 기초다.

우리는 아주 기쁘고 행복한 순간은 무게가 없는 것 같고, 슬프거나 괴로울 때는 아주 무거운 것을 느낀다. 마치 어떤 것이 나를 아래로 끌어당기고 있는 것 같다. 슬프고 괴로울 때는 몸을 잊을 수 없기 때문이다.

그것은 마치 땅 아래로 나의 뿌리가 있는 것처럼 나를 당긴다. 실제로, 우리의 몸[육체]은 땅 속에 그 뿌리가 있다. [바가바드 기타는 우주의 나무가 <그 뿌리를 위에 두고 가지는 아래에 두고 있다>고 하고, 카발라는 그 나무를 <생명의 나무>라고 한다. 그 역설(逆說)을 알아채라.]

실제로, **우리는 <제한된 몸과 동일시된, 무한의 힘>이다.** 일단 우리가 자신을 알게 되면, 무중력은 더 커지고, 몸의 중량은 더 작아진다.

무중력이 되게 하라.

어떻게 할 것인가? **<붓다가** 앉는 자세>가 좋다. <척추를 똑바로 하고, 두 다리를 서로 교차시키고, 두 손을 서로 살짝 닿게 하는 자세>가 좋다. 몸을 비스듬히 한다면, 더 많은 면적이 중력의 영향을 받는다. 서 있을 때가 가장 적게 받겠지만, 우리는 오래 서 있을 수가 없다.

그다음 몸은 잊고, 자신을 무게가 없는 것으로 여겨라. 그렇게 생각해야 할 뿐만 아니라, 무중력이 되었다고 느껴라. 우리가 계속해서 느끼고 느끼면, 어느 날 문득 자신이 무중력인 것을 깨닫는 순간이 온다. 사실, 우리는 이미 그런 것이다. 갑자기 나는 몸이 아니다. 갑자기 나는 몸이 아닌 다른 세계에 있을 것이다.

이 방편을 쉽게 하려면, <나의 몸이 무한의 우주 공간에서 가볍게 떠 있는 것>을 상상할 수 있는, 그런 <상상의 힘(力)>이 절실하다.

< 58 >

움직이는 수레 안에서 "흔들려라."

이 방편이 개발되었을 때는 소달구지만 있었을 것이다. 지금 우리가 울퉁불퉁한 시골 길에서 그 소달구지를 타고 있다고 하자. 달구지가 왼쪽으로 기울고, 그러면 우리는 자신도 모르게 몸을 오른쪽으로 기울인다. 그렇지 않으면 넘어지거나 어디에 부딪힐지도 모른다.

우리는 자신도 모르게 많은 것을 한다. 우리는 달구지의 흔들림에 저항하고 있다. 저항하지 말라. **그 흔들림과 함께 흔들려라. 오히려 그 흔들림을 <어떤 리듬>으로 만들어라.** 수레의 흔들림을 어떤 조화(調和)로, 음악으로 만들어라. 아니면 하나의 춤인 것처럼 여겨라. [실제로, 모든 춤은 나의 몸을 율동적으로 흔드는 것, 그런 것 아닌가? ^^*]

흔들리는 수레 안에서 저항하지 않고 율동적으로 흔들리는 것은 내 내면에 <중심하는 일>을 만든다. [사실, 우리가 보는 눈만 있다면, 이 모든 방편은 똑같은 것이다. 이 방편도 - 삶과 죽음이라는 수레바퀴 안에서, 아니면 세상이라는 수레바퀴 안에서, 우리가 저항하지 않고, 오히려 그것을 율동적으로 살아갈 때 - 내 내면의 어떤 중심을 <알게> 한다는 것이 아닌가?]

아니면 **집 마당같이 넓은 곳에서 어린아이들이 하듯이 빙글빙글 돌아라.** 눈을 감고, 빙글빙글 돌고 돌아라. 어지럽고 또 넘어질 것 같다고 느끼더라도, 멈추지 말라. 이제는 마음도 빙글빙글 돌 것이고, 우리는 넘어질 것이다. 몸이 넘어졌을 때, 속에서 느껴라! 그 회전은 계속될 것이다. 그것은 가까이, 더 가까이 올 것이고, 갑자기 우리는 중심하게 될 것이다.

어린아이들은 <몸이 없는 느낌> 때문에 그것을 즐긴다. 아이들은 빙글빙글 돌고 있을 때, **<그들의 몸이 돌고 있지, 그들이 도는 것이 아니라는 것>을 알아채게 된다.** 어린아이들은 속에서 <우리가 쉽게 느낄 수 없는 어떤 중심>을 느낀다. 아이들의 몸과 영혼은 아직은 약간 떨어져 있어서, 어떤 간격이 있기 때문이다.

명상은 다시 그 간격을 만들려는 것이다. 우리는 자신의 몸에 너무나 고정되어 있다. 그것이 나는 몸이라고 느끼는 이유다. 만약 그 간격이 만들어질 수 있다면, 그때 우리는 몸이 아니고, <몸 너머의 어떤 것>이라는 것을 느낄 수 있다. 흔들리는 것과 <빙빙 도는 것>은 그 간격을 만든다.

잘 알다시피 수피의 회전무(回轉舞)는 유명하다.

< 59 >
"구름 너머"를 보라.

우리는 하늘을 많이도 바라보았다. 그러나 지금까지 아무것도 일어나지 않았다. 그런데 무슨……

구름 너머를 보라.

<보는 것>으로다. <생각하는 것>으로가 아니다. 단지 하늘을 보라. 하늘은 무한(無限)하다. 하늘은 그 어디에도 끝이 없다. **하늘은 어떤 대상(對象)이 아니다.** 언어적으로는 그렇다. 그러나 <존재적으로> 하늘은 하나의 대상이 아니다.

대상은 시작과 끝이 있는 것으로, 우리는 대상의 주위는 한 바퀴 돌 수 있다. 그러나 하늘의 주위를 돌 수는 없다. 아니면 돌 수 있겠는가? 우리는 그 안에, 그 속에 있다. 그러므로 우리가 하늘의 대상일지는 몰라도, 하늘이 우리의 대상일 수는 없다. 우리는 그것을 <볼> 수는 있겠지만, <다른 대상을 보듯이> 볼 수는 없다.

내가 <어떤 꽃>을 바라보고 있다면, 그러면 나는 무언가를 바라보고 있는 것이다. 어떤 꽃이 거기에 있다. 그러나 하늘은 거기에 있는 무엇이 아니다. <하늘>이란 말이 우리에게 어떤 의미인가? **그것은**

<거기에 아무것도 있지 않는 것>을 말한다. 하늘은 [텅 빈] 공간(空間)을 의미한다.

모든 대상들이 하늘 안에 있다. 그러나 하늘은 대상이 아니다. 그것은 단지 허공(虛空)이고, <대상들이 존재할 수 있는 공간>이다. 하늘 자체는 단지 <텅 빈 것>이다. 그것이 **구름 너머**라고 한 이유다. 구름은 하늘이 아니다. 그것은 하늘 안에서 떠도는 대상이다. 하늘을 보라.

무슨 일이 일어날 것인가? 하늘, 그 <텅 빈 것>에서는 우리의 감각으로 파악(把握)될 대상이 없다. 거기에서는 움켜쥐고 매달릴 대상이 없기 때문에 우리의 감각은 쓸모가 없게 된다. 만약 <생각하는 것 없이> 푸른 하늘을 들여다볼 수 있다면, 우리는 갑자기 모든 것이 사라져 버렸다는 것을, 거기에는 아무것도 없다는 것을 느낄 것이다.

우리는 문득 나 자신을 알아채게 될 것이다. 그 **<텅 빈 것>을 들여다보는 것으로 우리는 <텅 비게> 된다**. 왜냐하면 우리의 눈은 거울과 같기 때문이다. 우리의 눈 앞에 있는 것은 무엇이든 반영된다.

그러나 우리가 <텅 비어 있는 것>을 들여다보고 있을 때면, 거기에는 반영될 것이 아무것도 없다. 아니면 <텅 빈 것>만 반영된다.

구름 너머를 보라.

<텅 빈 것>이 속에 반영될 때…… <텅 빈 것>에 걱정이 있고, 욕망과 긴장이 있을 수 있겠는가? <텅 빈 것>에 마음이 있겠는가? 그런 것은 멈추고, 사라진다.

우리는 욕망한다. 식욕과 성욕과 소유욕, 그래서 생각하고 긴장하는 것이다. 예쁜 여자가 지나간다. 갑자기 어떤 욕망이 일어나고, 마음은 혼란해진다. 마음은 여러 갈래로 흩어져 꿈과 투사(投射)를 시작한다. 나는 잠시 미치게 된다. 욕망이 모든 광기의 씨앗이다.

그러나 <텅 빈 것>을 바라볼 때는 어떤 욕망도 일어나지 않는다. 아니면 일어나겠는가? 그 누구도 <텅 빈 것>을 소유하고 싶지 않다. <텅 빈 것>을 소유하고 싶다? 마음의 움직임이 멈춘다.

어떤 것을 묵상하든, 우리는 그것처럼 된다. 왜냐하면 **마음은 무한한 형태를 취(取)할 수 있기 때문이다.** 그것이 부(富)를 추구하는 사람은 그 마음이 단지 재화(財貨)가 되는 이유다. 그를 흔들어 보면 돈 소리를 들을 수 있다.

< 60 >
샥티여!
우주를 "머릿속에서" 느껴라.

이것은 단지 상상력(想像力)의 훈련이다. 느끼고
싶은 것은 무엇이든 느낄 수 있게 하기 위한 훈련
이다. 우리의 마음은 무엇을 느끼는 데 절대적으로
자유롭다. 어떤 것도 내 마음이 어떤 것을 느끼는
것을 방해할 수가 없다. 그것은 나의 느낌이다.

나는 커질 수도 있고, 작아질 수도 있다. 그리고
문득 그것이 <나>인 것을 알아채게 된다.

샥티여!
우주를 머릿속에서 느껴라.

샥티는 힘(力), 여기서는 <상상할 수 있는 힘>을
말한다. **만약 <상상을 통해 더 커지거나 작아질 수
있다면>**, 우리는 자신의 몸 밖으로 아주 쉽게 빠져
나올 수 있다. 우리는 자신의 몸 밖에 서 있다고
단순히 상상한다. 그리고 서 있을 것이다. 그러나
지금 당장은 아니다.

성경의 다니엘은, "내가 이상(異像)을 보았는데
내가 그것을 볼 때에, 내 몸은 엘람도(道) 수산성에
있었고, 내가 그 이상을 보기는 을래강변(江邊)에서

니라.”고 말했다. <그의 몸>은 수산성에 있었고, <그>는 멀리 떨어진 저 을래강변에서 환상(幻像)을 보았다는 것이다.

샥티여!
우주를 머릿속에서 느껴라.

어떻게 할 것인가? 우선 작은 것부터 시작하라. 침대에 누워 눈을 감고 내 발이 어디에 있는지, 그 경계를 느껴라. 그다음 그것이 10cm 더 커졌다고 상상하라. 그것은 어렵지 않다. 그다음에는 머리가 어디에 있는지를 느끼고 또 10cm 더 늘어났다고 느껴라. 그런 것을 느낄 수 있을 때, 더 많이 할 수 있다.

내가 편안한 것을 느끼고, 겁먹지 않게 되었을 때, 그때 그 방 전체를 채운다고 느껴라. 그다음에 집 전체나 마을이 머리 안으로 들어왔다고 느껴라. 그다음은, <서서히> 하늘이 머릿속에서 느껴지게 하라.

하늘 전체가, 온 우주가 나의 머리 안으로 흡수되었다고 느껴라. 그런 것을 느낄 수 있을 때, 그때 마음은 사라진다. 왜냐하면 마음은 아주 좁은 공간만이 필요하기 때문이다. <그런 광대함 속에서는> 생각하는 일은 불가능하다. 갑자기 마음이 사라져 버리고, <무한의 공간>이 거기에 있다.

그러나 단계적으로 찬찬히 하라. 가끔은 우리가 미칠 수 있기 때문이다. 그런 충격은 너무 겁나는 것이다. 인도의 신비가인 **라마티르타**가 이 방편과 관련된 이야기는 유명하다. 그리고 많은 사람들이 그가 이 방편 때문에 자살했다고 의심한다. 그러나 그것은 자살이 아니다.

그는 우주 전체가 자신의 머리 안에서 움직이고 있는 것을 느꼈다. 그래서 그는 자신이 우주이고, 모든 것이 자신 안에 있다고 말했다. 어느 날 그는 시 한 편을 남기고, 절벽에서 강물로 뛰어들었다.

"나는 우주(宇宙)가 되었노라.
이제 이 몸은 짐이라, 필요하지 않다네.
하여 이 몸을 돌려주려 하노라.
이제 어떤 경계(境界)도 필요하지 않다네.
나는 매임 없는 브라흐마가 되었노라."

제 18 장

빛과 어둠이 되라

< 61 >

깨어 있을 때, 꿈꿀 때, 잠잘 때
"알아채라."

< 62 >

참참한 밤에
저 "흑암(黑暗)" 속으로 들어가라.

< 63 >

눈을 감고 흑암을 찾아라.
눈을 뜨며 "흑암을 보라."

< 64 >

무언가를 하려는 순간,
"멈춰라."

백장(百丈) 선사가
설법하는 곳에 한 노인이 있어,
늘 대중과 함께 앉았다가 물러가곤 하였다.

그런데 어느 날은
물러가지 않고 남아 있었다.
선사가 누구냐고 묻자 이렇게 대답했다.

"저는 사람이 아닙니다.
저는 그 옛날 이 산에서 승려로 있었는데,
학인(學人) 하나가
<깨달은 이도 인과에 떨어집니까?>라고 묻길래,

<인과에 떨어지지 않느니라[불락인과(不落因果)].>
라고 대답했다가
오백 생(生)을 여우의 몸으로 지내고 있습니다.

여우의 몸을 벗을 수 있도록
<한 말씀>해 주십시오."

그러면서
노인은 옛적의 그 물음을 다시 던졌다.
"깨달은 이도 인과에 떨어집니까?"

선사가 말했다.

"인과에 매이지 않느니라[불립인과(不立因果)]."

그 <말 한 마디[일전어(一轉語)]>에
노인은 여우의 몸을 벗었다.

<변명(辨明)하자면>

1. 물론 무문관에서는 <불매인과(不昧因果)>로 되어
있다. <인과에 혼미(昏迷)하지 않는다>, <인과라는
말에 미혹(迷惑)되지 않는다>는 뜻이리라.

　괜히 <애매(曖昧)한 말>로 한 번 더 <구덩이[관문
(關門)]>를 둔 것은 아마도 <너무 간단한> 제 1칙
[무자(無字)] 때문인지도 모른다.

2. 그래서 무문은 뭣했던지, 황벽(黃蘗) 선사와의
호탕(豪宕)한 그 일화를 끼워 넣으면서 다시 또다시
강조한다. <불립문자(不立文字)할 것>을, <언어 곧
생각에 매이지 말 것>을 말이다.

< 61 >

깨어 있을 때, 꿈꿀 때, 잠잘 때
"알아채라."

우리는 <깨어 있을 때>, <잠잘 때>, <꿈꿀 때>가 있다는 것을 안다. 이 세 가지는 이름이 있고, 마치 구름과 같다. 그러나 그 구름이 움직이는 공간, 즉 하늘은 이름이 없다. 그것이 <칫[의식, 마음 바탕]>이다. 인도에서는 그냥 **투리야**, 즉 <네 번째>라고 한다.

<깨어 있는 것>, <잠자는 것>, <꿈꾸는 것>은 세 가지 상태다. <꿈>은 한때 프로이트에게 기본적인 것이 되었고, 이제 과학자들은 <수면>을 파헤치고 있다. <만약 잠이 무엇인지 알 수 없다면>, 인간이 무엇인지 알지 못하기 때문이다. 인간은 생(生)의 약 삼분의 일을 잠으로 보낸다.

밤에 잠을 자는 동안 도대체 나에게 무슨 일이 일어나고 있는가? 잠은 필수적인 것이어서, 그것 없이는 인간의 삶은 불가능하다. 과학과 심리학은 최근에야 꿈꾸는 차원을 알게 되었지만, **힌두교**와 유대교에서 그것은 가장 오래된 것의 하나다. 즉 우리가 <어떤 사람이 그의 꿈속에서 무엇을 하고 있는지>를 알지 못하면, 그 사람을 알 수 없다는 것이다.

왜냐하면 <깨어 있는 때 그가 하는 일>은 다소간 거짓일 수밖에 없기 때문이다. 그는 자유롭지 않다. 사회와 도덕이 거기에 있다. 그는 자신의 욕망을 억누르고 수정하여, 사회가 용납하는 틀 속에 맞춰 넣으려고 한다. 그러므로 깨어 있을 때는 거짓되고, 그는 진정으로 거기에 있지 않다.

깨어 있을 때, 꿈꿀 때 우리는 <다른 사람>이다. 깊은 잠 속에서는 <또 다른 사람>이다. 깊은 잠 속에서는 내 이름조차도 기억할 수 없다. 여자인지 남자인지, 불교도인지 기독교도인지, 어떤 정체성도 없다. 우리는 <깨어 있을 때>는 사회와 함께하고, <꿈꿀 때>는 욕망과 함께하고, <깊은 잠 속>에서는 자연과 함께한다.

깨어 있을 때, 꿈꿀 때, 잠잘 때 알아채라.

이 방편은 **어렵다. <깨어 있을 때>부터 시작해야 한다. 아니면 어떻게 꿈속에서 나 자신을 기억할 수 있겠는가? 어떻게 할 것인가?** 깨어 있는 동안, 자신을 빛이라고 상상하라. [실제로도 그렇다.] 끊임없이 그렇게 상상한다면, 멀지 않아, 온종일 기억할 수 있을 것이다. 그때, 그것을 꿈속으로 가져갈 수 있다.

처음에는, 나는 빛이라는 꿈을 꿀 것이다. 그러나 점차로 꿈속에서도 똑같은 느낌을 가지고 움직일 것이다. 그런 느낌을 가지고 꿈속으로 들어간다면, 꿈이 사라지기 시작한다. 그리고 **꿈이 사라졌을 때, 그때 우리는 이 느낌을 잠 속으로 가져갈 수 있다.** 그 전에는 안 된다.

이제 우리는 문 앞에 서 있다. 우리는 그 속에서 알아채게 될 것이다. **잠은 이제 오직 나의 몸에만 일어난 것이고, <나>에게는 아니다.**

나는 지금 <의식적인 노력>을 하고 있다. 사실, 이것은 아주 간단한 것이다. 만약 내가 <깨어 있는 것>인데 지금 <꿈속>으로 움직이고 있다면, 나는 그 둘 다일 수가 없다. 내가 <깨어 있는 것>이면, 어떻게 그때 내가 꿈을 꿀 수 있겠는가? 또 내가 <꿈꾸고 있는 것>이면, 어떻게 내가 <꿈이 없는, 깊은 잠> 속으로 떨어질 수 있겠는가?

나는 한 사람의 여행자여야 하고, 이 세 가지는 단지 지나가는 역(驛)이어야 한다. 그때 나는 여기 저기로 움직일 수 있고 또 돌아올 수도 있다. 그러므로 그것은 상태(狀態)들이다. **그런 상태 안에서 움직이는 것이 <나>다. 나는 <네 번째>다.** 그것은 우리가 영혼, 신성(神性)이라고 부르는 것이다.

< 62 >
캄캄한 밤에
저 "흑암(黑暗)" 속으로 들어가라.

왜 모든 종교에서 신(神)을 <빛>이라고 하는가? 그것은, 신이 빛이기 때문이 아니라, 인간이 어둠을 두려워했기 때문이다. 우리는 신을 어둠으로, 흑암으로 생각할 수 없다. 신은 우리의 두려움 때문에 창조된 것이다. 그래서 우리는 신에게 어떤 모습과 속성(屬性)들을 부여한다. 그리고 그것은 <우리에 대한 어떤 것>을 보여 준다.

그것은 빛이 우리에게 <안전(安全)과 생명>이기 때문이다. **어둠은 불안과 죽음으로 보인다.** 생명은 빛을 통해서 온다. 그리고 우리가 죽을 때, 우리는 영원한 어둠 속으로 떨어지는 것 같다.

어둠은 영원(永遠)하다. 빛은 있다가 없어지지만, 어둠은 영원한 것이다. 아침이면 태양이 떠오르고, 거기에 빛이 있을 것이다. 빛은 항상 광원(光源)이 있어야 하지만, 어둠은 그런 원천이 없이 있다.

그리고 **어둠은 이완(弛緩)이다. <전적인 이완>, 곧 죽음이다.** 그래서 <우리가 어둠 속으로 들어갈 수 있어서 어둠과 하나가 될 수 있다면>, 우리는 **라야**, 즉 용해(溶解)된 것이다. **만약 어둠과 하나가 된다면**, 우리는 죽음과 하나가 된다. 그러면 이제 우리는 죽을 수 없고, 불사(不死)가 된다.

참참한 밤에
저 흑암 속으로 들어가라.

우선 어둠에 대한, 흑암에 대한 두려움이 없어야한다. **어두운 방 안에서 불을 켜지 말고 있으면서 그 어둠을 느껴라.** 어둠이 나를 어루만지도록 하라. 어둠을 바라보며, 사랑스런 태도를 가져라. 어둠과 함께 있는 일은 너무나 이완을 준다. 단지 두려움 때문에 그것을 알지 못했을 뿐이다.

빛이 있을 때 우리는 한정되고, 경계를 가진다. 그것은 빛 때문에 존재한다. 그러나 **흑암 속에서는 아무것도 한정되지 않는다. 모든 것이 <다른 모든 것> 속으로 융합(融合)된다.** 우리의 형상은 간단히 사라진다.

그런 것이 우리가 어둠을 두려워하는 이유일지도 모른다. 그때 우리는 한정되지 않고, 내가 누구인지 알지 못하기 때문이다. 얼굴을 볼 수 없고 내 몸을 알 수 없다. 모든 것이 저 <형상이 없는 어둠> 속으로 융합된다. 나라는 것은 희미해지고, 두려움이 들어온다. 이제 나는 누구인지 알지 못한다. 우리는 두려움을 느끼고, 어떤 빛이 거기에 있어서 내가 있기를 바란다.

명상하고 융합하는 데는, 어둠 속으로 융합하는 것이 더 쉽다. 그것이 명상(冥想)이라는 한자어의 뜻이기도 하다. 빛은 구별을 하지만, 어둠은 모든 구별을 앗아 간다. 빛 속에서는 나는 아름답거나 추하며, 부하거나 가난하다. 그렇지만 어둠은 어떤 구별도 없이 감싸고 <하나>가 되어 버린다.

어둠 속에서 누워 있어라. 그리고 아기가 엄마의 품에 있는 것처럼 그렇게 느껴라. 어둠은 어머니, <모든 것의 어머니>다. 만물지모(萬物之母)다! 한번 생각해 보라. 아무것도 없었을 때, 거기에 무엇이 있었겠는가? 어둠 말고 다른 무엇을 생각할 수가 없다. 그리고 모든 것이 사라진다면, 거기에 무엇이 있겠는가?

성경에는 <여호와, 즉 존재계는 캄캄한 데, 흑암 중에 있다>고 모세도, 솔로몬도 그렇게 기록했다.

< 63 >

눈을 감고 흑암을 찾아라.
눈을 뜨며 "흑암을 보라."

사람은 **<내면의 세계>에서 외부의 세계로 많은 것을 가져올 수 있다.** 티벳의 툼모, <열 요가>는 앞에서 다루었다. 그들은 <내면의 열기>를 밖으로 가져온다. <내면의 냉기>도 밖으로 가져올 수 있다. **라즈니쉬**는 마하비라의 삶에서 그것을 잘 읽었다. **마하비라**는 여름에는 그늘도 없는 곳에 서 있었고, 겨울에는 서늘한 곳에 가 있었다고 한다. 사람들은 그가 미쳤다고 생각하고 그의 제자들은 그가 내핍 (耐乏)의 생활을 한다고 생각했지만, 그는 이 같은 방편으로 <내면의 열기와 냉기>를 밖으로 가져오고 있었다는 것이다.

유사하게, 우리는 <내면의 어둠>을 밖으로 가져올 수 있다. 먼저, 눈을 감고 내면의 어둠을 보라. 처음에는 그 어둠이 거짓일 것이다. 그러나 실제의 어둠을 볼 수 있다. **눈을 감고 내면의 어둠을 본 다음, 눈을 뜨고 <내면에서 보았던 그 어둠>을 밖에서 보라.** 만약 그것이 밖에서 사라진다면, 그것은 <속에서 보았던 그것>이 거짓인 것을 말한다.

그러므로 그 거짓의 어둠을 끌어내라. **계속해서 그것을 날라라.** 눈을 감고 어둠을 느끼고, 그리고 눈을 뜨고 밖을 보라. 이것이 내면에 있는 거짓의 어둠을 밖으로 나르는 방법이다. 몇 달이 걸릴지도 모르지만, **어느 날 문득 우리는 <속에 있는 실제의 어둠>과 마주할 것이다.**

그것은 마법적인, 굉장한 경험이다. 우리가 속의 어둠을 밖으로 가져올 수 있으면, 밝은 방에서도 그렇게 할 수 있다. 그때 어떤 크기의 어둠이 우리 앞에 펼쳐진다. 그런 경험은 아주 섬뜩하다. 심지어 해가 있는 동안도 그렇게 할 수 있다.

어둠은 항상 있다. **해가 있는 동안도 어둠은 늘 거기에 있지만, 단지 <햇빛으로 덮여 있기 때문에>** 우리가 그것을 볼 수 없는 것이다. 그러나 그것을 어떻게 벗기는지를 알면, 그것을 벗길 수 있다.

만약 우리가 그런 것을 할 수 있다면, 어둠은 <빛이 되고>, 어둠을 통해서 깨달을 것이다. 그리고 우리가 열정으로, 욕망으로 차는 것을 느낄 때면, 눈을 감고 그 어둠을 느껴라. 열정이 더 이상 있지 않을 것이다. 이제 우리는 심연(深淵)과 같다. 흔히 말하는 **카르마**를 짓지 않을 것이다.

< 64 >

무언가를 하려는 순간,
"멈춰라."

이것은 <중도(中途)에서 멈추는 것>과 관련 있다. 이 방편의 메커니즘은 우리를 갑자기 <활동 속에서 비활동 속으로> 던지는 것이다. 요점은 갑자기여야 한다. 어떤 곳에서도 언제라도 할 수 있다. **갑자기 나 자신에게 "정지!"라고 하면서 멈춰라.** 비록 한 순간이라고 할지라도 <다른 어떤 현상>이 일어나는 것을 느낄 것이다.

그때는 호흡도 하지 말라. 모든 것이 정지되게 하라. 한순간 동안 그 정지 속에 머물러라. 갑자기 멈출 때, 거기에는 <어떤 간격>이 생긴다. 그렇게 급작스런 멈춤은 나를 둘로 나눈다. <나의 몸>과 <나>로 말이다.

<나의 몸>은 지금껏 움직임 속에 있었기 때문에 운동량이 있다. 그런데 <나>를 갑자기 멈추면, 그때 **나는 <나의 몸>을 <움직이려는 충동을 가진** [어느 정도 거리가 있는] **어떤 것>으로 느낀다.**

그런 일별(一瞥)조차도 기적적인 것이다. 그것은 우리를 변화시킨다. 나는 중심(中心)으로 던져지고, 갑자기 모든 것이 멈춘다. 몸이 완전히 멈출 때는 우리의 마음 또한 멈춘다.

쉬바가 멈추라고 할 때, 그것은 전적으로, 완전히 멈추라는 뜻이다. 어떤 것도 움직이지 않는다. 온 우주가 멈추어 버린 것처럼 말이다. 거기에는 어떤 움직임도 없다. 단지 단순히 있다! 그 단순히 있는 것 속에서, 갑자기 중심이 드러난다.

**무언가를 하려는 순간,
멈춰라.**

우리의 **모든 활동은 <내면에 있는 욕망으로부터 외부에 있는 것으로> 향하는 움직임이다.** 내면에서 외부로의 움직임이다. 그것이 목이 마르면 잔으로 손이 가는 이유다. 그러나 우리가 갑자기 멈출 때, 그 에너지는 안에서 정적(靜的)일 수가 없다.

<나>는 정지하여 죽어 버렸고, 밖으로 움직이고 있던 그 메커니즘은 죽지 않았으므로, 그 에너지는 어떻게 되겠는가? 그 에너지는 <안으로 움직이는 일> 외에는 어떤 것도 할 수 없다. 또 그 에너지를 이끌어 줄 수 있는 통로는 거기에 있다. 이제 그 에너지는 안으로, 중심으로 움직인다.

그러나 우리는 명상을 그런 방식으로 일어나게 하지 않는다. 그렇게 하지 않고, 나를 <활동 속에서 비활동 속으로> 억지로 던지고 있다. 몸과 마음의 활동을 <억지로> 멈추려고 한다. 그러나 만약 **내가**

비활동적이 되려고 한다면, <비활동적이 되려는 그 노력>이 하나의 활동이 될 것이다.

우리는 붓다의 자세로 앉아, 비활동적이 되려고 한다. 우리는 <비활동[이어야 할 것]>을 활동으로 교묘히 바꾸고 있다. 우리는 <나 자신이 조용하게 되도록, 고요하게 되도록> 강제할 수 있다. 그러나 그런 강요는 다시 <마음의 활동>이다. 그것이 많은 사람들이 명상 속으로 들어가려고 해도, 어디에도 이르지 못하는 이유다.

제 19 장

고통에 집중하라

< 65 >

"옴(AUM)"의 중간 소리를 찾아라.

< 66 >

조용히 "아"로 끝나는 말을 읊조려라.

< 67 >

모든 방향으로 "퍼져 나가라."

< 68 >

고요히 "통증(痛症)"에 집중하라.

기독교의 <영원한 금서(禁書)>*
도마복음 몇 구절.

예수께서 이르시되

고통을 당하며 생명을 찾은 자는 복이 있도다.

사람이 먹은 사자는 복이 있나니
이는 그것이 사람이 될 것임이요,
사자에 먹힌 사람은 화가 있나니
이는 그것이 사람이 될 것임이라.

나무를 쪼개 보라. 거기에 내가 있으며,
돌을 들춰 보라. 거기서도 나를 보리라.

혹(或)이 말하되
제 형으로 나와 유산을 나누게 하소서.
이 사람아. 누가 나를 나누는 자로 만들었는가?

천국은 마치
항아리 가득 곡물을 나르는 한 여자와 같으니
항아리가 깨져 곡물이 새되 저가 알지 못하더니
집에 이르러 본즉 항아리가 비었더라.

"너희 안에 있는 아버지의 징조가 무엇인가?"
라고 묻거든 답하라.
"그것은 움직임과 안식(安息)이로라."

모든 것을 아는 자라도 그 자신을 알지 못하면
아무것도 알지 못하는 것이니라.

* 금기라는 것이 사실은 초대장(招待狀)이듯이
  금서는 어쩌면 <강추(强推)!!!>일지도 모른다.

< 65 >
"옴(AUM)"의 중간 소리를 찾아라.

<옴[AUM]>, 즉 <아[A]-우[U]-음[M]>에서 단지 <우>만 남는다. 이것은 어려운 방편이다. 음악가나 <아주 민감한 귀를 가진 사람들>에게는 좋을지도 모르지만, 그렇지 못한 사람들에게는 아주 어렵다. 그것이 굉장히 섬세하기 때문이다.

옴을 읊조리면서 이제 그 속에서 세 가지 소리를 느껴라. <아-우-음>으로. 아주 섬세한 귀는 알아챌 수 있고, 읊조리는 동안 <아-우-음>을 별개로 들을 수 있을 것이다. 그것들은 아주 가깝지만, 별개로 있다. 그것을 따로따로 들을 수 없으면 이 방편은 할 수 없다. **귀를 훈련해야 할 것이다.**

그러므로 처음은 어려울 것이다. 그러나 해보라. 옴을 계속해서 읊조리면서, <아-우-음>을 느껴라. 세 가지 소리가 그 안에 함께 결합되어 있다. 일단 그것들을 다르게 느끼기 시작하면, 그다음 <아>와 <음>은 버려라. 그러면 옴을 발음(發音)할 수 없다.

무슨 일이 일어날 것인가? 사실, 실제의 일은 그 **만트라**가 아니다. 그것은 <아-우-음>이나 그 떨어지는 일이 아니다. 실제의 일은 **<우리가 민감하게 되는 일>이다.**

이 방편을 하면, 세 가지 소리에 민감하게 된다.

그것은 아주 어렵다. 그렇게 민감하게 되어 <아>와 <음>을 떨쳐 버리고 오로지 중간 소리만 남을 때, 바로 그런 노력 속에서 우리는 <마음>을 상실한다. **그것에 몰입하고 주의하고 민감해져서,** <생각하는 것>을 잊는다. 만약 생각한다면 우리는 이 방편을 할 수 없다.

이것은 단지 <나를 나의 머리 밖으로 가져오기 위한> 간접적인 방법이다. 그래서 여러 가지 많은 방법이 고안되었고, 이 방편도 아주 간단해 보인다. 그렇지만 기적(奇蹟)은 일어난다. 이 방편은 단지 간접적인 것일 뿐이다.

지금 내 마음은 <아주 미묘한 어떤 것>에 초점을 맞추고 있다. 거기에 초점을 맞춘다면, <생각하는 일>은 계속될 수 없다. 마음은 떨어지고, 어느 날 문득 알아채게 될 것이다.

< 66 >

조용히 "아"로 끝나는 말을 읊조려라.

우리는 숨이 들어올 때면 긴장하게 되고, 숨이 나갈 때는 이완하게 된다. 생명은 <숨이 들어온 것>을 말하고, 죽음은 <숨이 나간 것>을 말한다. 긴장하는 일은 삶의 몫이고, 이완은 죽음의 몫이다.

우리가 삶의 짐에 짓눌려 긴장했을 때를 관찰해 본 적이 있는가? 우리는 한숨을 <내쉰다.> [한숨은 내쉬는 것이다. 들이마시는 것이 아니다.] "아--" 그러면 이완이 되는 것을 느낀다. 아니면 기쁠 때, 너무 기뻐서 미칠 것 같을 때, 우리는 환호한다. "아--" 숨을 내쉰다. 그러면 우리는 평온이 깃드는 것을 느낀다.

조용히 "아"로 끝나는 말을 읊조려라.

<아>로 끝나는 어떤 단어라도 괜찮다. 그때 숨은 나가 버린다. 그때 숨 전체가 밖으로 나가 버리고, 우리는 완전히 <텅 비게> 된다. 죽어 있는 것이다. 이 <텅 비어 있는 일>은, 만약 그것을 알아챌 수 있다면, 우리를 완전히 바꿀 것이다.

그때 문득 우리는 <이 삶이 나의 삶이 아니고, 이 죽음 또한 나의 죽음이 아닌 것을> 알게 된다.

그때 우리는 <들어오고 나가는 숨 너머에 있는 그 어떤 것>을 문득 알아채게 된다. 그리고 **<지켜보는 일>은 우리의 숨이 텅 빌 때 쉽게 일어난다.** 삶이 가라앉으면서 모든 긴장이 가라앉기 때문이다.

조용히 "아"로 끝나는 말을 읊조려라.

성경은 "여호와"를 줄여 <야[이+**아**=야]>로 쓴다. 엘리야, 이사야의 이름에서 그런 것을 볼 수 있다. 그리고 "야"나 "야훼"라는 말은 <한숨의 변형>이나 <단지 부르는 소리>라는 학자들도 있다.

내가 보기에, **"야훼"는 <호흡>이다. 흡호(吸呼)가 아닌.** 그것이 창세기 첫 장의 "저녁이 되며 아침이 되니"의 의미이기도 하다. 그리고 똑같은 의미로, 카시미르 쉐이비즘에서는 흡호(吸呼)할 때 들리는 소리를 "하"와 "사"라고 한다. 하와 사는 합쳐져서 함사가 되고, 이 함사 만트라를 의식적으로 반복할 때, 함사는 소함이 된다. 함사는 백조(白鳥)를 의미하고, 소함은 "나는 쉬바다."라는 뜻이다.

조용히 "아"로 끝나는 말을 읊조려라.

이것을 꾸준히 한다면 어떤 일이 일어날 것인가? **만약 우리가 숨을 완전히 내쉴 수 있어서, 안에는**

어떤 숨도 남아 있지 않다면, 숨이 안에 있을 동안에는 결코 닿을 수 없었던 <침묵의 지점>에 닿을 수 있고, 내면의 어떤 것을 완전히 알아채게 될 것이다. <존재의 자발성(自發性)>을, **사하즈**를, 즉 **<스스로 있는 그것>을 알아채게 될 것이다. 우리는 이미 <그것>이다.** 그러나 우리는 삶에 너무나 점유되어 있어서, 그것을 알아챌 수 없다.

우리가 삶에, 즉 <들어오는 숨>에 점유되어 있지 않을 때, 그때 <뒤의 그 존재>가 드러난다. 거기에 일별이 있다. 그 일별은 점차로 하나의 깨달음이 될 것이다. 그리고 그것이 일단 알려지면 우리는 그것을 잊을 수 없다. 그것은 <우리가 만들어 낸 어떤 것>이 아니다. 그것은 늘 거기에 있었고, 단지 우리가 잊어버린 것이다.

이제 그것은 <잊어버린 그 기억을 다시 떠올리는 일>이고, **프라탸비갸** 즉 재인식(再認識), 재발견(再發見)이다. 그것은 또 분석심리학의 융이 잘 파악한 <Religion[종교]>의 의미, 즉 재결합(再結合)이기도 하다.

< 67 >
모든 방향으로 "퍼져 나가라."

우리는 <나라는 것> 주위에 <누구도 들어올 수 없고, 나만이 평화로이 있을 수 있는, 정신적이고 심리적인 성채>를 만들어 놓았다. 그러나 그렇게 되면, 그것은 감옥일 것이고, 우리는 이미 죽은 것이다.

사실, 감옥이 가장 안전한 곳이다. 그러므로 안전하게 살기를 원하는 사람들은 그런 감옥에 있어야 한다. 그래서 우리는 그런 감옥을 만들었다. 그리고 그런 감옥을 지니고 다닌다. 어디로 가든지……

모든 방향으로 퍼져 나가라.

탄트라는 우리의 협소(狹小)함이 문제라고 한다. 우리는 자신을 협소하게 만들어 놓았기 때문에, 늘 속박되어 있다고 느낀다. 그러나 그 속박은 다른 곳에서 오는 것이 아니고, 우리의 비좁은 마음에서 온다. 우리는 무한의 영혼을 가진 <무한의 존재>다. 그러나 그 무한한 존재는 갇혔다고 느낀다.

안전과 안정을 위하는 것이 그런 경계를 만든다. 그러나 그때 우리는 속박을 느낀다. 이것은 우리의 마음이 얼마나 역설적인가를 말한다. 우리는 계속해서 더 많은 안전을 구하면서 또 더 많은 자유를 구한다. 그 둘은 함께할 수 없다. **만약 우리가 더 많은 자유를 원한다면**, 우리는 그 안전과 안정을 잃어야만 할 것이다. 그리고 또 안전과 안정이라는 것은 환상일 뿐이다. 죽음이 언제든 일어날 것이기 때문이다.

그러므로 꼭 기억하라. 삶은 불안정이라는 것을. <만약 우리가 불안정 속에서 살 준비가 된다면>, 오로지 그때만 우리는 <살아 있을> 것이다. 그리고 불안정이 자유다. 그리고 또 **자유가 신성(神性)으로 가는 문이다.** 그러니 먼저, 안정된 삶을 만들려는 그 모든 노력을 거두어라. 단지 거두는 것으로 내 주위의 벽들은 무너질 것이다.

그때 이 방편은 쉽다. 만약 내 주위에 벽(壁)이 있지 않다면, 나는 이미 모든 곳으로 퍼져 있음을 느낄 것이다. 그때 <나>는 끝나는 지점이 없다. <가슴>에서 시작하지만 끝나는 곳은 없다. 중심은 있지만 주변이 없다. 주변은 계속해서 확장된다. 즉 무경계다. 그런 것을 켄 윌버는 무경계(無經界)라고 했다. <No Boundary>다!

이제 우주 전체가 내 안에서 움직인다. 대지가 내 안에서 태어나고 용해되고, 내 안에서 별이 떠오르고 진다. 그런 광대함 속에서, 나의 괴로움은 어디에 있을 것인가? 그런 광대함 속에서, 나의 이

초라한 마음은 어디에 있을 것인가? 그런 것들은 오직 협소한 곳에서만, 벽으로 갇히고 그 경계가 있을 때만 있을 수 있다.

모든 방향으로 퍼져 나가라.

신(神), 즉 존재계는 아브라함에게 말했다. "너는 일어나 그 땅을 종횡(縱橫)으로 행하여 보라. 내가 그것을 네게 주리라." 우리가 <두렵고 무서운> 저 **불교의 땅을, 힌두교의 땅을 행하여 보는 것만큼** 그것은 나의 것이 된다. 저 영적인 거인들이 사는 땅을 행하여 보는 만큼 그 땅의 지혜(智慧)는 나의 것이 된다.

처음으로, 우리는 내게로 내리는 비를 직접(直接) 맞을 것이다. 처음으로 내게로 부는 바람과 나에게 떠오르는 해를 느낄 것이다. 우리는 <열린 하늘> 아래 서 있을 것이다. 만약 그런 것이 무섭게 보인다면, 그것은 우리가 감옥에서 사는 것에 익숙해져 있기 때문이다. 우리는 **새로운 자유에 익숙해져야 한다.**

< 68 >
고요히 "통증(痛症)"에 집중하라.

몸에 어떤 통증이 있다. 몸 전체는 잊고, 오로지 <통증이 있는 그 부분>에만 집중하라. 그러면 그때 우리는 한 가지 이상한 것을 알 수 있는데, 그것은 우리가 <통증이 있는 그 부분에만 집중(集中)하면> 그 부분이 줄어든다는 것이다.

나는 통증이 다리 전체에 있다고 느끼고 있었다. 그러나 집중하면, 그 통증이 다리 전체에는 있지 않다고 느낀다. 그것은 좀 과장된 것이었고, 통증은 단지 무릎에만 있다. 이제 더 집중한다면 통증이 무릎에 있지 않고, 단지 점상(點狀)으로만 있다고 느낄 것이다. 그때, 그 지점을 응시하고 응시하라. 갑자기 그 지점도 사라질 것이다.

무슨 일이 일어나고 있는가? 나와 <나의 몸>은 둘이기 때문이다. 그것은 하나가 아니다. **<집중하고 있는 그것>이 나다.** 집중은 이제 몸에 이루어지고 있다. 몸은 대상으로, 우리가 집중할 때, 그 간격은 넓어지고, 동일시는 깨어진다. 단지 집중하기 위해, 나는 <나의 몸>에서부터 멀어져 내부로 움직인다. 그 움직임이 그 간격을 만든다.

고요히 통증에 집중하라.

이제 나는 그 통증을 관찰하고 있지, 그 통증을 <느끼고> 있지 않다. **느끼는 것으로부터 <관찰하는 것>으로 변한 것이 그 간격을 만든다.** 그리고 그 간격이 아주 클 때면, 우리는 몸을 완전히 잊는다. 그리고 오직 의식(意識)만 알아챈다.

아니면 통증이 있을 때까지 기다릴 필요가 없다. 바늘로 <민감한 부위>를 찌르면 된다. 매우 민감한 지점을 찾아 바늘로 찔러라. 그리고 **고요히 통증에 집중하라.** 그것이 명상이다. 통증이 내 속으로 들어오고 있다고 느끼지 말라. 몸과 동일시되지 말라.

몸과 동일시되지 않고, 저만큼 떨어져서 관찰할 수 있다면, 처음으로 <나>는 몸이 아니라는 것을 알아채게 될 것이다.

일단 자신이 몸이 아니라는 것을 알면, 우리의 삶이 변한다. 왜냐하면 우리의 삶 전체가 우리의 몸 주위에 있기 때문이다. 내가 몸이 아닐 때, 그때 나는 다른 삶을 만들어야 한다. 이제 나는 한 영혼으로 이 세상에 존재한다. 지금 우리의 이 세계는 사라지고, 영혼 주위에 있는 다른 세계가 일어난다. 소위 <영적인 세계>, <신(神)의 나라> 말이다.

제 20 장

세상을 꿈으로 여겨라

< 69 >

느껴라. "나의 생각"을.

< 70 >

세상은 "환영(幻影)"이다.

< 71 >

"욕망(慾望)"을 마주하라.

< 72 >

욕망이 일어나기 전에
어떻게 "내가 있다"고 말할 수 있겠는가?

어느 날
덕산(德山) 선사가
식사 때가 아닌데 밥그릇을 들고 방을 **나섰다.**
설봉(雪峰)이 핀잔을 주자
선사는 말없이 방으로 도로 **들어갔다.**

이 일을 암두(巖頭)에게 고(告)하자, 그가 말했다.
"천하의 덕산도 <마지막 진리>는 **모르는구나.**"

덕산이 이를 듣고 암두를 불렀다.
"네가 나를 인정하지 않는다?"
암두가 덕산의 귀에 대고 속뜻을 속삭이자
덕산은 더 이상 말이 없었다.
다음 날 법석(法席)에서 덕산은 평소와는 달랐다.

그러자 암두가 말했다.
"기쁘다. 노인장이 <마지막 진리>를 **아는구나.**"

<마지막 진리>라. 꿈엔들 알았으랴?
자세히 살피면, 이 모두가 광대놀이!

<한형조의 무문관에서 고쳐 옮겼다.>

제자들이 여쭈되
우리의 마지막을 알게 하소서. 무슨 일이 있겠나이까?

예수께서 이르시되
시작(始作)을 찾았기에, 지금,
마지막을 구하는 것인가?
시작한 곳이 곧 마지막이니라.
시작에 서 있는 자는 복이 있나니
이는 마지막을 알고, 결코 죽지 않겠음이라.

<도마복음에서>

一始無始一(일시무시일)
析三極無盡本(석삼극무진본)……
一終無終一(일종무종일)

어떤 처음이 <그것>의 시작은 아니로라
셋으로 갈라 보더라도 그 바탕은 변함없는 것……
어떤 마지막도 <그것>의 끝이 아니로라

<천부경(天符經)에서. 중략(中略)>

277

< 69 >
느껴라. "나의 생각"을.

첫째는 <생각하는 것>이 아닌 <느끼는 것>이다.
<생각>과 <느낌>의 차이가 무엇인가? [그 언어적인
차이가 아닌 것 말이다.] 만약 <느낀다면>, 그것은
내가 가슴 가까이에 있는 것을 말하고, 내 존재의
전체가 가슴인 것을 의미한다. 생각하는 동안, 나의
존재의 중심은 머리다.

그리고 우리는 계속해서 생각한다. 어떤 느낌에
대해서도 우리는 계속해서 생각[만]한다. 그러므로
많이 노력해야 할 것이다. 예를 들어, 장미를 본다.
그러면 우리는 즉각 그것이 아름답다고 해 버린다.
그러나 이제 그런 것에 대해 잘 관찰해 보라.

장미가 아름다운 것은 잘 아는 사실이고, 다른
사람들도 이미 그렇게 말했다. 장미를 보는 순간,
마음이, 나의 지식이, 나의 머리가 모든 것을 대신
한다. 그리고 이제 거기에 그 꽃과의 접촉은 없다.
나는 그것을 말해 버렸고, 이제 다른 것으로 움직
일 수 있다.

사실, 가슴만이 그것이 아름다운지 아닌지 말할
수 있다. <아름다움>이라는 것은 어떤 <느낌>이지,
머리의 개념이나 생각이 아니다.

이 방편을 하려면 우리의 성장(成長)이 필요하다.

그리고 또 우리가 <외부의 것>을 느낄 수 없다면, <내면의 것>을 느낀다는 것은 아주 어렵다. 외부의 조악한 것, 거친 것을 느낄 수 없다면, 내면은 더 미세한 것이기 때문에 잘 알아챌 수 없다.

느껴라. 나의 생각을.

눈을 감고, 내 생각을 느껴라. **<끊임없는 생각의 흐름>이 있다.** 그 생각들을 느껴라. 많이 느낄수록, 더 많은 것이 드러날 것이다. **느껴라. 나의 생각을.** 예를 들어, 우리는 너무나 쉽게 "이런 것이 나의 생각이다."라고 말한다. 그러나 느껴 보라. 그것이 정말로 <나의 생각>인가? **많이 느낄수록 <나의> 것이라고 말할 가능성은 더 적다.**

그것들은 모두 외부로부터 왔다. 그것들이 내게 왔지만 내 것은 아니다. 그런 것을 느껴 보라. 그런 것이 느껴질 때 우리는 더 나아갈 수 있다. 실제로, 내면의 고요만이 나의 것이다. 우리는 그것과 함께 태어났고, 그것과 함께 죽을 것이다.

그러나 생각은 외부에서 나에게 주어진 것이다. 만약 그것들이 <내 것>이라면, 나는 그것들을 위해 방어하려고 한다. "이런 생각은 나의 것이다."라는 그 느낌이 소위 집착(執着)이라는 것이다.

만약 우리가 <어떤 생각도 나의 것이 아니다>는

것을 느낄 수 있고, 알 수 있다면…… 그때 우리는 고요하게 생각들을 지켜볼 것이고, 생각들은 단지 대상일 것이다.

<느낌>에 확고하게 서서, 그 생각들을 지켜보면, 그 "나의"가 사라진다. 그리고 그 수많은 <나의>, <내 것>에서 "내"가, 즉 에고가 전개된다. 생각이 인간이 가진 만병(萬病)의 근원이다. 그때 우리는 더 깊게 움직일 수 있다.

그다음 이 "나"라는 것을 알아보라. **어디에 이 "나"라는 것이 있는가?** 결코 그것을 느끼지 못할 것이다. 이 "나"라는 것과 직면(直面)할 때, 그 "나"는 사라질 것이다.

그 순간 공포가 나를 사로잡을 수 있다. 그것이 명상으로 깊이 움직이는 사람들이 거기서 도망쳐 나오는 이유다. 그것은 우리가 죽을 때 일어나는 상황과 똑같다. 죽음이 지금 나에게 일어나고 있다. 그래서 우리는 다시 밖으로 뛰어나오고, 생각들에 매달린다. 그 생각들이 도움이 되기 때문이다. 그때 그 공포는 떠날 것이다.

실제로, 우리에게는 죽음이 가장 깊은 지점이다. 만약 우리가 죽음 속으로 들어갈 수 있다면, 나는 불사(不死)가 될 것이다. <죽음 속으로 들어가는 그 무엇>은 죽을 수 없기 때문이다.

"나"라는 것이 사라졌을 때, 그때 우리는 **안타**

카라나, 즉 <내부의 기관>을 볼 수 있다. <내부의 기관>은 그것을 통해 <내 자신의 존재를 느끼는 것>이다. <내가 있다>고 해도, 어떻게 내가 그런 것을 알 수 있는가? 의식(意識)과 [특별한 의미의] 지성(知性), 그런 것이 **안타 카라나**다.

우리는 그런 <내부의 기관>을 통해 알 수 있다. <**그 무엇**>을…… 그것을 언설로써 표현하는 것은 어렵다. 어떤 말도 잘못이다. 그것을 성경은 야훼, 즉 "**나**"라고 했다. 아니면 그것을 <**삿**[존재(存在)]>, <알아채는 무엇>, <늘 [깨어] 있는 무엇>, <[특별한 의미의] 의식(意識)[**칫**]> 등등 어떤 것으로 불러도 좋다.

< 70 >

세상은 "환영 (幻影)"이다.

장자(莊子)가 <그 자신이 나비가 되었던 꿈>을 꾸고 혼란스러워 했다는 이야기는 아주 유명하다. 만약 내가 <나비가 되는 꿈>을 꿀 수 있다면, 그 역(逆)은 왜 가능하지 않겠는가? 지금은 그 나비가 <나라는 사람이 된 꿈>을 꾸고 있는지도 모른다. 무엇이 진짜이고, 무엇이 가짜인가?

또 <내가 지금 여기에 있는 것이 꿈이 아니라는 것>을 어떻게 알 수 있겠는가? <내가 지금 이 책을 읽고 있는 것이, 이것이 어쩌면 내가 꿈꾸고 있는 것이 아니라는 것>을 어떻게 확정할 수 있겠는가? 어떻게 <그렇지 않다>고 단정할 수 있겠는가?

사실, 감각으로는 어떤 확실성도 없다. 왜냐하면 꿈에서도, 그 꿈은 진짜처럼 보이기 때문이다. 어떤 것만큼이나 실제적이다. 우리는 꿈을 꿀 때, 그것이 항상 실제적인 것이라고 느낀다.

<내가 마주하고 있는 것이 실재인지 아닌지 알 가능성이 없을 때>, 그런 것을 **샹카라**는 **마야**, 즉 환영(幻影)이라고 했다. **환영은 어떤 것이 실재인지 아닌지 결정하는 것이 불가능한 것을 말한다.** 그러므로 이 세상 전체가 곧 **마야**다. 우리는 이 세상에 대해 확정적일 수 없다. 이 세상은 항상 달라지고,

변하는 것이다. 제행무상(諸行無常)이다. <형성된 모든 것>이 무상(無常)한 것이다. 금강경(金剛經)은 그런 것을 아예 노래로 만들어서 가르치고 있다.

<형성된 것들[몸, 마음]>은 이렇게 봐야 하리
<별>처럼, <눈의 가물거림>처럼, <등불>처럼
<환영(幻影)>처럼, <이슬>처럼, <물거품>처럼
<꿈>처럼, <번개>처럼, <뜬구름>처럼

이 <환영의 세상>에서는 그 어떤 것도 확실하지 않다. 이 세상 전체가 곧 무지개 같다. 멀리 떨어져 있을 때 그것은 있다. 그러나 가까이 갈수록 확실하지 않고 또 사라진다. 우리의 모든 개념, 우리의 모든 철학이 그냥 무용지물(無用之物)이 된다. 모든 것은 불확실하고, 오직 <거대한 변화의 흐름>만이 있다.

만약 우리가 이런 태도를 취한다면, 무슨 일이 일어날 것인가? **만약 <확정적일 수 없는 모든 것은 환영이라는 이런 태도>로 깊이 들어간다면**, 그때 우리는 <나 자신이 하나의 중심으로 가질 수 있는 유일한 지점>으로 돌아서게 된다. 그것만이 확실한 것이기 때문이다.

온 세상이 환영이다. 그러므로 세상을 따라가지 말라. 세상이 실재(實在)가 아니라면, 그 안에서

<쉴 만한 곳>은 없다. 나는 시간과 에너지를 낭비하면서 그림자를 뒤좇고 있는 것이다. 그러나 한 가지는 확실하다. 즉 <나는 있다는 것>. 비록 이 세상 전체가 환영일지라도, **<이런 것이 환영이라는 것을 아는 무엇>이 거기에 있다.**

나의 <아는 바>, 즉 지식은 환영일지도 모르고, 그 <알려진 것>도 환영일지 모른다. 그러나 <아는 자>는 그럴 수 없다. 그것이 유일한 확실성이고, <내가 설 수 있는 유일한 반석(磐石)>이다. 그것을 히브리 성경은 <여호와>라고 했다.

사람이 <그 자신>에게로 다가가는 것과 더불어, 우리는 <확실한 진리>에로, <의심의 여지가 없는, 절대적인 어떤 것>에 다가가는 것이다.

[카시미르 쉐이비즘에서는, **마야**가 <칼라[부분, 전능의 한계]>, <**비디아**[지식, 전지(全知)의 한계]>, <**라가**[집착]>, <**카알라**[시간]>와 <**니야티**[운명]>의 다섯 가지로써 <신성(神性)을 덮고 있기 때문에> 우리가 그것을 볼 수 없다고 한다.]

< 71 >

"욕망(慾望)"을 마주하라.

내가 성(性)에 대한, 음식에 대한 욕망을 느낀다. 그런 것을 마주하라. **쉬바가 욕망을 마주하라**고 할 때, 그것은 **그 욕망을 위하거나 반대하는 것으로 생각하지 말라는 의미다**. 단지 <있는 그대로> 마주하라. 그러나 우리는 생각한다. "이런저런 욕망은 나쁜 것이다." 그러면 우리는 교육과 도덕, 종교를 마주하고 있다.

어떤 욕망이 일어날 때, <그것을 해석하지 않고, 단지 있는 그대로 고요하게 관찰하고 있는 일>은 대단히 어렵다. <바로 지금, 이 살아 있는 순간>, 내게 무슨 일이 일어나고 있는가?

욕망을 <마주하여 관(觀)하는 일>은 우리를 유능하게 한다. 무슨 일이 일어날 것인가? 그때 분리가 일어난다. <열정과 성욕으로 가득 찬 나의 몸>과 <나>는 둘이 된다. 나의 몸은 열정으로 몸부림치고 있지만, 중심은 고요하게 관찰하고 있다. **거기에는 어떤 투쟁도 없고, 단지 분리만이 있다**. 투쟁에서는 대상과 분리되어 있지 않다.

이제 우리는 마치 <다른 누군가가 거기에 있는 것처럼> 그렇게 그것을 바라볼 수 있다.

< 72 >

욕망이 일어나기 전에
어떻게 "내가 있다"고 말할 수 있겠는가?

어떤 욕망이 일어난다. 그런 욕망이 일어날 때, <내가 있다는 느낌>이 일어난다. 어떤 생각이 일어난다. 그 생각 때문에 <내가 있다는 느낌>이 일어난다. 나 자신의 경험에서 그것을 찾아보라.

어떤 생각이 일어난다. 그때 우리는 그 생각과 동일시된다. 어떤 욕망이 일어난다. 그러면 우리는 또 그것과 동일시된다. 그 동일시 속에서 우리는 에고가 된다.

어떻게 그 동일시를 벗어날 것인가? 그것은 아주 간단하다. 길을 가고 있는데, 멋진 차가 지나간다. 가지고 싶은 욕망이 일어난다. 그러면 속으로 크게 말하라. 생중계(生中階)를 하라. "차를 보았다. 차가 멋지다. 갖고 싶은 욕망이 일어났다." <지금은 어떤 생각이 일어나고 있고, 지금은 그 생각이 일어났고, 지금은 그 생각이 사라지고 있다>고 **단지 주목하는 것으로 나는 <그런 생각>과 동일시되지 않는다.**

그렇게 해서 욕망과 생각을 **주목(注目)하는 것이 능숙하게 되었을 때, 갑자기 나는 그런 것의 밖에 있다.**

만약 우리가 <내 속에서 어떤 욕망이 일어났다가

가 버렸고, 그 욕망이 나를 방해하지 못했고, 나는 **그 틈**에 남아 있다>는 것을 알 수 있다면……

두 가지 생각 사이에는, 두 가지 욕망 사이에는 한순간의 어떤 **간격**이 있다. **그 틈**에서는 "나"라는 느낌이 없다. 그것이 우리의 진정한 존재다. 욕망과 생각이라는 아주 **빽빽**한 구름이 하늘에서 움직이고 있지만, 가끔은 그 구름 사이로 하늘이 드러난다.

이 책에는 단어도 있고 또 문단도 있다. 그리고 단어 사이와 문단 사이에는 간격이 있다. 그것이 나다. 종이의 흰 것이 나이고, 검은 점과 획(劃)은 <움직이는 생각과 욕망의 구름들>이다. 검은 점과 획을 보지 말고, 흰 것, 공간, 여백(餘白)을 보라. 나의 내면에서 그것을 바라보라.

그래서 만약 거기에 어떤 욕망도 없다면, 어떤 생각도 없다면, 우리가 **어떻게 내가 있다고 말할 수 있겠는가?**

[<틈, 간격>이라고 표현했지만, 사실은 <순야>, 즉 공(空), 무(無), 무한, 태허(太虛), <마음 바탕>, 의식(意識), 신(神)을 의미한다. 이 책의 모든 방편에서 그렇다.]

제 21 장

욕망을 바라보라

< 73 >
욕망이 일어나는 "그 시초에"
완전히 알아채라.

< 74 >
아, 샥티여!
"인식(認識)"의 한계를 알라.

< 75 >
존재계는 "하나임"을 알라.

< 76 >
욕망에 "흔들리지 말라."

옛날에
어떤 왕이 결혼을 하려고 할 때
<그해에 결혼하면 딸만 일곱을 낳을 것이니
다음에 하라>는 예언이 있었다.

그러나 왕은 결혼을 강행했고,
그 후 왕비는 딸만 여섯을 낳았다.
왕은 마지막 일곱째는 왕자가 태어날 것으로
기대했으나 또 딸이었다.

화가 치민 왕은 그 딸아이를 **버리라고** 했다.
강물에 띄워 <버려진 아기>, 바리데기는
어떤 노부부에게 구출되어 자란다.

그 후 왕은 병이 들었고,
백약(百藥)이 소용이 없자
급기야 밤에 이런 꿈을 꾼다.
<버려졌던 아기를 찾아
선계의 약수(藥水)를 마셔야 한다>는……
결국 왕은 바리데기를 찾았고,
바리데기는 **약수를 구하러 선계로 떠난다.**

여러 신의 도움으로 저승 세계를 지나
약수를 지키는 무장 신선을 만나고,

그에게 **나무하고 불 때고 물 길어 주는 것으로**
약수, 즉 생명수(生命水)를 얻어 돌아온다.

왕이 이미 죽어 장례를 하려고 할 때,
바리데기는 왕을 살리고 무신(巫神)이 된다.

전형적인 <영웅 신화>로,
"건축자들의 <버린 돌>이 집 모퉁이의 <머릿돌>이
되었다."는 것에서
또 아직도 살아 있는 <산 돌>이라는 뜻에서
한국판 메시야의 원형(原型)이다.

일찍이 <믿음의 영웅> 아브라함에게 속삭였던
그 목소리는
오늘도 누군가의 귀에 속삭이고 있을 것이다.

"כך? כך[레크 레카]"
- "너는 떠나라!" -

모든 영웅들의 이야기는 떠나는 것으로 시작한다.

< 73 >

욕망이 일어나는 "그 시초에"
완전히 알아채라.

어떤 욕망이 일어날 때, **탄트라**는 욕망과 싸우지 말라고 한다. 욕망과 싸우는 짓은 헛된 일이고 또 어리석은 일이다. 왜냐하면 우리가 내 안의 어떤 것과 싸우는 것은 결국 나 자신과 싸우는 것이기 때문이다. 그러나 우리는 지금도 이 현실의 욕망이 일어나면 그 욕망과 싸운다.

욕망과 싸우지 말라. 그러나 **탄트라**의 이 말은 우리가 <욕망의 희생자가 되라>는 의미도, <그것을 탐닉하라>는 의미도 아니다. **탄트라**는 아주 미묘한 방편을 준다. 어떤 욕망이 일어날 때, **그 시초에 완전히 알아채라.** 그 시초에 <전체적인 의식으로> 그것을 바라보라. **지금 일어나고 있는 그 욕망에 나의 의식 전체를 가져가라.**

어떤 욕망이 이미 일어났을 때, 그때는 아무것도 할 수 없다. 그것은 자신의 코스를 완주할 것이고, 우리는 어떤 것도 할 수 없다. 그러므로 **그 시초에** 어떤 것을 해야 한다. 그때 거기서 욕망의 씨앗은 불살라야 한다. 씨앗이 싹이 트고 나무로 자라기 시작하면, 일은 어려워진다.

그러므로 어떤 욕망이 일어나고 있는 첫 불빛이

보일 때, <나의 존재 전체로써> **완전히 알아채라.**
다른 어떤 것도 하지 말라. **존재와 의식 전체로써**
바라보는 일은 너무나 뜨거워서 씨앗은 타 버린다.
어떤 투쟁도, 어떤 적대(敵對)도 없다.

만약 욕망과 싸운다면, 우리는 이기거나 패배할
것이다. 그러나 우리가 이기든 패배하든, 에너지는
남지 않을 것이다. 왜냐하면 욕망이라는 에너지가
우리의 에너지와 싸우기 때문이다. 우리는 똑같은
에너지와 싸우고 있다.

욕망이 일어나는 그 시초에
완전히 알아채라.

그러나 그 욕망이 **그 시초에** 사라진다면……
어떤 투쟁도 없이 욕망이 사라질 때, 그런 일은
나를 아주 힘이 있게 한다. 엄청난 에너지를 남겨
주고, 그 무시무시한 <깨어 있음>을 준다. 우리는
그런 것을 상상할 수 없다.

< 74 >

아, 샥티여!
"인식 (認識)"의 한계를 알라.

우리가 무엇을 보든지, 무엇을 느끼든지, 그것은 한계가 있다. 우리의 모든 인식은 그 한계가 있다. 한계(限界)와 경계(境界)는 인간에 의해서 강제된 것이다. 우리는 저 무한(無限)을 볼 수 없기 때문에 그것을 나눈다. 우리는 모든 것에서 그렇게 한다.

우리는 나의 집 사방에 울타리를 치고는 말한다. "이 땅은 내게 속한다. 저 울타리 너머는 이웃의 땅이다." 그러나 깊이 들어가면 나의 땅과 이웃의 땅은 하나다. 울타리는 단지 우리 때문이다. 땅은 나누어져 있지 않고, 이웃과 내가 나누어져 있다.

모든 경계는 인위적인 것이다. <그것들은 단지 인위적이고 공리적인 것으로, 실재와 진실이 아닌 것을 안다면> 도움이 된다.

아, 샥티여!
인식의 한계를 알라.

그러므로 <한정된 어떤 것>을 볼 때마다, 그것은 그 한정 너머로 사라지고 있다는 것을 알라. **모든 현상의 그 너머를 보라.** 항상 <그 너머와 너머를>

보라. 예를 들어, 정원의 나무를 보라. 그 너머를 보라. 그 나무는 정원에 있지만, 그 안에는 존재계 전체가 들어 있다. 존재계 전체가 지금 그 안으로 녹아들고 있다. 그 생명은 태양과 바람과 비, 모든 것과 서로 엮여 있다. 그런 것들은 그 나무 속으로 녹아들고, 그 나무는 또 다른 것 속으로 녹아들고 있다. 그때 그 나무는 사라지고, 그 한정은 사라져 버린다. 무엇을 바라보든지 그 너머를 보라. 그리고 어디에서도 멈추지 말라.

실제로, 존재계는 무한이다. **모든 것은 다른 것 속으로 녹아들고, 그것의 경계를 잃고 있다.** 어떤 것에도 끝이 없고 시작도 없다. 모든 것은 또한 <다른 모든 것>이다.

아, 샥티여!
인식의 한계를 알라.

계속하고 계속하라. 마음은, 내가 그 너머로 가는 것에 진력함에 따라, 그 너머 그 너머로 끌고 감에 따라, 지치게 되고 사라진다. 그때, 문득 나는 밝아지면서 존재계 전체가 <하나>인 것을 느낀다.

[**샥티**는 곧 존재계의 <힘(力), 에너지>를 말한다. 에너지는 현현(顯現)에서는 다양하지만 본질에서는 <하나>다. **쉬바**[의식(意識)]와도 <하나>다.]

아, 샥티여!
인식의 한계를 알라.

한 시간 동안, 그렇게 해보라. 어디에도 한계를 만들지 말라. 현상과 한계가 무엇이든지 그 너머를 찾으려고 해보라. 계속하고 계속하라. 얼마 못 가서 우리의 마음은 피곤하게 된다. 왜냐하면 마음은 <무한한 것>과는 맞설 수 없기 때문이다.

<마음이라는 이 작은 컴퓨터>는 자신의 성능에 비해서 그런 것이 버겁다는 것을 느낀다. 그러나 멈추지 말고 계속해서 가라. 그러면 마음은 뒤로 떨어져 버리고, 의식만이 움직이고 있는 순간이 올 것이다. 그 순간에 우리는 <하나임[=하나님]>의, 즉 <아드바이타[不二]>의 빛을 볼 것이다.

< 75 >
존재계는 "하나임"을 알라.

각각의 형상들은 분리되어 있는 것으로 보인다. 그러나 실제로, 모든 형상은 다른 형상들과 서로 연결되어 있다. 실재(實在)는 공존(共存)의 세계다. 즉 연기(緣起)하여, 서로 침투하고 의존하며, 서로 연관하고 변화하는 <상호(相互) 실재>의 세계다.

가령, 이 지구에 나만 홀로 있다고 생각해 보자. 사실, 그런 것은 <생각하는 것>조차도 불가능하다. 우리는 그런 생각을 하고 할 것이지만, 누군가가 거기에 있는 것을 생각하고 있을 것이다.

나만 혼자 있을 때, 그때 나는 무엇일 것인가? 나는 선인(善人)일 것인가? 악인일 것인가? 선과 악은 관계 속에서 존재한다. 나는 미인일 것인가? 추인(醜人)일 것인가? 현자(賢者)? 우자(愚者)?

모든 것이 사라질 것이다. 나는 우자도 현자도, 선인도 악인도 아니다. 모든 모습을 제거해 나가면, 아무것도 남지 않는다는 것을 알게 된다.

우리는 모든 형상을 별개(別個)인 것으로 본다. 그러나 그렇지 않다. 모든 형상은 다른 것과 서로 연결되어 있다. 그것은 <하나>다. 단지 겉모습만이 구별과 경계를 준다. 우리가 그런 것을 고찰하고 알아챌 수 있다면, 그것은 어떤 깨달음이 된다.

존재계는 하나임을 알라.

나의 형상과 존재계 전체의 형상은 분리된 것이 아니다. 나는 존재계와 하나다. 나는 존재계 없이는 있을 수 없다. 그리고 그 역(逆) 또한 진실이다. 즉 우주는 나 없이는 있을 수 없다. 내가 우주 없이는 있을 수 없듯이, 우주는 나 없이는 있을 수 없다. **<나>는 그 많고 많은 형상으로 항상 존재해 왔고, 그 많고 많은 형상으로 항상 존재할 것이다.** 그러므로 <나>는 거기에 있을 것이다.

예수는 "나와 아버지는 하나이니라."라고 했다. 유대인들은 분노했다. 무슨 소리를 하고 있는가? 그가 신(神)과 하나라고? 그러나 그것은 그런 말이 아니었다.

예수가 "<나>와 아버지는 하나다."라고 했을 때, 그 <나>는 **<모든 나>를 말한다. 내가 있는 곳마다, 그 <나>와 신성(神性)은 하나다.** 그러나 그런 말은 오해될 수 있고, 유대인들과 또 기독교도들 모두가 오해했다. 예수를 따른다는 기독교도들도 오해하고 있다. 그들은 <예수만이 신의 유일한 아들>이라고 믿는다. 독생자(獨生子), 성자(聖子)라는 것이다.

만약 기독교도들에게 **붓다**를 어떻게 생각하는지 묻는다면, 그들은 말한다. "인간 역사에서 오직 한

번만 신(神)이 이 세상을 뚫고 들어왔는데, 그것은 예수 그리스도다. **붓다**는 위대한 성인(聖人)이지만, 신은 아니다." 다시 불교도들에게 묻는다면, 그들은 예수를 비웃을 것이다.

그러나 사실은 모든 사람이 하나님의 독생자다. 모든 사람이 말이다. 예수이든 **붓다**이든, 그 어떤 것이든 동일한 근원으로부터다. 그리고 **모든 나는, 즉 모든 의식(意識)은 바로 신성과 관계가 있다.**

그리고 나의 의식이 신성(神性)으로 되어 있음을 알 뿐만 아니라, 다른 사람들의 의식도 신성으로 되어 있음을 알아라. 그러면 그것은 겸손(謙遜)이 된다. 모든 것이 신성이고 하나임을 알 때, 그때는 나의 존재가 대단하다거나 다른 사람과 사물보다 더 우월한 어떤 것이라는 문제는 없다.

그때는 존재계 전체가 신성이다. 그리고 우리가 어디를 바라보든 우리는 신성을 본다. 모든 형상 뒤에는, 아니면 모든 형상 아래에는 <형상이 없는, 하나인 무엇>이 숨어 있다.

< 76 >
욕망에 "흔들리지 말라."

욕망이 나를 사로잡을 때, 나는 동요된다. 그것은 자연스럽다. 그때 나의 마음은 흔들리기 시작하고, 표면에는 크고 작은 물결이 인다. 우리는 편안하지 않다.

욕망에 흔들리지 말라.

그러나 내가 어떻게 동요되지 않겠는가? 욕망은 동요를 의미한다. 어떤 실험(實驗)을 해보는 것이 좋다. 그때 우리는 그것이 무슨 의미인지를 이해할 수 있다. 예를 들어, 내가 화가 났다. 그 화가 나를 완전히 점거하여, 나는 잠시 미쳐 있다. 그때, **문득 동요되지 말 것을 기억하라.** 마치 갑자기 그 분노라는 옷을 벗어 버리는 것처럼 하라. 화는 엄연히 거기에 있다. 그러나 나는 속에서 <동요되지 않는 한 지점>을 갖는다.

화는 주변에 있고, 그 **주변은 요동치고 동요된다. 그러나 나는 그것을 바라볼 수 있다.** 만약 그것을 바라볼 수 있다면, 우리는 동요하지 않을 것이다. 그런 것을 <지켜보는 자>가 되라.

그러나 우리는 화를 바라본 적이 없다. 우리는

곧 그 화와 동일시된다. 우리는 그 화가 <나와는 다른 어떤 것>이라는 것을 잊는다. 우리는 보통, 그 대상(對象)에게로 움직인다. 대상에게로 움직일 때, 그것은 마음의 먼지 부분이 동요한 것이다. 그러나 **만약 내면으로, 중심으로 움직인다면……**

우리는 어떤 욕망, 어떤 동요를 가지고도 이것을 해볼 수 있다. 잘 아는 대로, 태풍에는 <동요되지 않는 중심>이 있다. 즉, 분노의 태풍, 성욕의 태풍, 어떤 욕망의 태풍에도 말이다. 바로 그 중심에는 바람이 없다. 그리고 어떤 태풍도 그 중심 없이는 존재할 수 없다. 분노도 <우리 안에 분노를 초월해 있는 어떤 것> 없이는 존재할 수가 없다.

그런 것을 잘 생각해 보라. <내 내면에 절대적인 부동의 중심>이 없다면, 어떻게 내가 <나 자신이 동요되었다>는 것을 느낄 수 있겠는가?

욕망에 흔들리지 말라.

제 22 장

중도(中道) 혹은 균형

< 77 >

이 우주를 "영화(映畵)처럼" 보라.

< 78 >

사랑하는 이여!

"쾌락에도 고통에도" 주의하지 말라.

< 79 >

몸에 대한 집착을 버려라.

"어디에나 있는 자"는 기쁘다.

< 80 >

욕망은 내게도 있도다.

그러니 "받아들여라."

모세가

온 이스라엘을 불러 이르되

"너희는 **좌로나 우로나 치우치지 말고**

여호와께서 명하신 **도(道)를 행하라.**"

여호와께서

여호수아에게 일러 가라사대

"오직 너는 마음을 강하게 하고 극히 담대히 하여

좌로나 우로나 치우치지 말라."

그 사람들이 그같이 하여

＜젖 나는 소＞ 둘을 끌어다가 수레를 메우고

여호와의 궤를 수레에 실으니

암소가 벧세메스 길로

바로 행하여

대로(大路)로 가며

좌우로 치우치지 아니하였고

* ＜벧세메스＞는 ＜태양의 집＞이란 뜻이다.

< 77 >
이 우주를 "영화(映畫)처럼" 보라.

기독교도들은 인류의 시조인 아담이 단 한 번의 불복종으로 에덴동산에서 쫓겨났고, 또 그 때문에 온 인류가 쫓겨났다고 믿는다. 그러니 우리는 아담 한 사람 때문에 고통을 당하고 있다. 기독교의 신은 너무 심각(深刻)한 것으로 보인다. 실제로, 아담은 하나님 자신의 어리석음 때문에 죄를 지었다. 그는 말했다. "그 나무의 열매는 **먹지 말라!**" 그리고 그 금기(禁忌)는 하나의 초대(招待)가 된다.

그것은 심리학적인 것이다. 이제는 <그 나무의 열매>만이 매력적인 것이 된다. 그런 것이 금기다. 정말로 그것이 먹지 못할 것이면, 전혀 언급하지 않는 것이 더 현명하다. 아담이 그 열매를 먹었을 가능성은 거의 없었다. 그러면 인류는 아직도 에덴 동산, 저 행복 동산에서 살고 있을 것이다. 그러나 그 **"말라!"**가 문제를 만든 것이다.

또 기독교도들은 예수가 우리를 대속(代贖)하기 위해서 십자가에 못 박혔다고 믿고 있다. 그러므로 기독교의 세계관 전체는 <아담과 예수> 두 사람에 관한 것이다. 아담은 죄를 지었고, 예수는 그 죄를 용서받기 위해 십자가에 못 박혔다. 예수가 고통을 받았으므로 아담의 죄는 용서될 것이었다.

그러나 기독교의 신은 아직도 완전히 용서한 것 같지는 않다. 인류는 아직도 여전히 고통을 받고 있기 때문이다.

이 우주를 영화처럼 보라.

인도는 이 세상을 신의 창조가 아닌, **놀이**, **게임**, 즉 **릴라**라고 부른다. 이 **릴라**라는 개념은 아름답고 훌륭하다. 신이 창조자라는 개념은 천박(淺薄)하고, 우리를 심각하게 한다. 인도의 신은 창조자가 아닌, 단지 <놀이하는 자>다. 심각하지 않고, **이 세상은 단지 게임 즉 놀이다.** 규칙은 있다. 그러나 <게임의 규칙>이다.

이 **릴라**의 개념은 우리의 삶을 **영화(映畵)처럼** 보게 한다. 우리의 삶은 긴 드라마가 된다. 이 세상 전체가 마치 한 편의 드라마와 같이 된다. 그러니 우리의 삶에 대해 너무 심각해지지 말라. 실제로, 심각해지기 때문에 고통과 괴로움에 빠진다. **만약 이 세상을 한 편의 드라마로 바라볼 수 있다면……**

실로 수없이 많은 사람이 이 지구 위에 살았다. 우리가 앉아 있는 곳도 최소한 열 구(具)의 시체가 묻혔다고 한다. 그들도 우리만큼 심각했을 것이다. 그러나 지금 그들의 문제는 어디로 갔는가? 그들은 싸우고 싸웠다. 한 뼘의 땅을 더 얻기 위해 싸우고 또 싸웠다. 그들은 심각했고, 그것은 그들의 삶과 죽음이 걸린 문제였다. 그러나 지금 그들의 문제는 어디에 있는가?

지금 이 순간 우리가 그렇게 심각하고 중요하게 여기는 것이 다음에는 소용이 없게 된다. 우리는 그런 것을 기억조차 못할지도 모른다. 우리의 삶은 단지 하나의 흐름이다. 아무것도 그냥 남지 않는다. 그것은 돌아가는 영화와 같다.

이 우주를 영화처럼 보라.

만약 내가 불행하다면, 그것은 내가 삶을 너무 심각하게 받아들인 탓이다. 그러니 태도를 바꿔라. **이번 삶 전체를 하나의 신화로, 하나의 이야기로 받아들여라.** 그렇게 해볼 수 있다. 며칠만이라도 이 모든 것을 드라마로 바라보라. 그러면 그 며칠이 우리에게 불성(佛性)의 일별을, 신성(神性)의 일별을 줄 것이다. 일단 그 일별을 가지면, 우리는 다시는 똑같을 수가 없다. 행복은 이런 태도, 즉 <세상은 단지 한 편의 연극과 놀이라는 태도>에 근거하고 있을 때만 일어난다.

마치 연극에서 한 부분을 연기(演技)하고 있듯이 행동하라. 그리고 그 아름다움을 보라. 만약 내가 한 부분을 연기하고 있다면, 나는 더 효과적이기 위해 노력할 것이다. 그리고 행복이 어떻게 오는 것인지를 알면, 이제 불행으로 움직일 필요가 없다. 왜냐하면 그것은 다시 나의 선택이기 때문이다.

내가 불행한 것은, 내가 잘못된 태도를 선택했기 때문이다. 내가 <바른 태도>를 선택할 수 있다면, 우리는 행복할 수 있다. **붓다**는 <바른 태도>, 즉 정견(正見)을 강조했다. 그는 그것을 하나의 기초, 토대로 삼았다.

무엇이 <바른 태도>인가? 무엇이 그 기준인가? 객관적인 기준은 없다. 이것이 그 기준일 것이다. 즉 <나를 행복하게 만드는 것>이 <바른 태도>다. 나를 불행하고 비참하게 만드는 것은 분명, 잘못된 태도다.

< 78 >

사랑하는 이여!
"쾌락에도 고통에도" 주의하지 말라.

 마음은 한 극단에서 다른 극단으로 움직이지만, 결코 그 사이, 그 중간에 머물지는 않는다. 마음은 한 극단에서 다른 극단으로 움직인다. 그런 것이 마음의 자연스런 법칙이다. 이 방편은 마음의 그런 법칙을 바꾸는 것이다.

 어떻게 그 사이, 그 중간에 있을 것인가? 사는 것이 괴로울 때, 우리는 무엇을 하는가? 괴로움이 있을 때, 우리는 그것을 피하려고 한다. 또 행복할 때, 무엇을 하는가? 다른 것이 들어오지 못하도록 하면서, 거기에 매달린다.

 그러므로 마음의 그런 자연스런 법칙을 바꾸고 싶다면, 어떤 괴로움이 있을 때 달아나려고 애쓰지 말라. **그 괴로움과 더불어 남아라.** 그러면 우리는 마음의 자연스런 메커니즘 전체를 방해하고 있는 것이 된다.

 예를 들어, 어떤 통증으로 아주 괴롭다. 아무것도 하지 말고, 눈을 감고, 그냥 그것을 지켜보는 자가 되라. 만약 지켜보는 자로 남을 수 있다면, 조만간 우리는 그 사이, 그 중간에 있을 것이다.

사랑하는 이여!
쾌락에도 고통에도 주의하지 말라.

만약 우리가 <어떤 것에 끌리거나 거부하는 일> 없이 그것을 잘 주시할 수 있다면, 우리는 중도에 있을 것이다. 그리고 일단 추(錘)가 중간에 멈추면, 처음으로 우리는 세상이 무엇인지 바라볼 수 있다. 자신이 움직이고 있을 때, 우리는 세상이 무엇인지 잘 알 수 없다. 일단 내가 움직이지 않아야, 세상을 바르게 바라볼 수 있다.

<움직이지 않는 마음>, 부동심(不動心)이 실재가 무엇인지 안다. 움직이는 마음은 실재가 무엇인지 알 수 없다. 우리 마음은 마치 거울이나 카메라와 같다. 우리가 흔들리는 거울을 들여다본다거나, 또 카메라를 움직이면서 셔터를 누르다면……

우리의 의식, 우리의 마음은 한 극단에서 다른 극단으로 움직이고 또 움직인다. 그러므로 우리가 실재라고 알고 있는 것은 단지 어떤 혼돈(混沌)일 뿐이다. 우리는 무엇이 무엇인지 알지 못한다. 오직 우리의 의식이 <지금 여기>에 집중되고 중심할 때, 그때만 우리는 실재가 무엇인지 알 수 있다.

< 79 >
몸에 대한 집착을 버려라.
"어디에나 있는 자"는 기쁘다.

우리는 몸에 심한 집착이 있다. 그 수많은 생을 몸 안에서 살아왔기 때문이다. 몸은 수없이 바뀌고, 몸에 있지 않은 적이 있었지만, 그때는 의식적이지 못했다. 그래서 우리는 <몸 안에 있지 않은 때>를 어떻게 느낄지를 알지 못한다. 그것이 곧 망각이고, 무지이고, 무명(無明) 즉 **아비디아**다.

아니면, 우리는 <나는 몸이 아니라, 영혼이다>고 생각할지도 모른다. 그러나 그것은 어디서 들은 것, 그냥 그런 것으로 믿는 것일 뿐이다. 그것을 처음으로 말한 사람들, 그들은 그것을 알았을 것이다. 그러나 그것이 나의 체험이 되지 않으면……

진리는 경험되었을 때만 진리다. 하나님은 <나의 하나님>이 되었을 때만, 실재가 되고 힘이 있다.

그러므로 우선 우리는 **"내가 아는 것은 내 몸에 대한 것이 전부다!"**라는 그 사실을 마주해야 한다. 그런 것은 내 안에 아주 편치 않은 상황을 초래할 것이다. 숨어 있던 모든 것이 표면으로 올라오고, 문자 그대로 식은땀을 흘릴지도 모른다. 그렇지만 **그런 느낌을 철저히 겪어야 한다.** 그래야 우리는 몸에 대한 집착이 무엇인지 느낄 수 있다.

처음으로 <태어난 이것, 죽어야 하는 이것이 나>라는 사실을 안다. 처음으로 <이 뼈와 살덩이, 피와 물, 이런 것이 나>라는 사실을 접한다. 처음으로 <이 성욕, 이 분노, 이 탐욕…… **이런 것이 나>라는 사실을 실감한다.** 그런 것이 괴롭고 어둔 밤일지도 모르지만…… <거짓된 나의 모든 이미지>는 떨어져 나간다.

몸에 대한 집착을 버려라.
어디에나 있는 자는 기쁘다.

집착이라는 것이 무엇인지 알지 못하면, 우리는 그것을 버릴 수 없다. 어떻게 버릴 수 있겠는가? 성인들이 말한 것들은 나와는 어떤 관계도 없다. 그들은 항상 집착이 지옥이라고 말할지도 모른다. 그러나 그것이 나의 체험, 나의 느낌은 아니다.

사실, **<나>를 한정하고 있는 것은 몸이 아니라, 몸에 대한 나의 집착이다.** 진리를 알았던 이들은 몸이 감옥이라고 했다. 몸은 감옥이 아니다. 사실은 몸에 대한 집착이 감옥이다.

나의 눈이 내 몸에 초점을 맞추지 않으면, 나는 어디에나 있다. 어떻게 내가 특정한 어딘가에 있을 수 있겠는가? 의식(意識)은 공간의 개념이 아니다. 우리는 묻는다. "인간이 죽으면 어디로 가는가?"

그러나 그런 질문은 어이없는 것이다. 그런 질문은 <나라는 것이 어떤 테두리 안에 있다>고 생각하기 때문에 나오는 것이다. 어디로 가는 것이 아니다. <우리가 죽었을 때>, 우리는 어딘가에 있지 않다. 아무 곳에도 없다. 아니면 **어디에나 있다.**

나의 주의가 있는 곳에, 나는 있다. 나의 주의가 몸에 있다면 나는 몸에 있는 것이다. 나의 주의가 곧 나의 존재다. 그러므로 집착은 주의의 문제다. **내가 몸에 주의를 준다면 나는 집착하는 것이고,** 주의가 떠나간다면 집착하지 않는 것이다.

실제로, **명상은 <나의 주의가 아무 곳에도 없는, 아무 곳에도 머물지 않는, 의식의 상태>를 말한다.** 금강경의 <응무소주이생기심(應無所住而生其心)>도 <마음, 즉 칫이 어떤 곳에도 머물지 않는 상태>를 가리킨다. 거기에는 주의의 대상이 없다.

나의 주의가 아무 데도 없을 때, 나는 어디에나 있다. **어디에나 있는 자는 기쁘다.** 그것이 아난다, 즉 기쁨이고 희열이다.

< 80 >

욕망은 내게도 있도다.
그러니 "받아들여라."

예수는 "다른 사람이 네게 해 주길 바라는 대로 다른 사람에게 해 주라."고 했다. 그것은 한 가지의 잣대, 동등한 기준이 필요하다는 의미다. 이 방편은 그 <단일한 기준>으로 변화되라고 한다.

나도 예외가 아니다. 비록 모든 사람이 자신을 예외적이라고 생각하더라도…… 만약 우리가 <나는 예외적이라고 [내심으로] 생각한다면>, 그런 것이 곧 모든 평범한 마음이 생각하는 방식이다. 자신을 평범하다고 느끼는 것이 이 세상에서 가장 비범한 일이다. 그 누구도 다르지 않다!

<종교적인 마음>은 모든 사람이 똑같다는 것을 아는 마음이다. <종교적인 사람>은 다른 사람들 속에서 무엇을 보든, 그것을 나 자신 속에서도 본다. 똑같은 문제가 나에게도 있을 수 있기 때문이다. 그때 우리는 다른 이들에게 깊은 동정(同情)을 느낄 수 있다.

욕망은 내게도 있도다.
그러니 받아들여라.

쉬바는 <받아들이는 것>, 즉 수용이 자신을 변화하는 일이 된다고 한다. 나는 탐욕스럽다. 그러나 우리는 그것을 인정하고 싶지 않다. 우리는 그것을 억압한다. 그러면 그것은 무의식 깊은 곳으로 들어가고, 그리고 억압된 것은 더 강력해지고, 그곳으로부터 기능하기 시작한다.

수용은 무의식으로부터 모든 것을 끌어올린다. 나 자신이 탐욕스럽다는 것을 받아들인다. 그러면 그것은 의식의 표면에 올라온다. 그리고 어떤 것도 표면에서는 쉽게 버려질 수 있지만, 깊은 곳에서는 잘 버려질 수 없다. 표면에 있을 때, 우리는 그것을 알아챌 수 있지만, 무의식에 있을 때는 알아챌 수 없다. 우리가 알아채는 질병은 치료할 수 있지만, 알아채지 못하는 질병은 치료할 수 없다.

이 <알아채는 일>, <아는 일>이 우리를 변화시킬 것이다. 그것은 우리가 알면서는 독을 마실 수가 없고, 알면서는 손을 불에 넣을 수 없는 것과 같다.

<아는 일>과 <깨닫는 일>이 많을수록, 탐욕은 더 불이 되기에, 그것은 간단히 불가능하게 된다. 어떤 억압도 없이 사라진다. 이 경문은 수용이 곧 변형이라고 말한다. 수용을 통해 <알아채는 일>이 가능하기 때문이다.

제 23 장

<아무것도 없음>을 생각하라

< 81 >

깨달은 사람은
사물 속에서 "실종(失踪)되지 않는다."

< 82 >

"다른 이의 의식(意識)"을 느껴라.

< 83 >

"아무것도 없음"을 생각하라.

< 84 >

믿어라.
"전지(全知)하고, 전능(全能)하다"고.

젊은 스님 철주(鐵舟)는
이 스승 저 스승을 찾아다니다가
독원(獨園) 선사를 찾았다.
그는 자신이 도달한 경지를 드러내기 위해
이렇게 말했다.

"부처도 없고, 중생도 없고, 마음도 없습니다.
 현상계의 본성은 공(空)이라 실체가 없습니다.
 현인(賢人)도 범인(凡人)도 없고,
 줄 것도 받을 것도 없으니
 일체(一切)가 공(空)입니다."

담배를 피우며 조용히 그 말을 듣고 있던 선사가
갑자기 담뱃대로 그의 머리를 세차게 갈겼다.
아무 이유도 없이 얻어맞은 젊은 스님 철주는
머리를 감싸 쥐고는
왜 때리느냐며 화를 냈다.

그러자 선사가 한 마디 했다.
"일체가 공이라더니,
 그 놈의 화는 어디서 나오나?"

어느 선사가 말했다.

진리를 사변적(思辨的)으로 공부하는 것은
설법의 자료를 수집하는 일에는 유익하다.
그러나 꾸준히 참선(參禪) 수행을 않는다면
그대의 진리(眞理)의 등불은 꺼져 버리리라.

<또 사족>

성경(聖經)을 <설교의 자료>로 보고 다루는 한,
소위 영성(靈性)은 시나브로……

< 81 >

깨달은 사람은
사물 속에서 "실종(失踪)되지 않는다."

나의 주위에서 일어나는 어떤 것이라도, 그것이 나를 지배하는 힘이 되는 것을 우리는 겪고 있다. 그리고 우리는 그것에 끌려간다. 예를 들어, 길을 가는데 멋진 차가 지나가면 우리는 그쪽으로 끌려 가고, 아름다운 여자가 지나가면 우리는 그쪽으로 끌려간다. **나의 마음은 사물과 다른 사람에게 달려 있다. 대상이 우리에게 영향을 미친다.** 큰 영향을 미친다. 우리가 바깥의 대상에 함몰될수록……

그런 것을 선지자 이사야는 "왕의 마음과 백성의 마음이, 삼림이 바람에 흔들림같이 흔들렸더라."고 기록하고 있다.

힘(力)[샥티]은 꼭 기억해야 할 물건이다. 그리고 힘은 <깨어 있는 것>을 통해서, <알아채는 일>을 통해서 온다. **우리가 많이 깨어 있을수록 더 힘이 있고,** 적게 깨어 있을수록 힘은 더 없다. 예를 들어 잠잘 때, 우리는 꿈에서 터무니없는 것을 볼지도 모르지만, "이것은 현실이 아니야. 이것은 가짜야." 라고 하지 못한다. 깨어 있지 않을 때면, 꿈조차도 우리에게 영향을 준다. 그러나 깨어 있는 동안은, 꿈은 우리에게 영향을 줄 수 없다.

하지만 소위 **이 현실은 우리에게 엄청난 영향을 준다.** 그러나 <깨어 있는 사람>, <깨달은 사람>은 아주 깨어 있으므로, 이 현실은 그에게는 영향을 줄 수 없다. 만약 우리가 정말로 <깨어 있다면>, 여자가 지나갈 것이지만 영향을 받지 않는다.

처음으로 이런 일이 일어날 때, 즉 **<사물이 나의 주위를 움직이지만 영향을 받지 않을 때>**, 존재의 미묘한 기쁨을 느낄 것이다. 처음으로 내가 있다는 것을 느낄 것이다. 아무것도 나를 밖으로 끌어갈 수 없다. 나의 주관성은 사물과는 멀리 떨어져서, 건드려지지 않고 있다.

**깨달은 사람은
사물 속에서 실종되지 않는다.**

그렇게 할 수 있는 기회는 아주 많다. 어떤 순간에도, 우리는 어떤 것이 나를 점유하고 있는 것을 알아챌 수 있다. 그러면 **숨을 깊이 내쉬라.** <만약 한순간이라도 내 마음을 지켜보는 상태에 이를 수 있다면>, 갑자기 우리는 <나는 홀로 있고, 그것이 나에게 어떤 인상도 주지 못한다>는 것을 느낄 수 있다. 적어도 그 순간만큼은 아무것도 내 안에서 욕망을 일으킬 수 없다.

내 쉬는 숨만으로 그 틈을 만들어 낼 수 없다면,

숨을 내쉰 후 **들이마시는 것을 멈춰라**. 우리가 그 <지켜보는 느낌>을 가지는 것은 단 한 순간이지만 그것은 우리에게 그 맛을 준다.

갑자기 나 자신이 힘이 있다는 것을, 나 자신이 강한 것을 느낀다. 그리고 <내가 힘이 있다고 느낄수록>, <나를 지배하는 사물의 힘이 많이 떨어져 나갈수록>, 내가 더 결정화되는 것을 느낀다. 이제 나는 위탁할 중심을 가진다. 어느 순간에도 나만의 그 중심으로 피할 수 있고, 세상은 무력해진다.

그것이 성경의 다윗이 자신을 죽이려는 대상으로부터 쫓길 때라도 이렇게 노래할 수 있었던 이유다. "주(主)는[즉, 나의 중심은] 피난처(避難處)요, 원수를 피하는 견고한 망대(望臺)라."

모든 순간이 기회다. 어떤 것이 나에게 인상을 주고 있다. 깨어 있어라. 그러면 <내면의 힘(力)>이 있어서, 사물이 나를 끌어가는 일은 없을 것이다. 끌려간다는 것은 약함 때문이다. 강해져라. 그러면 아무것도 나를 끌어갈 수 없다. 그때 그것은 우리에게 진정한 자유를 준다.

< 82 >
"다른 이의 의식(意識)"을 느껴라.

우리는 나의 의식은 느낄 수 있지만, 다른 사람들의 의식은 결코 느끼지 못한다. 기껏해야 다른 사람들도 나처럼 의식적일 것이라고 추론(推論)할 뿐이다. 그런 느낌은 오로지 **<내가 다른 사람들의 의식에 대해 의식적이 된다면>** 올 수 있는 것이다.

이 방편은 어렵다. 우리는 먼저 다른 사람들을 <사람>으로, 즉 <의식적인 존재>로 느껴야 한다. 예수는 말한다. "이웃을 네 자신과 같이 사랑하라." 그것은 똑같은 것이다. 그러니 **다른 사람도 나처럼 의식적이라고 느껴라.** 그러면 우리는 다른 사람도 내가 가진 똑같은 의식을 가졌다고 느낄 수 있다. 실제로 그때는 다른 사람은 사라지고, 오직 의식이 <나>와 <그 사람> 사이를 흐르고 있다.

깊은 사랑 속에서, <두 사람이 둘이 아닌 일>이 일어난다. 둘 사이에 <어떤 것>이 생겨나고, 그들은 단지 두 극이 된다. 이 방편은 <우리가 그런 것을 모든 사람과 더불어 할 수 있다>고 한다. 그러나 에고를 잃는다는 것은 굉장히 어려운 일이다. 그동안 우리는 다른 사람들을 사물로 환원시켜 왔기 때문에, 다른 사람들도 나를 그렇게 하지 않을까 두렵다.

그러므로 우선 두렵지 않는 것으로 해야 한다. 어떤 나무에 가까이 앉아, 그냥 그 나무를 느껴라. 그 나무와 하나가 되었다고 느껴라. 강가에 앉아, 강과 하나가 되었다고 느껴라. 처음에는 그런 것이 단지 상상일 것이지만, 차츰 상상을 통해 우리는 실재에 닿고 있다고 느낄 것이다. 그런 것을 감정 이입(感情移入)이라고 할 수 있다.

감정 이입은 **내가 그것과 너무나 공감하게 되어, 실제로 내가 그것과 하나가 된다는 의미다.** 매일 한 시간을 어떤 것과 감정 이입이 되도록 해보라. 처음에는 자신이 바보라고 생각될 것이다. 주위를 둘러보면서, 누군가가 본다면, 나를 미친 녀석으로 여길 것이라고 느낀다. 그러나 이런 <감정 이입의 세계>로 들어가면, 오히려 온 세상이 미친 것으로 보인다. 삶은, 살아 있는 것들은 그렇게도 풍성한 것을 주지만 그들은 그것을 놓치고 있다.

이것이 종교에서 기도(祈禱)의 참 의미였다. 그런 기도 속에서 우리는 신과 교통할 수 있다. 신(神)은 우주, 존재계, 전체성(全體性)을 의미한다.

우리의 기도를 <혼자서 속으로 재잘거리는 일>로 만들지 말라. <느끼는 일>로 만들어라.

< 83 >
"아무것도 없음"을 생각하라.

이것은 특히 <불교의 방편>이라고 할 수 있다.
붓다는 <부정적인 용어>를 많이 썼다. 예를 들어,
<소리의 세계>에서 우주를 힌두교도들은 <소리가
가득한 곳[샤브다 브라흐만]>이라고 하고, 붓다는
<소리라고는 없는 곳>이라고 한다. [같은 것을 가리
킨다. 잘 아는 대로, 순야, 즉 "0"만이 <하나>이고,
공(空)만이 <전체>이기 때문이다.]

우리가 잘 아는 한문 반야심경(般若心經)을 보라.
<아닐 불(不)> <없을 무(無)> <아닐 비(非)>의 향연
이다. 내가 보기에, 부정적인 용어, 즉 네티 네티의
압권(壓卷)이다!

아무것도 없음을 생각하라.

우리는 <있는 것>, 즉 사물은 생각할 수 있다.
그러나 <아무것도 없는 것>, 즉 사물이 아닌 것을
어떻게 생각할 수 있겠는가? 그런 것을 생각할 수
있겠는가? 우리가 어떤 것에 대해 생각할 때마다,
그것은 곧 사물이 되고, 대상이 되고, 생각이 된다.
생각이 곧 사물이다.

그런데 어떻게 <아무것도 없는 것>을 생각할 수

있겠는가? 우리는 생각할 수가 없다. 그러나 바로 **그런 노력 속에서 <생각하는 일>이 상실될 것이다.** 생각이 용해(溶解)된다. 이 방편은 <존재계와 그냥 고요하게 있어라>고 말한다. 그러면 그때 우리는 신(神)이 무엇인지 알 것이다.

언어가, 말이 모든 것을 파괴한다. **명상은 침묵을 뜻한다. 어떤 것에 대해서도 전혀 생각하지 않는다.** 생각하지 않을 때, 우리는 제한되지 않는다. 생각이 우리를 제한한다. 많은 유형의 제한이 있다. 예를 들어, "나는 기독교도다." 그러면 그것은 내게 어떤 제한을 준다. 기독교도가 된다는 것은 어떤 생각에, 즉 <어떤 생각의 체계와 그 방식>에 매인다는 것을 말한다.

그러므로 종교적인 사람은 기독교도나 불교도가 될 수 없다. **종교적인 사람은 <생각들을 생각하지 않는 것>을 의미한다.** 다시 말하지만, 어떤 생각에, 어떤 생각의 체계, 어떤 생각의 방식에 제한되지 않는 것을 말한다. 그것이 회개의 의미이고, 명상이 의미하는 바다.

아무것도 없음을 생각하라.

우리가 어떤 생각을 가질 때, 그 생각이 우리의 벽이 된다. 우리가 <어떤 생각>을 가지고 그것을 고집하는 것은 다른 누군가를 반대한다는 뜻이다. 벽은 내가 다른 누군가를 반대하지 않으면 존재할 수 없다. 그리고 생각은 항상 하나의 편견(偏見)일 수밖에 없다. [언어, 말이라는 것이 범주화(範疇化)하는 것이기 때문이다.] 그것은 어떤 것을 위하거나 반대한다.

만약 우리가 생각하지 않는다면…… 그러나 생각에서, 마음에서 멀어지는 일은 그렇게 쉽지 않다. **우리는 마음을 몸보다는 더 나 자신이라고 느낀다.** 실제로, <우리는 마음에 너무나 집착하고 있어서>, **죽음조차도 우리를 나의 마음에서 분리할 수 없다.**

아무것도 없음을 생각하라.

교활한 이들은 자신이 불행하지 않다고 스스로를 속인다. 아니면 어떤 일이 일어나서 죽은 뒤에라도 무언가가 성취될 것이라고 희망한다. 그러나 어떤 생각에 한정되면, 우리는 불행하다.

< 84 >

믿어라.

"전지(全知)하고, 전능(全能)하다"고.

이것은 <내면의 힘(力)>에 관한 방편으로, 그것은 아주 미세한 씨앗과 같은 것이다.

내가 **전지하다**고, 모든 것을 알고 있다고 믿어라. 내가 **전능하다**고, 모든 것을 할 수 있다고 믿어라. 그러나 어떻게 그런 것을 믿을 수 있겠는가? 그런 것은 불가능하다. 그런 것은 신에게나 가능하다.

믿음은 <내가 어떤 것을 사실로 알 때> 강력하게 된다. 그것이 진실인지 아닌지는 그 초점이 아니다. 잘 아는 대로, 플라세보[가약(假藥)]를 보라. 의사가 환자에게 <약이 아닌 것>을 주지만, 환자는 약을 먹었다고 믿는다. 환자뿐만 아니라 의사도 그렇게 믿는다. 그 또한 모를 수 있기 때문이다. 이제 그런 연구에서 30%의 환자는 즉시 치료된다고 한다.

그 30%는 <믿는 사람들>이다. 인류의 3분의 1은 어려움 없이 존재의 새로운 질서로 즉시 변혁되고, 변화될 수 있다. 문제는 <어떻게 하면 그들 안에 그 믿음을 만들어 낼 것인가>다. <믿음이 있으면> 아무것도 그들을 방해할 수가 없다. [여기서 말하는 믿음은 소위 이 <현실의 기독교도들의 믿음>과는 다른 것으로 보인다. 그 차이를 느껴 보라.]

눈을 감고 앉아서, 나는 몸이 아니라고 생각하라. 그렇게 생각할 뿐만 아니라, 그렇게 느껴라. **눈을 감고 앉으면, 어느 정도의 거리가 생긴다.** 몸은 저 멀리로 물러나고, 나는 계속해서 더 안쪽으로 움직인다. 곧 우리는 자신이 몸이 아닌 것을 느낄 수 있다. **자신이 몸이 아닌 것을 <느낄> 수 있으면,** 그때 우리는 내가 편재(遍在)하고 전지전능하다고 믿을 수 있다.

그리고 이때, <**전지하다**>는 것은 소위 지식과는 아무 관련이 없다. **그것은 어떤 느낌이다.** 이것을 명확하게 이해해야 한다. 동양의 현자들이 말하는 **전지**는 <**아주 의식적이고, 충분히 알아채고, 깨어 있는 것**>을 말한다. 단지 <아는> 그 순수한 현상, 바로 그 특성을 말한다. <**붓다는 안다**>고 할 때, 그것은 **붓다**는 아인슈타인이 아는 것을 다 안다는 의미가 아니다. 그는 그런 것은 전혀 알지 못한다. **그는 <아는 자>다. 그는 자신의 존재를 안다.** 그런 의미에서 예수도 **전지한** 것이다.

우리는 <그런 느낌을 향해, 그런 느낌의 근원을 향해> 자신 속으로 깊이 파고 들어가야 할 것이다.

제 24 장

힘을 빼앗기고 있다

< 85 >

우주는 "우리와 더불어" 파도친다.

< 86 >

완전히 지쳐서 쓰러져라. "그때"

< 87 >

그대는 힘을 잃고 있다.
다 잃은 "그 순간"

< 88 >

"비밀이 전해지는 순간", 알아채라.

그 무렵 나는 발에 골절상을 입었고, 이어 심장 발작도 일어났다. 의식이 없는 상태에서 나는 환상(幻像)을 경험했는데, 그것은 아마도 **내가 죽음의 문턱에서 헤매고 있을 때**, 사람들이 내게 산소와 약제로써 응급 처치를 하고 있을 때였을 것이다.

나는 아주 높은 공중에 떠 있는 것 같았다. 저 멀리 지구가 푸른빛 속에 있는 것이 보였다. 나는 검푸른 바다와 대륙을 보았다. - 중략 - 얼마 동안 바라본 뒤 나는 몸을 돌렸다. 무언가 새로운 것이 내 시야에 들어왔다. 얼마 떨어져 있지 않는 곳에 운석처럼 생긴 거대한 검은 돌덩이가 있었다.

그것은 우주(宇宙)에 떠 있었고, 나도 우주에 떠 있었다. <나의 돌>은 그런 거대한 검은 덩어리였다. 조그만 전실(前室)로 가는 입구가 있었다. 입구의 오른편에는 <검은 피부의 인도인>이 말없이 돌로 된 의자에 연꽃 자세로 앉아 있었다. 그는 흰옷을 입고 있었는데, 나를 기다리고 있다는 것을 나는 알 수 있었다.

내가 그 검은 바위로 들어가는 입구에 이르렀을 때, <기이(奇異)한 일>이 일어났다. 즉 <지금까지의 모든 것이 나로부터 벗겨져 나가는 것 같은 느낌>을 받았다. <내가 지금까지 목표로 했던 것, 내가 원했거나 또 생각했던 것>, 이 세상의 삶이 주마등처럼

떨어져 나가거나, 나로부터 벗겨지는 것을 느꼈다.
- 그것은 극도로 고통스런 과정이었다.

그렇게 되는 중에도 무언가는 남았는데, 그것은 마치 <내가 지금까지 경험(經驗)하고 또 행(行)했던 모든 것>은 지금 내가 지니고 있는 것과 같았다. 아니면 그것을 이렇게 말할 수도 있다. 그것들은 나와 함께 있었고, 그것들이 곧 "나"라고 말이다. 말하자면, **"나는 <지금까지 있었던 것의, 지금까지 성취된 것의 묶음>이다."** 이제 나는 내가 원하거나 바라는 것이 더 이상 없었다. 즉 **나는 <객관적인 형태>로 있었다.**

나는 <내가 있었고 또 살아온 그 무엇>이었다. 처음에는 소멸의 느낌이, **빼앗기거나** 강탈되었다는 느낌이 지배적이었으나, 그런 것이 중요하지 않게 되었다.

<융의 『기억, 꿈 그리고 사상』에서>

< 85 >

우주는 "우리와 더불어" 파도친다.

말 때문에, 언어 때문에 많은 문제가 생겨났다. 우리가 "파도"라고 하기 때문에 마치 파도가 어떤 사물인 것처럼 보인다. 파도라는 명사는 쓰지 말고, <파도치다>라는 동사만 쓴다면 좋을 것이다.

실제로 파도는 <있는 것>이 아니다. 단지 <파도치는 물>, <물결치는 대양>이 있다. 파도는 단지 어떤 움직임이지, 실체가 아니다. 물은 고요할 수도 있고, 그때 파도는 사라진다. 실제로, 그 개체성은 거짓으로, 그들은 <있는> 것으로 보이지만 그렇지 않다. <비(非)-이원성>, 즉 불이(不二)가 진실이다.

우주는 우리와 더불어 파도친다.

우리는 우주라는 이 대양에서 일어나는 파도다. 이런 느낌이 깊도록 하라. **내가 <들이마시는 숨>을 하나의 파도가 일어나는 것으로 느껴라.** <지금 내 안으로 들어오고 있는 이 숨>은 한순간 이전에는 <다른 누군가의 숨>이었고, 또 <지금 나를 떠나고 있는 이 숨>은 다음 순간에는 <또 다른 누군가의 숨>이 될 것이다. 내가 숨을 쉰다는 것은 <생명의 바다>에서 파도치는 일이다. 우리는 분리되어 있지 않다. 깊이 들어가면 우리는 하나다.

그러므로 에고가 유일한 장애물이다. 개별성은 거짓이다. 그것은 <있는> 것처럼 보이지만 실체가 아니다. 나 자신을 하나의 파도로 생각하라. 그리고 **그것을 <지켜보는 자>가 되라.** 일어난 파도는 사라질 것이다. <형상으로 나타난 것>은 사라져야 한다. 우리는 그것에 대해 어떤 것도 할 수 없다. 모든 노력이 무용(無用)일 것이다. **오로지 한 가지 일은 할 수 있는데……**

우주는 우리와 더불어 파도친다.

일단 <지켜보는 자>가 되면, 문득 우리는 <파도 안에 있으면서 또 바깥에 있는, 파도를 형성하나 그 너머에 있는> 어떤 것을 알아채게 될 것이다. 선(禪)의 유명한 이야기다. 바다의 어린 물고기가 늙은 물고기에게 물었다. "모두들 '바다, 바다'라고 하는데 그 바다라는 것이 도대체 무엇이죠? 그것이 어디에 있습니까?" 늙은 물고기가 조용히 말했다. "네가 그 속에 살고 있다. 바다는 네 속에도 있고, 네 밖에도 있다. 너는 바다에서 태어나 바다에서 죽는다. 바다는 온통 너를 감싸고 있지."

우리는 있지 않다. 우주가 있다. 그것이 우리를 통해서 파도치고 있다. 그런 것을 느껴라. 성적인 욕망이 일어난다. 이제는 나의 욕망으로가 아닌, **<태양이 우리 안에서 파도치는 것>**으로, **<생명이 고동치는 것>**으로, **<삶이 우리 안에서 물결치는 것>**으로 느껴라.

두 사람이 사랑의 행위 속에서 만난다. 그러나 그것을 두 물결이, 두 개인이 만나는 것으로 생각하지 말라. 두 개인이 용해되는 것으로 생각하라. 파도는 사라지고 오직 태양만이 남는다. 그때 그 사랑의 행위는 명상이 된다.

그것이 모든 종교가 <에고적인 태도>를 반대하는 이유다. "신 같은 것은 없다."는 사람은 종교적이 아니라고 할 수 없다. 신이 종교에 기본이 아니고, <속에 내가 없는 것>이 기본이기 때문이다. 그래서 <신을 잘 믿는다고 하더라도 에고가 있는 사람>은 종교적이 아니다. 에고가 있다는 것은 곧 파도에 매달린다는 뜻이다.

자신을, 파도라는 형상이 아니라, 태양 즉 **<형상 없는 것>과 하나가 된 것으로 느낀다면**, 우리에게 죽음은 없다.

< 86 >
완전히 지쳐서 쓰러져라. "그때"

그냥 운동장을 뛰고 뛰어라. 완전히 지칠 때까지 달리고 달려라. 이제 더 이상은 한 발자국도 더 못 뗀다고 <느낄> 때까지다. 그러나 간사한 마음이 곧 "이제는 완전히 지쳤다."고 속삭일 것이라는 것을 잘 알아야 한다.

완전히 지쳐서 저절로 쓰러지도록 하라. 이것이 요점이다. 무슨 뜻인가? **<마음을 따라서> 쓰러지지 말라.** 그것은 전혀 다른 것이다. 그것을 계획하지 말라. 주저앉으려고 하거나 누우려고 하지 말라. 나 자신이 몸을 쓰러뜨리고 있지 않아야 한다. 만약 그렇다면, 우리는 두 부분을 갖는 것이 된다. <몸을 쓰러뜨리고 있는 것>과 <쓰러지는 몸>으로 말이다. 그러면 우리는 전체(全體)가 아니다. 우리는 조각이 나고, 나뉘어져 버린다.

쓰려지려고 하지 말고, 죽은 사람이 쓰러지듯이 그렇게 전체로 쓰러져라. 만약 그런 방식으로 쓰러질 수 있다면, 처음으로 나의 <존재 전체>, 나의 전체성(全體性)[쿨라]을 느낄 것이다.

어떻게 그런 일이 일어날 수 있는가? 우리 몸은 세 가지 에너지 층을 갖고 있다고 한다. 첫째 층은 일상생활을 위한 것으로 쉽게 고갈된다. 둘째 층은 응급 상황을 위한 것으로 더 깊은 층이다. 그리고 셋째 층은 우주적인 에너지로 무한하다.

첫째 층은 쉽게 고갈된다. 운동장 서너 바퀴를 뛴 후, 우리는 "이제 지쳤다."라고 느낀다. 그러나 정말로 지친 것이 아니다. 단지 첫째 층이 고갈된 것이다. 아침에는 고갈되지 않고, 종일 그것을 사용한 후 밤이면 고갈될 것이다. 이제 그것은 충전이 필요하고, 우리는 잠이 필요하다. 그래서 저 우주 저장고로부터 다시 에너지를 얻을 수 있다. 이것은 첫째 층이다.

그런데 누군가가 뛰어와서 "당신 집에 지금 불이 났다."고 한다면, 갑자기 피곤은 사라지고 우리는 생기를 느끼며 집으로 달리기 시작한다. 무슨 일이 일어났는가? 우리는 지쳐 있었지만, 응급 상황이 둘째 층과 연결시킨 것이다. 그래서 다시 신선하게 되었다. 이것은 둘째 층이다.

완전히 지쳐서 쓰러져라. 그때

이 방편은 이 둘째 층이 고갈되어야 한다. 첫째 층은 쉽게 고갈된다. 피곤을 느끼겠지만 계속하라. 그러면 곧 어떤 에너지가 오고, 우리는 힘이 솟는 것을 느낀다. 흔히, 단체로 마라톤이나 훈련을 할 때, 우리는 쉽게 지치지 않는다. "조금 더 해도 될 것 같다. 다른 사람들은 모두 저렇게 하고 있는데, 왜 나만 벌써 피곤을 느끼고 있는가?" 그런 느낌은 어떤 힘을 주고, 우리는 곧 둘째 층에 가 닿는다. 이 응급의 층이 고갈되었을 때, 그때 우주적인 것, 무한과 접촉한다.

그것이 많은 힘의 소진(消盡)이 필요한 이유다. 첫째 층과 둘째 층이 끝났을 때, "이제 더 뛴다면, 나는 죽을지도 모른다."라고 느낀다. 그런 상태에 들어갈 때, 겁이 나고 두렵게 되는 순간이 온다.

그 순간이 용기가 아주 필요한 순간이다. **용기를 조금만 더 내면**…… 이 방편으로 우리는 쉽게 저 우주적인 에너지의 대양 속으로 떨어질 수 있다. 바닥에 전체적으로 쓰러질 때, **그때** 처음으로 나는 어떤 구분도 분별도 않을 것이다.

분별하는 마음은 사라지고, 처음으로 <차별 않는 존재>, 저 무위진인(無位眞人)이 나타날 것이다.

< 87 >

그대는 힘을 잃고 있다.
다 잃은 "그 순간"

누워서 눈을 감고, 나의 몸이 죽어 가고 있다고 느껴라. 그 느낌이 진지한 것이면, 몸이 무거워지기 시작하고, 움직이고 싶지만 손가락 하나 움직일 수 없을 것이다.

이제 서서히 힘을 **빼앗기고** 있다고 여겨라. 마치 존재계 전체가 나의 힘을 **빨아내고** 있다. 사방에서 나는 **빨려** 나간다. 에너지를 잃고 있다. 곧 완전히 힘을 상실하고 아무것도 남지 않을 것이다. **실제로, 그것이 생명이 있는 방식이고, 우리의 상황이다.**

그대는 힘을 잃고 있다.
다 잃은 그 순간

이제 나의 생명은 밖으로 흘러나가 버리고, 죽은 몸만이 남아 누워 있다. 이제 그 몸을 보라. **몸은 죽어서 누워 있고, <나>는 그것을 바라보고 있다.** 거기에 초월이 있다. 나는 나의 마음 바깥에 있다. 죽은 몸에는 마음이 없다.

<내가 몸 안에 있다>는 느낌은 마음 때문이다. 만약 마음이 있지 않다면, 우리는 <내가 몸 안에

있다거나 몸 밖에 있다>고 말하지 못한다. <안과 밖>이라는 것은 마음과 관련되는 상대적인 용어다. 나는 지켜보면서 그냥 있을 것이다.

영어의 "ecstasy[황홀경]"라는 말은 <몸 밖에 서 있는 것>을 의미한다. **우리가 몸 밖에 있는 것을 느낄 수 있다면,** 그 순간은 마음이 없다. 이 마음이 <내가 몸 안에 있다>는 느낌을 준다.

<마음 너머로 가는 일>은 우리가 <내적으로 행복하고 건강하게 되는, 전체가 되는 유일한 길>이다. 그다음 우리는 마음 안으로 움직일 수도 있고, 또 마음을 사용할 수도 있다.

그러므로 두 가지가 가능하다. 첫째, 내가 마음과 동일시되는 것이다. 이것은 **탄트라**에서 병(病)이다. 아니면 <동일시되지 않는 것>이다. 그때는 마음을 하나의 도구(道具)로 사용할 수 있고, 그때 우리는 건강하고 온전(穩全)하다.

그것이 "그러므로 하늘에 계신 너희 아버지의 온전하심과 같이 너희도 온전하라!"고 하는 말의 의미다. [잘 아는 대로, 하늘은 곧 공(空)이다.]

< 88 >
"비밀이 전해지는 순간", 알아채라.

이것은 비전(秘傳)이라는 방법이다. 스승은, **이제 제자가 받아들일 준비가 되면**, 그 가르침을 제자의 귀에 속삭일 것이다. 이 방편은 <속삭임>이라는 그 극적(劇的)인 장치와 관련이 있다.

비밀이 전해지는 순간, 알아채라.

제자는 스승이 자신을 불러서 그것을 전해 주는 순간을 마냥 기다려야 한다. 그는 단지 기다리고 기다린다. 그는 인고(忍苦)의 세월을 보냈고……

이제는 그런 느낌조차도 없다. 그래서 제자가 <완전히 준비되었을 때>, 그때, 스승은 어떤 것을 할 수 있다. 스승이 그 가르침을 내 귀에 전할 때, 그것을 속삭일 때, **눈을 <완전히> 정지되게 하라.** 그것은 곧 <마음이 움직이지 않는 상태>, <생각이 없는 상태>를 말한다. **물론 숨도 쉬지 않는다.** 어떤 움직임도 없이, 단지 텅 빈 귀가 되라.

<그런 정적(靜寂)의 순간 - 마음이 움직이거나 생각이 일어나는 것이 아닌 순간>, 그것은 <마음이 없는 상태>다. 그 무심(無心) 속으로만 스승은 전할 수 있다. **실제로 그것은 이미 전해졌다.** 스승은 긴

강설을 하지 않을 것이다. 기껏해야 한두 단어나 두세 단어를 말할지도 모르고, 아니면 침묵(沈黙) 그 자체를 전할지도 모른다.

하여튼 그런 <수용적이고 수동적이며, 알아채는 상태> 속에서, 그런 침묵 속에서, 사건은 일어나고, 은혜(恩惠)가 주어진다.

인간은 <마음에서, 즉 생각에서 자유롭게 되는 것>으로 자유롭게 될 수 있다. 다른 자유는 없다. **<마음으로부터의 자유>, <생각으로부터의 자유>가 유일한 자유다.** 그것을 **카이발야, 니르바나**, 천국이라고 한다. 마음이 곧 구속(拘束)이고, 속박(束縛)이고, 예속(隷屬)이다.

가끔 스승은 아주 하찮은 것을 말할 수도 있다. 그래도 그런 일은 일어난다. 그렇지만 우리에게는, **쉬바**가 이 112가지의 방편을 다 말하더라도, 아무 것도 일어나지 않을 것이다. 우리가 준비(準備)되어 있지 않기 때문이다. 씨앗은 돌짝밭에도 뿌릴 수는 있다. 그러나 아무것도 나지 않을 것이다. 잘못은 씨앗에 있는 것이 아니다.

제 25 장

<꿈꾸는 자>를 알아채라

< 89 >
귀를 막고 항문을 수축시켜
"소리 중의 소리" 속으로 들어가라.

< 90 >
"깊은 우물"을 들여다보라.

< 91 >
"그대의 마음"이 방황하는 그곳에

< 92 >
감각으로 생생하게 "알아챌 때", 알라.

무의식(無意識)이
어느 날 융에게 물었다.
"너의 신화(神話)가 무엇이냐?"

이스라엘이라는 별명을 가진 아버지가
아들 요셉에게 물었다.
"너의 꾼 꿈이 무엇이냐?"

<어떤 대학>으로 가는 버스를 탔다. 버스는 **만원 (滿員)이었으나 뒤쪽은 비어 있었다.** 나는 책가방을 어깨에 메고 있었고, 도시락 가방은 어떤 여자가 받아 주었다.

나는 깜빡 잠이 들어서 학교를 지난 것으로 걱정 했는데, 학교 앞 정류장에서 간신히 내렸다. 학교로 가는, 강을 건너는 다리가 있었고, 그 다리의 문은 아직 닫히지 않았다. 그 학교는 언덕 위에 있었다.

학교 옆에는 얕은 강물이 흐르고 있었다. 문득 강물 속을 헤엄쳐 가는데 숨은 차지 않았고, 나는 <이상한 물고기>를 잡으려는 것이었다. 내 팔꿈치 부터 손끝까지는 한 개의 굵은 **뼈로** 되어 있었다. 내 <**뼈** 손>이 그 <이상한 물고기>에 닿자, **하나로**

붙어 버렸다.

걱정이 되어 칼로 그것을 베니 그 물고기는 떨어졌다. 그것이 죽었는지 살았는지 모른다. 다만 내 <뼈 손>과 붙었을 적에 내가 살았으므로 <그것>도 살았다는 것이다.

어느 듯 나는 뭍에 올라와 있었고, **나는 원시인 (原始人)이었다.** 나는 <새로 발견된 듯한, 어떤 돌 비(碑)>로 다가가 쪼그리고 앉아 그것을 들여다보고 있었다.

그 <돌 비>에는 나의 조상들의 이름이 <이상한 글자>로 새겨져 있었다. 그러나 **나는 내 이름밖에 읽고 쓸 줄을 몰랐다.** 그 <돌 비>는 직육면체로 **한 개인데**, 중간이 세로로 길게 파여 마치 **두 개처럼 보였다.** 그 위에 쓰여 있는 이상한 글자는 <작대기 같은 간단한 기호(記號)>였다.

<어떤 남자의 꿈에서>

<　89　>
귀를 막고 항문을 수축시켜
"소리 중의 소리" 속으로 들어가라.

탄트라는 우리 몸이 아주 민감한 것과 우리 몸이 나보다 더 잘 안다는 것을 안다. 예를 들어, 날씨가 더울 때 우리 몸은 땀을 흘려 체온을 내리고, 추울 때면 몸을 떨어서 열을 낸다. 그래서 **우리가 몸을 <의식적으로> 사용한다면, 몸은 <영(靈)으로 가는 탈것>이 될 수 있다.** 몸은 차량(車輛)이다. 우리가 <그것을 넘어갈 수 있는 방식으로> 몸의 에너지를 사용하는 것이 탄트라다.

**귀를 막고 항문을 수축시켜
소리 중의 소리 속으로 들어가라.**

눈을 감고, 손가락으로 귀를 눌러 막고, 항문을 강하게 수축하면 - 물론 이때는 숨도 멈추어야 - **나에게는 모든 것이 멈춘다.** 마치 온 세상이 멈춘 것 같다. 시간도 멈추어 버린 것처럼 느낄 것이다. 항문은 **물라다라 차크라**의 운동 기관으로, 그곳이 막히면, 아래쪽에서 흩어지던 에너지는 뇌가 있는 위쪽으로 향한다. 귀는 **비슛디 차크라**의 감각 기관이다.

귀를 막고 항문을 수축하면, 무슨 일이 일어날 것인가? 우리는 어떤 소리를 들을 것이다. 그것은 **아나하드 나다** 즉 <만들어진 소리가 아닌 소리>다. 그 소리는 우리 가슴에서도 들을 수 있지만, 머리 꼭대기에 있는 **빈두**에서 가장 잘 들을 수 있다.

그 소리는 **소리 중의 소리**, 즉 <침묵의 소리>다. 모든 소리가 그쳤을 때, 우리는 침묵의 소리를, 즉 <소리라고는 없는 것>을 느낀다. 아니면 <소리로 가득 찬 것>을 느낀다. 그런 느낌은 깊은 만족을 준다.

그때, 우리는 저 <소라고둥 껍질의 울리는 소리 같은, 피릿소리, 북소리, 아니면 천둥소리 같은>, 아니면 <천상의 음악 소리 같은> 그런 소리를 느낄 것이다. 인도의 한 신비가는 피릿소리와 공작새가 노래하는 것으로 들었다고 한다.

아빌라의 테레사는 그런 것을 이렇게 기록했다. "제가 이 글을 쓰고 있는 동안도, 제 머릿속에는 굉장한 소음(騷音)이 있습니다…… 제 머릿속에는 마치 큰 강이 흐르고, 강물 저편에서 몇 마리 작은 새가 지저귀고 있는 것 같습니다. 그것은 제 귀가 아닌, 저의 머리 꼭대기에 있습니다."

귀를 막고 항문을 수축시켜
소리 중의 소리 속으로 들어가라.

우리가 그 <내면의 소리>를 느낄 때, 대체 무슨 일이 일어날 것인가? **<내면의 소리>를 듣는 바로 그 현상과 더불어**, 우리의 생각이 사라진다. 어떤 때라도 좋으니, 한번 해보라. 우리는 마음이 멈추는 것을 느낄 것이다. <끊임없는 생각의 흐름>이 있지 않을 것이다.

그 소리는, 한 번 들으면, 우리와 함께 남는다. 그러면 우리는 언제라도 그 소리를 들을 수 있다. 시장도 시끄럽고, 차량 소음도 시끄럽고, 모든 것이 시끄럽다. 그런 소음 속에서, 그 <내면의 소리>를 들을 수 있다면, 우리는 안에서 계속되는 고요하고 작은 소리를 느낄 것이다. 그때는 아무것도 우리를 방해할 수 없다. 우리는 침묵으로 남는다. 주위에서 무슨 일이 일어나든지 그것은 아무 차이도 없다.

나다, 즉 소리는 <에너지[=**샥티**]>가 움직임으로 진동(振動)하기 시작할 때 나타나는 저 <우주 의식[=**쉬바**]>의 첫 번째 전개물(展開物)이다. 그것은 또 성경의 <천지 창조의 과정>에서 먼저 저 <신(神)[=의식]의 어떤 소리>가 있었다는 의미이기도 하다. 그리고 또 그것은 지금 우리의 내면에서 일어나는 일과 똑같다.

< 90 >
"깊은 우물"을 들여다보라.

지금의 우리는 <깊은 우물>은커녕 얕은 우물도 없다. 우물은 수돗물로 바뀌었다. 우물이 없으면, <깊은 하늘>을 들여다보면 된다.

깊은 우물을 들여다보라.

깊은 우물을 들여다보라. 그러면 그 우물은 우리 안에 반영될 것이다. **<생각하는 일>은 잊어라. 단지 그 깊이를 끊임없이 들여다보라**. 그 깊은 심층을 꾸준히 들여다보라.

인간의 마음도 우물처럼 그 깊이를 가지고 있다. <심층 심리학>은 마음이 표면만 있는 것이 아니고, 심층이 있다고 한다. 우리가 알고 있는 이 의식은 단지 표면이다. 그 아래에 <깊은 것>이 숨어 있다. 잠재의식과 무의식……

아찔하겠지만, 저 **깊은 우물**의 가장자리에 서라. 아니면 절벽 같은, 아주 높은 곳에 오를 수 있으면 그곳에 서라. 떨어질지도 모른다는 생각은 잠시뿐이다. <생각하는 것> 없이 깊은 우물을 들여다보면, 그 심층은 곧 우리 안에 반영된다. 실제로, 우물은 단지 우리의 <내면에 있는 심연(深淵)>의 외적인 상징일 뿐이다.

깊은 우물을 들여다보라.

계속해서 들여다보고 들여다보라. 몇 달이 걸리든지 우물로 가서 단지 들여다보라. 그냥 <그 깊은 것>을 명상하고, 그것과 하나가 되라. 어느 날 문득 생각은 거기에 있지 않을 것이다. 갑자기 우리는 나의 내면에도 똑같은 우물이, 똑같이 <그 깊은 것>이 있다고 느낄 것이다. 그리고 경이로 가득 찬 것을 느낄 것이다. **만약 <생각이 완전히 멈춘다면>,** 그러면 어떤 것도 가능하다.

경이(驚異)로 가득 찬 것을 느낄 때, 신비(神秘)가 나를 감쌀 때, 마음이 더 이상 있지 않고, 오로지 그 경이로움이 나를 압도(壓倒)할 때, 그때 우리는 문득 <나 자신>을 알 수 있게 된다.

< 91 >

"그대의 마음"이 방황하는 그곳에

이 마음이 그 문이다. 바로 <우리의 이 마음>이 말이다. 이 방편은 아주 혁명적인 것이다. 우리는 <나의 이런 보통 마음>이 그 문이라고는 생각하지 못한다. 우리는, 아주 굉장한 마음, **붓다**나 예수의 마음이라야 명상으로 들어갈 수 있다고 생각한다.

그러나 **쉬바**는, 보통 우리가 갖고 있는 바로 이 마음이 그 문(門)이라고 한다. <상관이 있거나 없는 생각들로 끊임없이 이어지는 이 마음>, 또 <욕망과 열정, 분노 등 비난 받는 모든 것이 군집(群集)해 있는 이 마음>, <나의 통제를 벗어나 이리저리로 끊임없이 나를 잡아당기고 밀어 대는 이 마음>이 바로 그 문이다.

그대의 마음이 방황하는 그곳에

우리의 **이 마음은** <우리가 생각하듯이 그렇게> **평범하지 않다**. 우리의 마음은 <우주적인 마음>과 관계가 없는 것이 아니다. 그것의 뿌리는 존재계의 중심까지 내려간다. 그렇지 않으면 우리는 존재할 수 없다. 비록 악마가 존재한다고 하더라도, 신성의 지지(支持)가 없다면 존재할 수 없다.

존재계는 <있는 것[Being]>에 근거하기 때문에 가능한 것이다. 우리의 마음은 꿈꾸고 상상하고, 또 긴장하면서 방황하고 있다. 우리의 마음이 어디로 움직이든, 그것은 전체성(全體性) 속에 근거한다. 그렇지 않으면 그것은 가능하지 않다.

그렇다면 무엇을 해야 하는가? 만약 내가 그것에 근거하고 있다면…… <에고의 마음>에는 아무것도 할 일이 없는 것으로 보인다. "내가 이미 신성인데, 무슨 소란을 그렇게 떠는가?" [그렇게 여기고 또 그런 식으로 생각하는 것을 켄 윌버는 <전초 오류(前超誤謬)[Pre-Trans fallacy]>라고 했다.]

그대의 마음이 방황하는 그곳에

어떻게 할 것인가? 대상에서 <마음> 그 자체로 옮겨라. 구름에서 하늘로, 생각에서 의식(意識)으로 말이다. 그러면 우리는 더 이상 <보통의 마음>이 아니다. 대상들 때문에 우리는 보통의 마음이었다. 갑자기 우리는 **붓다**가 된다. 그리고 실제로, 우리는 이미 **붓다**이다. 단지 수많은 구름을 짊어지고 있다. 짊어지고 있을 뿐 아니라, 그것에 매달리고 있다.

그러면 하늘, 즉 <내면의 공간>은 숨어 버린다. 그것은 구름 사이로 사라져 버리고, 구름이 우리의 삶이 된다. 그 <구름의 삶>이 **삼사라**, 즉 세상이다.

필자에게 성경을 한 마디, 한 절(節)로 압축하라고 하면 바로 이것이다. 즉 "마음이 청결한 자는 복이 있나니 저희가 하나님을 볼 것임이요."다. <마음이 청결한 상태>, <생각이 없는 마음>, <구름이 없는 하늘>, 그것이 곧 공(空)이고 **순야**이고, 신(神)이고 <하나님>이고, 의식(意識)이고 **쉬바**다.

이 방편은 선가(禪家)에서 많이 사용된 것이다. 마조(馬祖) 선사는 "그대의 마음이 곧 **붓다**의 마음이다."라고 했다. <즉심즉불(卽心卽佛)>이다. 먹을 때, 잠잘 때 우리는 **붓다**이다. 길을 갈 때, 침대에 누웠을 때, 내가 신성이다. 당혹스럽지만, 그것은 진리다.

나의 이 마음이 이리저리로 방황할 때, 그것을 멈추려고 애쓰지 말라. 오히려 알아채라. 마음을 <어떤 한 지점으로, 집중하는 곳으로> 가져오려고 하지 말라. **방황하도록 놔두라. 그러나 그런 방황에 너무 많은 주의를 주지는 말라**. 왜냐하면 그것을 위하든 거스르든, 그것은 우리가 그런 것에 관심을 두는 것이기 때문이다.

자신을 구름이 아닌 하늘로 느껴라. 조만간 **나의 초점이 실제로 내면을 향하는 어떤 순간에** 구름은 사라질 것이다.

< 92 >

감각으로 생생하게 "알아챌 때", 알라.

우리는 눈을 <통해> 본다. 눈이 볼 수는 없다. <내>가 눈을 통해 본다. <보는 자>는 뒤에 있다. 그러나 우리는 <눈이 본다>고 생각하고 또 <귀가 듣는다>고 생각한다. <듣는 자>는 뒤에 숨어 있다. 눈과 귀는 감각 기관일 뿐이다.

누군가를 보고 있는 동안, 나는 그를 <눈에서> 볼 수 있다. 그것은 내가 <나는 내 눈 뒤에 숨어 있다>는 것을 알아채지 못한다는 의미다. 음악을 듣는 동안, 나 자신을 잊지 말라. **뒤에 숨어 있는 <알아채는 자>를 기억하라.** 깨어 있어라!

내가 <깨어서, 나의 감각 뒤에 서 있을 수 있는 이 기술>을 가지면, 감각들은 나를 속일 수 없다. 그렇지 않으면 감각들은 나를 속인다. 그러나 내가 <감각들을 통해> 바라볼 수 있다면, 세상은 점차로 환영처럼, 꿈처럼 보일 것이다. 그리고 나는 실체를 꿰뚫을 수 있을 것이다.

감각으로 생생하게 알아챌 때, 알라.

이 경문은 감각(感覺)이 바로 문, 매개체, 도구, 수용 기관이라고 한다. 우리는 그 뒤에 숨어 있다.

들을 때는 귀를 통해 듣고, 나의 내면의 중심을 알아채라. 또 만질 때는 손을 통해 만지고, 그 뒤에 숨어 있는 내면의 사람을 기억하라. 성경이 말하는 저 <마음에 숨은 사람>[벧前3:4]을 느껴라. 우리는 어떤 감각으로부터도 나의 <내면의 중심>을 느낄 수 있다.

모든 감각은 내면으로, 중심으로 간다. 감각들은 보고(報告)한다. 그것이 내가 <누군가를 보고 듣고 있을 때>, 눈을 통해 보고 귀를 통해 듣고 있을 때, 내가 <보고 있는 그 사람을 또 듣고 있다는 것>을 아는 이유다.

그는 하나다. 그러나 나의 감각은 그를 나눈다. 나의 귀는 그가 어떤 것을 말하면 보고하고, 나의 눈은 그가 보일 수 있다면 보고한다. 나의 감각은 그를 여러 부분으로 나누고, 그는 내 안 어디에서 다시 하나가 된다. 나의 내부, <그가 하나가 되는 곳>이 바로 내 존재의 중심이다. 그러나 그런 것을 우리는 완전히 잊어버렸다. 이 망각(忘却)이 바로 무명(無明)이다.

그러므로 <그런 것을 알아채는 일>이, **<그 알아채는 자를 아는 것>이 <자기 지식>의 문을 연다.** 우리는 다른 방법으로는 나 자신을 알 수 없다.

제 26 장

재채기가 시작될 때, 알아채라

< 93 >

재채기가 일어날 때, 배고픔이 시작될 때
"알아채라."

< 94 >

"동일시(同一視) 말고", 지난 일을 보라.

< 95 >

어떤 대상을 바라보라.
시선을 거두고, "사념(思念)을 거두어라."

< 96 >

"헌신(獻身)"은 자유롭게 한다.

아다비야의 라비야는
- 라비야 알 아다비야 -
아주 드문 여성 수피 신비가이다.

한번은 수피 하산이 왔는데
그는 자신의 꾸란, 즉 코란은 두고 왔다.
다음 날 그가 꾸란을 빌려 달라고 하자
그녀는 건네주었다.

그녀가 건네준 꾸란을 펼쳐 본 하산은
아연실색(啞然失色)하고 말았다.
믿을 수 없는 어떤 것을 보았기 때문이다.
꾸란 여기저기를 수정(修正)하고,
어떤 곳은 몇 줄을 아예 지워 버렸던 것이다.

'꾸란은 <신(神)의 말씀>인데
신의 말씀을 어떻게 고칠 수 있단 말인가?'
하산이 놀라서 물었다.
"라비야, 누가 당신 책을 망쳐 놓았는데요?"
꾸란에 손을 대는 일은
그들에게 가장 큰 죄악이었다.

라비야가 대답했다.

"허튼소리! 내 꾸란은 아무도 손대지 못하오.
그것은 다 내가 한 것이오."

하산이 말했다.
"어떻게 당신이 이런 짓을……"

라비야가 말했다.
"그렇게 할 수밖에 없었소.
이를테면 여기, 꾸란은
<악인을 보면 미워하라>고 하는데,
깨어난 이후 나는 미움의 감정이 사라졌소.
미움이 사라지자 나는
꾸란의 내용을 고칠 수밖에 없었소.

당신도 경전(經典)을 고치지 않았다면
<사랑밖에 없는 지점>에는 이르지 못한 것이오."

<**라즈니쉬** 강의 중,
손민규 옮김에서 고쳐 옮기다.>

< 93 >

재채기가 일어날 때, 배고픔이 시작될 때
"알아채라."

"재채기 같은 그런 것에서, 어떻게 <깨달음>이 일어나겠는가? 나는 한평생 재채기를 해 왔지만, 그런 것은 없었다."라는 말은 여기서는 하지 말라. **탄트라**에서는 <재채기 같은 아주 간단한 행동>도 방편으로 사용될 수 있다. 비록 간단해 보이더라도 그 내적인 메커니즘은 아주 미묘한 것이다.

재채기가 일어날 때, 알아채라.

재채기는 내 의지로써 할 수 있는 것이 아니다. 아니면 할 수 있겠는가? 우리는 그런 하찮은 것도 <내 마음대로> 할 수 없다. 그러나 재채기를 만들 수는 없지만, 재채기가 막 일어나려고 할 때, <**그때 만약 우리가 깨어 있게 된다면**> 재채기는 일어나지 않을지도 모른다. 우리가 그 과정에다가 <새로운 어떤 일>을 했기 때문이다. <깨어 있는 일>을……

그래서 **그 재채기가 일어나지 않고, 우리는 깨어 알아채고 있을 때**, 그때 다시 거기에는 어떤 일이 일어난다.

그때, 그 재채기를 통해 배출되려고 하던 에너지,

그것은 어디로 움직일 것인가? 그것은 밖으로 움직이지 못하고, 안으로, 우리의 <깨어 있음> 쪽으로, <깨어 있는 일>로 움직인다. 거기에 갑자기 어떤 섬광(閃光)이, 번쩍임이 있다. 갑자기 우리는 <더 깨어 있게> 된다. <그 사건>이 일어나는 것이다.

재채기가 이미 시작되었으면, 우리는 어떤 것도 할 수 없다. 그러므로 바로 그 시초(始初)에, 깨어 알아채라. 재채기 속에는 온몸이 포함되기 때문에, **재채기를 멈추는 것 속에서 마음이, 정신 작용이, <생각하는 일>이 멈춘다.**

어떤 식으로든지 생각이 사라진다면, <그 일>은 일어난다. 오직 그때 거기에는 <깨어 있는 상태>만 있다. 생각은 우리가 잠을 잘 때도 사라진다. 그렇지만 그때는 <생각 뒤에 숨어 있는, 그런 현상을 알아채는> 깨어 있음이 없다. **명상은 <생각이 없는 깨어 있음>이다.** 즉 <구름이 없는 푸른 하늘>이다.

배고픔이 시작될 때 알아채라.

배가 고프다고 느낄 때, 그때 나에게 무슨 일이 일어나고 있는가? 배가 고프다고 느낄 때, 우리는 그것을 <나에게 일어나고 있는 어떤 것>으로 보지 않는다. 나는 <배고픔> 자체가 되어 버린다. 그러나 나는 그 배고픔이 아니다. 나는 단지 그것을 <알아

채고 있을> 뿐이다. **그 배고픔은 <나의 주변에서 일어나는 어떤 것>이고**, 나는 중심이다. 배고픔은 어떤 대상이고, 나는 그런 것을 <지켜보는 자>다. 배고픔이 있지 않았을 때도 나는 있었고, 그것이 가 버릴 때도 나는 있을 것이다.

그러므로 **알아채라.** 무슨 일이 일어날 것인가? **많이 깨어 있을수록 그것은 더 멀리 떨어져 있는 것으로 느껴지고**, 적게 깨어 있을수록 더 가깝게 느껴진다. 그리고 깨어 있지 않으면, 정확하게 내가 배고픔이 되고 만다.

그리고 기억하라. **배고픔이 시작될 때,** 알아챌 것을 말이다. 이미 시작되고 난 뒤, "나는 배고픔이 아니다. 나는 몸이 아니고, 지켜보는 자다."라고 할 수 있다. 그러나 그런 것은 <마음의 재잘거림>이다. <느낌의 경험>이 아니다.

우리는 자주 "나는 몸이 아니다."라고 말하는데, 그것은 내가 몸이라는 것을 "알기" 때문이다. 만약 우리가 정말로 나 자신이 몸이 아닌 것을 안다면, "나는 몸이 아니다."고 떠벌리는 것이 무슨 소용이 있겠는가?

진정한 굶주림이 있고 알아챌 때, 어느 날 <나는 몸이 아니라는 느낌>이 거기에 있을 것이다.

< 94 >
"동일시(同一視) 말고", 지난 일을 보라.

어린 시절, 젊은 시절의 어떤 사건을 기억할 때, 우리는 <나의 옛날의 모습>, <나의 과거의 형상>이 거기에 있음을 본다. 그렇게 기억(記憶)하지 않을 수 없다. 그러나 <나의 과거의 형상>으로부터 멀리 떨어져서, **그 일 전체를 마치 <다른 누군가에게서 일어난 것처럼>**, <그 일 전체가 내게 속하지 않은 것처럼> 보라.

동일시 말고, 지난 일을 보라.

우리는 흐르는 강(江)이다. 우리의 형상은 흐르고 있다. 어린 시절, 우리는 어떤 모습을 갖고 있었고, 이제 그 모습은 가 버렸다. 그러므로 지나간 일을 되짚어 보고 있을 때, 그냥 <지켜보는 자>인 것을 기억하라. 예를 들어, 오늘 오후에 누군가가 나를 모욕했다. <모욕을 당하고 있는 나의 형상>을 보라. 그러나 나는 단지 관찰자로만 남는다.

그 속에 포함되지 말고, 그에게 화를 내지 말라. 만약 지금도 다시 화가 난다면 동일시된 것이고, 명상의 요점을 놓친 것이다. 그는 지금 나를 모욕하고 있지 않다. 저 <오후에 있었던 나의 형상>,

그것을 모욕하고 있다. 그러나 그 형상은 이제 가 버리고 없다.

이 방편을 <지금 여기서의 일>로부터 시작하는 것은 어렵다. 그것은 아주 급박하고 가까이 있어서, 움직일 공간이 별로 없다. 그것이 **지난 일을** 갖고 시작하라고 하는 이유다. 20년 전에 누군가가 나를 모욕했다. 이제 그 사람은 죽었을지도 모르고 모든 일은 끝났다. 그러면 <지켜보는 자>가 되는 것은 쉽다.

만약 오래 전의 일을 가지고 그런 것을 알아챌 수 있으면, <지금 여기에서 일어나고 있는 일>을 가지고 하는 것도 그리 큰 어려움은 없을 것이다. **<저만큼 떨어져서, 저만큼 서서> 보통 때와 다르게, <나의 형상>을 바라보라.**

이것을 수행한다면, 어느 날 우리는 사무실이나 시장에서 <지금 일어나고 있는 일>에도 <지켜보는 자>가 될 수 있다는 것을 알게 된다. 우리가 <지금 일어나고 있는 일>을 가지고 이후에 지켜보는 자가 될 수 있다면, 왜 바로 지금은 안 되겠는가?

지금 누군가가 나에게 욕을 하고 있다. 무엇이 어려운가? **바로 지금 나 자신을 <옆으로 당길> 수 있다.** 그리고 나는 <누군가가 나를 욕하는 것>을 볼 수 있다. 그러면 이제 <나>는 <나의 몸>이나 <나의 마음>, <욕을 듣고 있는 그것>과는 다르다.

우리는 그런 것을 지켜볼 수 있다. 만약 그런 것을 <지켜보는 자>가 될 수 있다면……

동일시 말고, 지난 일을 보라.

실제로, 화라는 것은 우리가 동일시되었을 때만 가능하다. 과거에 일어난 어떤 일을 바라보라. 나의 형상이 거기에 있다. <내>가 아니다. 누군가가 나를 욕할 때, 그는 나의 형상만 욕할 수 있을 뿐이다. 그러므로 나는 나 자신을 <[과거와 또 현재의] 나의 형상>으로부터 떼어 낼 수 있다.

그것이 <이름과 형상>으로부터, **나마-루파**로부터 떨어져 있을 것을 강조하는 이유다. <나>는 나의 이름도, 나의 형상도 아니다. <나>는 그 형상과 그 이름을 아는 무엇이다. 그것은 완전히 다른 것이다.

삶의 모든 일이 지나간다. 선과 악, 성공과 실패, 칭찬과 비난, 질병과 건강, 청춘과 노년…… 모든 것이 지나간다. 그러나 나는 그런 것들에는 전연 닿지 않고 있다.

우리 속에서 어떻게 그 <닿지 않고 있는 실재>를 알 것인가? 그것이 이 방편의 목적이다.

< 95 >

어떤 대상을 바라보라.
시선을 거두고, "사념(思念)을 거두어라."

바라보라는 그 의미를 기억하라. 생각하지 말라. 한 송이 꽃을 **바라보라!** 만약 생각한다면, 그것은 <바라보는 것>이 아니고, 모든 것을 오염시키는 짓이다. 단순히 <바라보는 일>이어야 한다. 계속해서 바라보라.

어떤 대상을 바라보라.
시선을 거두고

한 송이 꽃을 바라보라. 그다음 천천히 시선을 거두어라. 그 꽃은 거기에 있다. 이제 어떤 생각도 없고, 다른 아무것도 없고, 오직 그 꽃만 마음속에 있다고 느낄 때, 그때 시선을 거두어라. 즉 천천히 눈을 감아라. 그러면 그 이미지가 남을 것이다.

시선을 거두고, 사념을 거두어라.

나는 시선을 거두었다. 이제 꽃은 더 이상 있지 않지만, 그 이미지는 나의 의식(意識)이라는 거울에 반영된다. 그 꽃의 인상(印象)은 거기에 있다. **그**

이미지, 그 인상, 즉 그 꽃에 대한 <사념(思念)>은 남아 있다. 이제 그 사념 또한 거두어라.

눈을 감고 대상에서 시선을 거두었듯이, 이제는 그 이미지로부터 <나>를, 아니면 주의를 거두어라. 내부의 그 인상, 그 사념에 무관심(無關心)해져라. 마치 나 자신이 그것에서 떠난 것처럼 느껴라. 곧 그 이미지 또한 사라질 것이다. 그 지식, 그 인상, 그 생각 또한 사라진다. 먼저 대상이 사라지고, 그 다음 그 이미지가 사라진다.

<그때> 우리는 <홀로> <주관성으로> 남는다. 그 <홀로 있음>, <홀로 있는 일> 속에서, 사람은 자기 자신을 깨닫고, 중심에 이르고, <본래의 근원>으로 던져진다.

어떤 대상을 바라보라.
시선을 거두고, 사념을 거두어라.

< 96 >

"헌신(獻身)"은 자유롭게 한다.

헌신(獻身)으로 번역한 박티는 <사랑, 귀의(歸依), 믿음>을 아우른다. 이 방편은 특히 기독교의 방편이라고 할 수 있다. 예수는 <그를 따르고 사랑하는 사람들>에게 "지극히 작은 자에게 [헌신하고 사랑]한 것"이 곧 그[예수]에게 한 것이라고 말했다.

그러나 이 현실의 기독교에서는 그런 헌신자를 보기가 힘든 것 같다. 그것으로 자유(自由)를 얻은 사람을 보기 힘들기 때문이다.

헌신이 무엇인가…… 만약 우리가 예수를 아주 사랑한다면, 예수는 <나에게는> 중요한 것이 된다. 너무나 중요한 것이 되어, 우리는 예수를 <나의 주, 나의 하나님>이라고 할지도 모른다. 그것이 도마가 예수를 그렇게 불렀던 이유다.

<헌신자의 세계>에서는 에고가 없어져야 한다. **상대방이 너무나 중요하고 소중해져서,** 나는 아주 희미해지고 사라진다. 어느 날 나는 더 이상 있지 않고, 단지 상대방의 의식(意識)만 남는다. 그리고 "내"가 사라질 때, "너" 또한 사라진다.

만약 우리의 사랑이 극단적인 지점으로 가서, 나 자신에 대한 관념이 전혀 없다면, 오로지 상대방만 남을 것이다. 그것이 **박티**, 즉 헌신(獻身)이다.

370

헌신 안에서 우리는 나를 완전히 귀의시킨다. 이 귀의는 <하늘에 있을지도 없을지도 모를 신에게>, <깨달았을지도 깨닫지 못했을지도 모를 스승에게>, 그리고 <그럴 만한 가치가 있을지도 없을지도 모를 연인에게>일 수 있다. 그러나 그런 것은 상관없다. 만약 우리가 상대방을 위해 나 자신이 용해되기를 허용한다면, 우리는 변화될 것이다.

그것이 우리가 <사랑 안에서>만 자유의 일별을 갖는 이유다. 사랑이 자유를 준다. 왜 그런가? 이 에고가 속박이기 때문이다. 다른 속박은 없다. 예를 들어, 내가 감옥에 있다. 그런데 나의 연인이, 나의 하나님이 감옥에 온다면, 그 순간 감옥은 사라진다. 벽은 아직도 거기에 있지만, 그것은 나를 가두지 못한다.

나와 연인은 서로 속으로 용해(溶解)될 수 있고, 그리고 <날 수 있는 하늘>이 될 수 있다. 그러나 지금의 우리는 날 곳이 없다. 저 하늘로는 안 될 것이다. 다른 하늘이 필요하다. **의식(意識)이라는 하늘 말이다.** 오직 사랑이 그 하늘을, 그것의 처음 맛을, 일별을 줄 수 있다.

만약 사랑이 헌신이 된다면, 그때 그것은 완전한 자유가 된다. 그것은 나 자신을 완전히 귀의(歸依)시키는 것을 말한다.

제 27 장

아무것도 불순하지 않다

< 97 >
한 대상만 느껴라.
그다음 그 "느낌을 떠나라."

< 98 >
다른 가르침의 순수함이 "우리에게는" 불순하다.

< 99 >
의식(意識)은 "각 존재로" 존재한다.

< 100 >
"같지 않은 같은 것"이 되라.

어릴 적 들은 농담 하나.

똥개가 똥을 먹고 있는 것을 보고,
고급 애완견이 물었다.
"너, 왜 밥을 안 먹고 똥을 먹니?"
똥개가 다급히 말했다.
"나, 밥 먹고 있는데, 똥 이야기하지 마!"

어느 무더운 여름날,
고불(古佛)이라는 조주(趙州) 선사가
충실한 제자 문원(文遠)과 하릴없이 방안에 있었다.
돌연 이 장난기 많은 노인에게
기발한 생각이 하나 떠올랐다.
"우리, 누가 자신을 가장 천(賤)한 것에
비유할 수 있는지 내기하자."
그래서 그들은 이긴 사람이 진 사람에게
떡을 사 주기로 했다.

선사가 먼저 시작했다.
"나는 [멍청한] 당나귀다."
"저는 그 당나귀 똥구멍입니다."

선사가 뒤따라 말했다.
"그럼 나는 당나귀 똥이다."
"저는 그 똥 속의 벌레입니다."

여기까지 오자
선사는 그만 말문이 막혔다.
그래서 물었다.

"너, 그 똥 무더기 속에서 뭐하고 있니?"
"피서 중입니다."

장자(莊子)는
<도(道)가 똥오줌 속에 있다>고 했다.

운문(雲門) 선사는
<부처는 똥 막대기>라고 했다.

류영모는 어딘가에서
<강아지 똥도 하나님 말씀>이라고 했지……

< 97 >
한 대상만 느껴라.
그 다음 그 "느낌을 떠나라."

어떤 대상도 좋다. 여기 한 송이 꽃이 있다. 우선 그것을 **느껴라**. 그러나 우리는 느끼지 못한다.

<느끼기 위해> 무엇을 해야 하는가? **눈을 감고, 냄새를 맡으라. 그것을 살며시 어루만져라. 그것이 <육체적인 깊은 경험>이 되게 하라.** 눈 위에 놓아, 눈이 그것에 닿도록 하라. 그것을 가슴에 마주하고, **모든 것을 잊어라. 이 세상 전체를 잊어라.**

이런 일은 사랑 안에서 일어난다. 이 방편은 한 대상의 현존만을 느끼고, 다른 모든 것은 없다고 느끼는 것이다. 이 대상이 나의 의식에서 유일한 것이다. 우리는 세상 전체를 떠나고, 집중(集中)을 위해 한 대상만 선택했다.

우리에게는 오직 한 대상, 즉 <이 꽃의 느낌>만 있었는데, **이제 이 <대상에 대한 느낌>도 떠나라.** 그러면 그때 우리는 갑자기 절대적인 진공 속으로 떨어진다. 그것은 무(無), 즉 공(空)이다. 또 그것이 우리의 본성(本性)이요, 그것이 순수한 <있음>, 즉 야훼이다.

< 98 >

다른 가르침의 순수함이 "우리에게는" 불순하다.

예수는 "판단을 받지 아니하려면, 남을 판단하지 말라."고 했다. 그러나 이런 말은 당시 유대인이나 지금의 우리라도 이해하기 힘든 것이다. 왜냐하면 그때나 지금이나 인간의 개념 전체가 선악을 구분하는, 이른바 <도덕 지향적, 율법 지향적>인 것이기 때문이다. "이런 것은 좋고, 저런 것은 좋지 않다." 라는 관점(觀點) 말이다.

다른 가르침의 순수함이 우리에게는 불순하다.

우리에게 <도덕적인 것>이 다른 곳에서는 부도덕할 수 있고, 기독교도에게는 <순수한 것>이 다른 종교에서는 <불순한 것>일 수 있다. 아니면 이전 세대에서는 <좋던 것>이 새로운 세대에게는 <좋지 않은 것>일 수 있다. 그것은 우리의 어떤 관점이고 태도일 뿐이다. 그리고 그것은 허구(虛構)다.

인간이 없는 지구를 상상해 보라. 그러면 무엇이 순수하고 무엇이 불순할 것인가? 모든 것이 <있는 그대로>이고, 단순히 <있을> 것이다. 인간과 함께 마음이 들어오고, "이런 것은 선(善)하고 저런 것은 악(惡)하다."고 구분하기 시작한다.

그러나 그 구분은 <구분하는 자>에게도 구분을 가한다. 우리가 구분하면, 나 역시 그런 구분 속에 구분된다. 우리가 세상에 무슨 일을 행하든, 그것은 나 자신에게도 행하는 것이다. 우리는 지금도 저 <선악을 알게 하는 나무의 과실>을 여전히 따 먹고 있는 것이다.

존재계의 꾸밈없는 사실(事實)을 바라보라. **오직 그때 탄트라의 가르침은 이해될 수 있다.** 좋다거나 나쁘다고 말하지 말라. 어떤 것에 마음을 가져오는 순간, 우리는 어떤 허구를 만든다. 그것은 사실이 아니고, 실재가 아니다. 그것은 단지 우리의 투사일 뿐이다. **사실은 단순히 사실이다.**

다른 가르침의 순수함이 우리에게는 불순하다.

이 경문의 메시지는 <순수함과 불순함을 넘어>, 정말이지 <구분하는 짓을 넘어>, <이분법, 이원성 저 너머로> 성장하라는 것이다. **탄트라**는 존재계는 불이(不二)라고 한다. 그것은 <하나>다.

실제로, 모든 구별과 분별은 인간이 만든 것이다. 선과 악, 순수와 불순, 도덕과 죄악, 그런 **모든 말 자체가 인간이 만든 것이다.** 그것은 단지 인간의 태도이고 해석(解釋)이지, 실재가 아니다.

이 방편을 해보라. 그렇게 간단하지 않을 것이다.

우리는 그런 사고방식(思考方式)에 너무 기울어져 있어서, 우리가 하고 있는 <상대방에 대한 비난>과 <나 자신에 대한 정당화>를 알아채지 못한다. 그러므로 **훈련을 해야 한다. 그것이 수행이란 것이다.** 창녀는 나쁘고 성인군자는 좋다고 하지 말라. 누가 아는가? 또 궁극적으로 그들은 한 게임의 일부다. 그들은 <상호적인 존재>로 있다.

어떤 가치관도 갖지 말고, 단지 자연적인 사실만 갖고 세상 속으로 움직여라. "이 사람은 이렇고 저 사람은 저렇다." 그러면 **차츰 나 자신 안에서 구분하지 않는 것을 느낄 것이다.**

나의 극단(極端)들이 함께 오고, 나의 선과 악이 함께 올 것이다. 그것은 <하나>로 용해되고, 나는 단일체(單一體)가 될 것이다. 거기에는 아무것도 <순수한 것>이 없고 <불순한 것>도 없다.

그런 실재(實在)를 알라.

< 99 >
의식(意識)은 "각 존재로" 존재한다.

한때 과학은 <물질(物質)만 존재하고, 그 밖에는 아무것도 존재하지 않는다>고 했다. 과학은 물질이 무엇인지를 알려고 심혈을 기울였다. 그러나 그럴수록 <물질 같은 것은 아무것도 있지 않다>는 것을 알게 되었다. 물질을 그 극단(極端)까지 분해하자 그것이 사라진다는 것을 알게 된 것이다. 물질이 <있는 것>으로 보이는 것은 우리가 깊이 들여다볼 수 없기 때문이다. 만약 우리가 깊이 들여다본다면, 그것은 사라지고 에너지만 남는다.

이런 에너지, 이런 비물질적인 힘은 오래 전부터 신비가들에게 알려졌다. 세계의 모든 신비가들은 항상 <물질은 단지 겉모습뿐>이라고 말했다. 깊이 들어가면, <물질은 없고 에너지만 있다>는 것이다. 과학은 이제 이런 것에 동의하고 있다.

그러나 신비가들은 한 가지를 더 말하고 있다. 과학은 언젠가 그것도 동의해야 할 것이다. 그것은 <우리가 에너지를 깊이 꿰뚫으면, 그 에너지 또한 사라지고 오직 의식(意識)만이 있다>는 것이다. 그 의식이 가장 깊은 것으로, 핵이다. 아니면 신이라고 불러도 좋다. 그러므로 <프라크리티[물질(物質)] - 샥티[에너지] - 쉬바[의식(意識)]>의 순서다.

의식은 각 존재로 존재한다.

그래서 <우리의 몸>을 꿰뚫는다면, 이 세 개의 층이 있다. 표면에는 나의 몸이 있고, 그 몸은 물질처럼 보인다. 그러나 깊이 들어가면 생명의 흐름이 있다. **프라나** 즉 <생명 에너지>의 흐름이 있다. 그 <생명 에너지> 없이는 우리의 몸은 단지 한 구의 시체일 것이다. 그러나 더 깊이 들어가면, **우리는 <나의 몸>과 <나의 생명 에너지>, 이 둘 다를 지켜볼 수 있다. 그 <지켜보는 것>이 의식(意識)이다.**

나는 무엇인가? **눈을 감고 <나 자신이 누구인지> 궁구(窮究)해 본다면, <나는 의식이다>는 그 결론에 이르게 되어 있다.** 나는 <몸>을 알아챌 수 있다. 그러면 <몸을 알아챌 수 있는 그것>은 몸과는 분리된다. 몸은 이제 인식의 대상이 되고, 나는 주체가 된다. 그리고 나는 <나의 마음>도 알아챌 수 있다. 만약 어떤 생각이 움직인다면, 나는 그것을 지켜볼 수 있다. 나의 주의를 한 생각에 집중하고 거기서 움직이지 않도록 할 수도 있고, <생각의 흐름>을 허용할 수도 있다. 그때, <그런 것을 알아채고 있는 그것>은 또 분리된다. 즉 마음은 대상이 되고, 나는 그런 것을 지켜보고 있다.

나 자신으로부터 분리할 수 없는 유일한 것은 그

<지켜보는 에너지>다. 그 <지켜보는 것>, 그것이 <나>이고 의식(意識)이다. 그러므로 우리가 <분리가 불가능하게 되는 지점>에 이르지 않았다면, 우리는 나 자신에게 이르지 못한 것이다.

의식은 각 존재로 존재한다.

<존재계 안에 있는 것>은, 그것이 무엇이든지, 단지 <이 의식의 한 현상>일 뿐이다. <이 의식으로 이루어진 하나의 물결>이고, <이 의식이 결정화한 것의 하나>다. 그러나 이런 것은 <느껴져야> 한다. 분석은 도움이 될 수 있고, 지적인 이해도 도움이 될 수 있다. 그러나 <그 밖에는 아무것도 존재하지 않고, 오직 이 의식이 각 존재로 존재한다>는 것이 <느껴져야> 한다.

그다음에, 이 의식이 **각 존재로 존재**하는 것처럼 행동하라. 처음에는 그것이 단지 <……인 것처럼>일 것이고, 어리석은 짓으로 느껴질 것이다. 그러나 <나의 이 우직함을 밀고 나간다면>, <내가 기꺼이 바보가 될 수 있다면>, 세상은 그 신비를 드러내기 시작한다.

< 100 >
"같지 않은 같은 것"이 되라.

우리의 몸은 변하고, 우리의 마음도 변하고 있다. 그것은 결코 같은 것이 아니다. 나의 유년 시절과 청년 시절은 흘러갔고, 몸과 마음은 너무나 변했다. 세월을 넘어 아무것도 같은 것으로 남아 있는 것이 없는데, 그런데 누가 그런 것을 아는가? <누가> "나의 유년 시절과 청년 시절"이라고 아는가?

그러므로 이 <아는 자>는 <같은 것>으로 남아야 한다. 이 <지켜보는 자>는 <같은 것>으로 남아야 한다. 그때 <지켜보는 자>는 조망(眺望)할 수 있고, 그렇게 말할 수 있다.

나는 주변에서는 <같지 않은 것>일 수밖에 없다. 그러나 중심에서는 <같은 것>으로 남는다. **<같은 것으로 있는 그것>을 기억하라.** 우리는 나 주위의 변하는 세계에, 즉 <나의 몸, 나의 마음>에 너무나 몰두하고 있어서 중심을 완전히 잊고 있다. 그래서 <끊임없이 똑같은 것으로 있는 그것>을 기억하기가 굉장히 어렵다.

우리에게는 변(變)하는 것이 문제가 되기 때문에, 우리는 새로운 것이 일어날 때마다 의식적이 된다. 그것은 안전을 위해 필요하다. 그것에 주의를 해야 하고, 새로운 상황에 다시 적응해야 한다. 그러나 모든 것이 <늘 있었던 그대로>라면 알아챌 필요가 없다.

같지 않은 같은 것이 되라.

모든 <영적인 노력>, 즉 **사다나**는 <같지 않은 것> 가운데서 <같은 것>을 찾는 것이다. 이 방편은 여러 가지 상황에서 해볼 수 있다.

서로 반대되는 어떤 상황에서, **내 안에 <늘 같은 것으로 있는 그것>을 느껴라.** 예를 들어, 누군가가 내게 욕을 하고 있을 때, <내가 단지 그것을 듣고 있는 그 지점>에 나 자신을 집중하라. 그에게 반응하지 말고, <단지 듣고 있는 그것>에 말이다. 그 다음은 누군가가 나를 칭찬하고 있다. 그냥 듣기만 하라. 나의 주변은 욕과 칭찬으로 혼란할 것이다. 그러나 그런 것을 <듣고 있는 자>를 느껴라.

같지 않은 같은 것이 되라.

또 <친구>와 <낯선 사람>을 보라. 그들은 같지 않다. 그리고 실제로, 가만히 관찰해 보면 가깝다는 친구조차도 낯선 사람이다. 아주 낯설다. 또 아내를 보라. 수십 년을 부부로 같이 살았을지도 모르지만 그녀는 낯선 사람이다. 실제로, **많이 사랑할수록,**

더 깊이 뚫고 들어가는 것이므로, 더 많이 느낄 수 있다. 그녀는, 모든 순간이 다른, 낯선 사람이다.

[단지 <그녀는 나의 아내이고, 이런 것이 그녀의 이름이고, 저런 것이 그녀의 습성이다>는 수준에 있다면…… ^^*]

그런 느낌이, 그런 체험이 있을 때, 그때, 우리는 낯선 사람도 친구로 바라볼 수 있다. <같은 인간성, 같은 생명>을 거기서도 볼 수 있기 때문이다.

이런 일이 일어나면, 그때는 한 그루의 나무도, 돌 하나도 멀리 떨어져 있지 않다. 그 돌은 아주 낯선 것이고, 어떤 만남의 토대도, 어떤 의사소통의 가능성도 없다. 그러나 그 돌 또한 같은 존재계에, 이 <있는 것>에 참여한다. 개성(個性)에서는 우리가 다르고, 현현(顯現)에서는 <같지 않은 것>이지만, 본질에서는 <같은 것>이다.

제 28 장

내면의 우주로 들어가라

< 101 >
누군가로 미움과 사랑이 일어날 때, "알아채라"

< 102 >
"상상할 수 없는 것"을 상상하라.

< 103 >
우주로 들어가라. "지지(支持) 없는"

< 104 >
"주의(注意)"가 닿는 곳마다

성경은
우리에게 묻는다.

"네 터가 무너지면 어이할꼬?"

예수가 말했다.

"나를 붙잡지 말라."
놀리 메 탕제레[Noli Me tangere].
<나>에게 매달리지 말라.

그리스도, 즉
구원자(救援者)라는 예수가
<사랑하는 사람>, 즉 우리에게 주는
영원한 화두(話頭)다.

< 101 >
누군가로 미움과 사랑이 일어날 때, "알아채라."

어떤 사람이 적대시되거나 밉다는 기분이 일어날 때, 아니면 누군가가 사랑스러움을 느낄 때, 우리는 무엇을 하는가? 우리는 그것을 그에게 투사한다.

내가 누군가에게 증오를 느끼면, 나는 완전히 나 자신을 잊고, 오직 상대방이 나의 중심이 된다. 또 내가 아무개에게 사랑을 느낀다면, 나는 완전히 나 자신을 잊고, 오직 그가 나의 중심이 된다.

누군가로 미움과 사랑이 일어날 때, 알아채라.

이 경문은 미움이나 사랑이 일어날 때, 아니면 누군가를 거부하거나 위(爲)하는 기분이 일어날 때, 그것을 문제의 그 사람에게 투사하지 말라고 한다. 명심하라. **내가 그것의 근원(根源)이다.**

내가 아무개를 사랑한다. 아무개가 사랑스럽다. 그럴 경우, 우리의 느낌은 <아무개가 나의 사랑의 근원>이라는 것이다. 그러나 실제로는 그렇지 않다. 내가 근원이고, 아무개는 단지 <내가 나의 사랑의 에너지를 모아 투사하는 스크린>일 뿐이다. 사실은, 내가 나의 사랑의 에너지를 모아 아무개에게 투사하고, 그때 아무개는 <나에게서 투사된 그 사랑의

에너지 속에서> 사랑스럽게 된다.

실제로, 아무개는 다른 사람에게는 사랑스럽지 않을지도 모르고, 어떤 사람에게는 혐오스러울지도 모른다. 정말로 아무개가 사랑의 근원(根源)이라면, 사랑의 샘이라면, 그러면 모든 사람이 아무개에게 사랑을 느껴야 한다. 그러나 아무개는 그렇지 않다. 무슨 일이 일어나고 있는가?

그것이 똑같은 달이 신혼, 즉 밀월(蜜月)일 때는 아름답고 경이롭게 보이는 이유다. 세상이 다르게 보인다. 그러나 같은 날 밤, 이웃에게는 그런 밤이 전혀 존재하지 않을지도 모른다. 그 집의 아이가 죽었다. 그러면 똑같은 달이 슬프고 견딜 수 없는 것이 된다. 달이 그 근원인가? 아니면 달은 스크린 이고, 우리가 나 자신을 투사하고 있는가?

누군가로 미움과 사랑이 일어날 때, 알아채라.

내가 그 근원이라는 것을 꼭 기억하라. 그러므로 상대방에게로 향하지 말라. 그 근원으로 움직여라. 우리가 누군가에게 증오를 느낄 때, 그 대상에게로 가지 말라. **그 증오가 나오고 있는 그곳으로 가라.**

우리의 증오, 사랑, 분노, 어떤 것이라도 내면의 중심으로, 근원으로 가는 여행에 사용하라. 그리고 거기에 남아 있어라. 해보라. 이것은 아주 과학적인 방편이다. 누군가가 나를 욕하고 있다. 갑자기 열이 나고 화가 치솟는다. 이제 나는 이 분노를 그에게 던질 것이다.

그러나 그는 무엇을 했는가? 그는 나를 찔렀다. 단지 나의 화가 일어나는 것을 도왔다. 그리고 그 화는 나의 것이다. 만약 그가 **붓다**에게 가서 욕을 한다면, 그는 그에게서 어떤 화도 일으키지 못할 것이다. 만약 내 안에 화라는 것이 없다면, 그것은 밖으로 나올 수가 없다. 그것은 메마른 우물에는 아무리 두레박을 내리더라도 아무것도 길어 내지 못하는 것과 같다.

상대방에게로 가지 말라. 그가 나에게 나 자신의 화를 깨닫게 할 기회를 준 것이다. 고맙게 여기고, 그는 잊어라. 그리고 눈을 감고 내면으로 움직여서, **이제 이 분노가 나오고 있는 그 근원을 바라보라. 그리고 알아채라.**

그러나 우리는 그것을 항상 상대방에게로 가기 위해 사용한다. 그리고 투사할 만한 사람이 없으면, 좌절을 느끼고, 사물에게도 투사한다.

< 102 >

"상상할 수 없는 것"을 상상하라.

이 경문은 <우리가 인식(認識)할 수 없는 어떤 것, 상상할 수 없는 어떤 것>을 상상하라고 한다. 그러나 어떻게 <인식할 수 없는 어떤 것>을 상상할 수 있겠는가? 상상은 항상 <파악할 수 있는 것>, <존재할 수 있는 어떤 것>의 상상이다.

<인식할 수 있는 어떤 것>을 우리는 상상할 수 있다. 우리는 <파악할 수 없고, 존재할 수 없는 것>은 꿈조차도 꿀 수 없다. 그것이 우리의 꿈이 실재(實在)의 그림자인 이유다.

우리의 상상은 <순수한 상상>이 아니다. 우리가 상상하는 것이 무엇이든, 그것은 이미 우리가 어느 정도는 알고 있는 것이기 때문이다. 새로운 조합을 만들 수는 있다. 그러나 그 조합의 요소들은 이미 알려진 것이고, 인식한 것이다.

예를 들어, 우리는 <집이 구름처럼 하늘을 나는 것>을 상상할 수 있다. 전에는 그런 것을 인식하지 못했을지도 모르지만, 집은 인식했고, 구름은 인식했고, 하늘은 인식했다. 단지 이 세 가지가 조합된 것이다. 그러므로 그것은 우리가 이미 인식한 어떤 것의 조합일 뿐이다.

상상할 수 없는 것을 상상하라.

그것은 불가능하다. 그러나 그것이 이 방편이 할 만한 가치가 있는 이유다. 그런 노력 속에서 어떤 것이 일어날 것이기 때문이다. **만약 우리가 그런 노력을 지속한다면**, 그때 수많은 이미지가 떠오를 것이고, 우리는 그런 것을 모두 버려야 한다. 그런 것은 인식할 수 있는 것이기 때문이다. 이 방편은 <인식할 수 없는 것>을 위해 끝까지 가라고 한다.

무슨 일이 일어날 것인가? **만약 <상상할 수 있는 것들>은 모조리 버린다면**, 그 상상의 대상으로서는 아무것도 남지 않을 것이다. 오직 <마음 [바탕]>, 즉 의식(意識)이라는 스크린만 남을 것이다.

그 순간, 갑자기 <나 자신>을 알아채게 된다. <인식하는 자>를 알아채게 된다. <인식되는 것>이 아무것도 없을 때, 주의(注意) 전체가 바뀐다. 의식 전체가 되돌아서 비춘다. 즉 회광반조(回光返照)다. 인식할 것이 아무것도 없을 때, 처음으로 우리는 <참나>를 알아채게 된다.

< 103 >
우주로 들어가라. "지지(支持) 없는"

우리의 마음은 항상 <지지가 될 만한 것>을 찾아 두리번거린다. 우리가 명상이라는 것을 시작하게 되면, <눈을 감고 그냥 조용히 앉아 있어야 되는 상황이 되면>, 우리는 어떤 것도 하지 않고 그냥 가만히 앉아 있을 수가 없다. 어떤 화두(話頭)라도 좋다. 아니면 어떤 <성경 말씀>도 좋다. **알람바**, 즉 지지(支持), <내 자신을 기댈 수 있는 어떤 것>이 필요하다. 그리고 그런 명상은 쉽다.

그러나 **지지로는 우리는 결코 <텅 비지> 못한다.** 그것이 바로 그런 명상이 쉬운 이유다. 어떤 것을 하고 있으면, 우리는 그것으로 <채워지게> 되면서, 마음이 편해진다. 무섭지 않다. 마음은 항상 어떤 것으로든 채워지기를 원한다. 채워질 때, 할 일이 있을 때, 마음이 존재할 수 있기 때문이다. 그것이 마음이 어떤 지지라도 요구하는 이유다.

우주로 들어가라. 지지 없는

만약 <내면의 우주>로 들어가고 싶다면, 지지를 구하지 말라. 모든 지지를 버려라. 신(神), 경전, <나에게 지지를 주는 그 어떤 것>도 버려라. 내가 지지를 받고 있다고 느낀다면, 그런 것은 모조리 버려라. 그리고 그냥 내면으로 움직여라. **지지 없는** 우주가 되라.

그것은 무섭고 두려운 일이다. 나는 지금 <내가 완전히 상실될지도 모르는 곳>으로 움직이고 있다. 모든 지지를 잃고, 나는 끝없는 심연(深淵) 속으로 떨어질지도 모른다. 두려움이 나를 사로잡고, 나는 어떤 지지를 구한다. 비록 그것이 거짓된 지지라고 하더라도 반갑고, 거짓된 지지조차도 도움이 된다. 어떤 것이 거기에 있고, 그것이 나를 지지해 주고 있다.

사실, 우리는 수많은 거짓된 지지에 기대고 있다. 그것을 성경의 선지자들은 우상(偶像)이라고 한다. 그리고 내가 보기에, 이 현실의 종교인들은 거의가 <우상으로 지지를 받는 자> 내지 <우상 숭배자>다. **그것은 도움이 된다. 우리가 충분히 강하지 않으면 그런 것이 필요하다.** 이런 이유로 해서, 이 방편은 <궁극의 방편>이라고 할 수 있다.

이 방편은 <어떤 지지(支持)도 없이, 홀로, 혼자 있어라>고 한다. 그리고 이것이 모든 스승이 해 온 일이다. 성령(聖靈)이라는 스승이나 <아니마>라고 하는 스승이나, 스승의 모든 노력은 우선 우리를 그의 쪽으로 유혹(誘惑)하는 것이다. 그러면 우리는 그에게로 다가가고 또 매달리기 시작한다. 우리가 가까워지고 친밀해지기 시작하면, 스승은 우리의 매달리는 것을 끊어야 한다는 것을 안다.

그러나 이제 우리는 어떤 누구에게라도 매달릴 수 없다. 누구일지라도 그 스승만큼 전부인 것이 없기 때문이다. 이제 나는 누구에게도 갈 수 없다. 그때 스승은 그 매달림을 단호히 끊어 버린다.

갑자기 나는 지지 없이 남는다. 그것은 불행이다. 나는 쓰려져 큰 소리로 울부짖는다. "나의 하나님, 나의 하나님! 어찌하여 나를 버리시나이까?"

나의 존재 전체가 <나는 상실되었다>고, 자신이 유기(遺棄)되었다고 느낄 것이다. 나는 불행의 가장 깊은 곳으로 떨어질 것이다. **그러나 거기에서부터, 인간은 홀로 일어난다. 아무런 지지 없이 말이다.** 모든 영웅들은 홀로 섰다.

우주로 들어가라. 지지 없는

그 우주는 시작도 없고 끝도 없다. 또 그 우주는 소리가 없다. 모든 것이 고요하다. 그 우주는 바로 우리 안에 있다. 어떤 순간에도 거기로 들어갈 수 있다. 만약 우리가 지지 없이 있을 용기만 있다면, 바로 이 순간에도 들어갈 수 있다.

< 104 >
"주의(注意)"가 닿는 곳마다

먼저 주의(注意)를 개발해야 한다. 오직 그때만, 주의가 닿는 그곳에서, 우리는 <나 자신>을, 참나를 경험할 수 있다.

단지 <한 송이 꽃을 바라보는 것>으로도 우리는 나 자신을 경험할 수 있다. 그러나 그때 <한 송이 꽃을 바라보는 것>은 그냥 <한 송이 꽃을 바라보는 것>이 아니다. <바라보는 자>도 바라보는 것이다. 그러나 그것은 <주의의 비밀>을 알 때만 그렇다.

주의가 닿는 곳마다

주의라는 말이 의미하는 것은 내가 한 송이 꽃을 바라보고 있을 때, 그것은 단지 내가 한 송이 꽃을 바라보고 있는 것이다. 나는 여기 있고, 꽃은 저기 있다. 그리고 우리 둘 사이에는 어떤 생각도 없다. 마치 그 꽃의 경험(經驗)만이 있는 것처럼 말이다.

내가 한 송이 꽃을 바라보고 있는 일은 나에게서 어떤 에너지가 나가고 있는 것이다. 바라보는 일이 곧 에너지다. 그러나 우리는 <내가 꽃을 바라볼 때, 상당한 양의 에너지를 쓰고 있다>는 것을 알아채지 못한다. 나는 에너지를 <뿌리고> 있다. 에너지를

<쏘고> 있다. 그것이 "**주의**(注意)"라는 한자어의 뜻이다.

　만약 나와 그 꽃 사이에 아무런 생각도 없다면, 갑자기 그 꽃으로부터 나의 주의가 돌아올 것이다. <그렇게 바라보는 일>은, 주의라는 에너지를 돌아오게 한다. 그런 일은 일어난다. 그리고 그때, 나는 그 꽃만 바라보지 않게 된다. 나는 <바라보는 자> 또한 바라보고 있게 된다. 그때 <바라보는 자>와 <꽃>은 두 개의 대상이 되고, 나는 그 둘을 <지켜보는 자>가 된다.

주의가 닿는 곳마다

　그러나 우리는 <주의라는 힘(力)>이 없기 때문에, 먼저 주의력이 개발되어야 한다. 우리의 주의라는 것은 이것에서 저것으로, 저것에서 더 멀리 있는 것으로 움직이며, 그냥 깜빡거릴 뿐이다. 주의력은 <어떤 생각의 방해도 없이 고요히 깨어 있는 힘>을 말한다. 그것을 개발하라. **우리는 그것을 함으로써 그것을 개발할 수 있다. 다른 방법은 없다.**

　<내가 바라보는 모든 것>은 반사되어 돌아온다. 그러나 내가 그것을 받아들일 수 있는 상태에 있지 않다. 내가 거기에 있지 않는 것이다. 온종일 많은 일에서 그런 것을 해볼 수 있다. 그러면 주의력은

차츰 개발될 것이다. 그 주의력으로……

주의가 닿는 곳마다

그때는 무엇이든 바라보라. 나의 주의가 닿았다. 그러면 거기서 <나 자신>을 경험할 것이다. 그것을 하는 데, 일부러 시간을 낼 필요도 없다. 우리는 그 경험자(經驗者)를 경험할 것이다. 모든 곳으로부터 우리는 반사될 것이다. 존재계 전체가 거울이 되고, 존재계 전체가 우리를 비출 것이다. 오직 그때만이 우리는 나 자신을 알 수 있다. 그때는 삶 전체가 명상적이 된다.

제 29 장

변화를 통해 변화를 소멸하라

< 105 >

"그대의 이름"을 불러라.

< 106 >

"나는 있다." 이것이 이것이다.

< 107 >

"내면의 안내자"가 되라.

< 108 >

"변화를 통해" 변화를 소멸하라.

선승들은
젊은 제자들에게
자신들의 **마음을 표현하도록** 지도한다.

이웃한 두 선문(禪門) 사찰에
각기 동자승이 있었다.
아이들은 매일 아침 채소 가게에 가면서
다른 절의 아이를 보게 되었다.

어느 날 아침
한 아이가 다른 아이에게 말을 걸었다.
"너는 어디로 가니?"
"나, 내 발이 가는 대로 간다."

이 대답을 들은 동자승은 당혹스러웠다.
그래서 그는 자기 스승에게 가서 그것을 말했다.
그래서 스승이 답을 주었다.

"내일 아침에 그 녀석을 만나거든 똑같이 물어라.
똑같은 대답을 하거든 이렇게 되물어라.
'네 발이 없으면 어디로 가니?'
그러면
그런 건방진 말은 다시 하지 않게 될 거다."

다음 날 아이는 똑같이 말을 걸었다.
"너는 어디로 가니?"
"나, 바람 부는 대로 간다."

이번에도 그 아이가 말싸움에서 지고 말았다.
그래서 다시 스승이 답을 주었다.
"다시 만나거든
바람이 불지 않으면 어디로 갈 거냐고 해라."

다음 날 아이는 세 번째로 말을 걸었다.
"너는 어디로 가니?"
"나, 가게로 간다."

< 105 >
"그대의 이름"을 불러라.

나의 이름은 나의 무의식 속으로 아주 깊이 들어
갔다. 다른 어떤 것도 그렇게 깊이 들어가지 못할
것이다. 그리고 <나의 이름>은 다른 사람들이 사용
한다. 내가 나의 이름을 부르지 않는다.

그러므로 만약 나 자신이 나의 이름을 부른다면,
그것은 **만트라**가 될 수 있다. 어쩌다가 내가 나의
이름을 부르면, 그때 **나는 <다른 누군가의 이름을
부르고 있는 것처럼> 느낀다**. 그것이 나의 이름이
아닌 것처럼 말이다.

아니면, 그것이 나의 이름으로 느껴진다면, **나는
문득 <안에서 그것을 사용하고 있는 어떤 분리된
실체>가 있다고 느낀다**. 그 이름은 몸에 속할지도
모르고, 마음에 속할지도 모른다. 그러나 <이름을
부르고 있는 그>는 하나의 <지켜보는 자>가 된다.

그대의 이름을 불러라.

<나의 이름>으로 많은 것을 해볼 수 있다. 만약
새벽 다섯 시에 일어나고 싶다면, 어떤 알람 시계도
그렇게 정확하지 않을 것이다. 잠자기 전, 자신의
이름을 부르며 세 번 말하라. "아무개야! 새벽 다섯

시에 나를 깨워라. 너는 다섯 시 정각에 일어나야 한다." 그리고 곧장 잠들라. 그러면 정확하게 새벽 다섯 시에 깰 것이다. 왜냐하면 "아무개"라는 나의 이름은 무의식 아주 깊이 있기 때문이다.

만약 우리가 이런 실험을 계속한다면, **어느 날 새벽, 누군가가 "아무개야! 일어나라."며 속삭이는 것을 느낄 것이다.** 그것은 <나를 부르고 있는 나의 무의식>이다. 한번 해보라.

요즘은 <히브리 성서>라고도 하는 구약 성경에는 이런 아름다운 이야기가 있다. 선지자 엘리야가 <어떤 굉장한 가뭄으로 인해서 신세를 지고 있는> 한 여인의 아들이 죽었다는 말을 듣는다. 엘리야는 그 아이를 자신이 거처하는 다락방 침상에 눕히고 여호와께 부르짖는다.

"<나의 하나님 여호와>여!

<나의 하나님 여호와>여!"

– "엘리야여! 엘리야여!" –

선지자 <엘리야>는 그 자신의 이름을 부른다. 잘 아는 대로, <엘>은 '하나님'이고, <리>는 '나의'란 뜻으로, 예수가 십자가에서 부르짖은 "엘리 엘리 라마 사박다니"의 <나의 하나님, 나의 하나님, 어찌하여 나를 버리셨나이까>에서 <엘리>가 있다. 물론 <야>는 여호와의 줄임말이다.

< 106 >

"나는 있다." 이것이 이것이다.

나는 있다. 이런 <느낌> 속으로 깊이 들어가라. 그것을 생각하지 말라. 우리는 마음속에서 "나는 있다."라고 재잘거릴 수 있다. 그러면 그것은 아무 쓸모가 없다. 나의 머리가 파멸의 원인이고, 멸망의 선봉이다.

쉬바는 데비와 말하고 있기 때문에 **"나는 있다."** 라는 말을 해야만 한다. 이것은 **만트라**가 아니다. "나는 있다."고 속으로 재잘대지 말라. 모든 사람이 알고 있고 또 나 자신도 이미 알고 있다. **그것을 느껴라. <느끼는 것>은 다른 일이다.** 완전히 다른 일이다.

예를 들어, 내가 여기에 앉아 있고, **나는 있다**고 느끼기 시작한다면, 나는 많은 것을 알아채기 시작할 것이다. 바닥의 딱딱함과 방석의 부드러운 감촉, 방안으로 들어오는 바람, 내 몸을 스치는 소리들, 고요하게 흐르는 혈액, 심장이 뛰는 소리, 끊임없이 계속되는 호흡, 몸의 미묘한 진동(振動)……

<우리가 바로 지금 안팎에서 일어나고 있는 것을 알아채게 된다면>, 그것이 **"나는 있다."**는 경문이 의미하는 바다. **우리가 그런 식으로 알아채게 되면,** 생각은 멈출 것이다. 그러한 것을 느낄 때, 그것은

너무나 <전체적인 현상>이어서, <생각하는 일>이
계속될 수 없다.

나는 있다. 이것이 이것이다.

처음에는 생각들이 떠다니는 것을 느낄 것이다.
그러나 차츰 생각들은 떨어지고, 우리는 그 거리를
느낄 것이다. 그리고 **이 <있는 것>이 내 것이라고
느껴라.** 이 <있는 것>, 이 존재(存在), 이 <고요>,
이것이 내 것이다.

그러나 이것 역시 어떤 이론과 생각이 되어서는
안 된다. 그것을 끊임없이 기억하고, 또 <그렇게>
느껴라. 그러면 우리는 감사(感謝)를 느낄 것이다.
달리, 어떻게 감사한 것을 느낄 수 있겠는가? "이
존재계는 내게 속한다. 이 우주 전체가 나를 위해
있었다. 나는 그것의 한 송이 꽃이다."

이것이 이것이다. "이것이 삶이라는 무엇이다.
이것이 여여(如如)함이다. 나는 쓸데없이 걱정했고,
괜히 거지로 있었다. 내가 주인(主人)이다." 내가
존재계에 뿌리를 내릴 때, 나는 <전체>와 하나가
되고, 존재계는 나를 위해 존재한다. 나는 갑자기
황제가 되고 주(主)가 된다.

< 107 >
"내면의 안내자"가 되라.

우리는 모두 <내면의 안내자>가 있지만, 그것을 이용하지 않는다. 그것이 우리 안에 있는 것조차도 알아채지 못한다.

혹시 기독교라는 것이 어떻게 시작(始作)되었는지 아는가? 성경은 그것을 아주 아름답게 또 세밀하게 밝히고 있다.

한 우직(愚直)한 남자가 **꿈을 꾸고** <주의 사자가 현몽(現夢)하여> 가르치는 대로, <꿈의 지시하심을 받아> 그렇게 행동하여 <아기 예수>가 살아남을 수 있었고, 오늘의 기독교가 시작되었다는 것을……

[물론, 우리는 누가가 전하는 **<환상(幻像)을 믿은 한 여인>**의 이야기도 빠뜨릴 수 없다.]

또 **환상을 보고** 그 소식이 이방인에게로 갈 수 있었고, **환상을 따른 것 때문에** 기독교가 서양으로 건너갔다는 것을……

현실의 기독교도들은 그런 것을 모두 <놓치고> 있다. 물론 그런 내용이야 알겠지…… 내가 보기에, 소위 **오늘의 기독교도들은 <꿈과 환상을 가르치는 성경>을 믿지 않는다.** 그들은 설교자들의 해석과 그들을 믿는다. 아니면 신자들 그들 나름의 생각을 믿거나, 아니면 <교회>라는 집단의식(集團意識)의

그 힘을 믿거나…… [아 참, 필자는 40대 초까지 <기독교도>로 있었다.]

내면의 안내자가 되라.

그런 일은 수없이 일어났다. 과학자들은 <중대한 발견을 했을 때마다> 그것은 결코 머리에 의해서가 아니었다고 한다. 위대한 발견은 **<밤에 꿈을 꾸고 그것을 본 것>으로**, 그것은 직관적(直觀的)이었지 지성적인 것이 아니었다는 것이다. 그것이 <내면의 안내자>라는 것이 의미하는 바다.

어떤 상황에서 해보라. 예를 들어, 깊은 산속에서 길을 잃었다. 걱정하지 말고, 편한 곳에 앉아라. 그 다음 생각들이 떨어지고, 마음이 진정되기를 기다려라. <아무 생각도 없는 순간>이 왔다고 느낄 때, 그때 일어나서 걸어라. 몸이 어느 쪽으로 가든지 따르라. 단지 <지켜보는 자>가 되라. 잃어버린 길을 아주 쉽게 찾을 수 있다.

<생각하는 것>을 멈출 때, <내>가 있다. **생각이 멈추는 순간, <내면의 안내자>는 일어난다.** 이성은 우리를 오도(誤導)했다. 내면의 안내자를 믿을 수 없게 만든 것이다. 우리는 먼저 나의 이성(理性)을 확신시켜야 한다.

그러나 삶은 우리를 기다려 주지 않는다. 사람은

즉각적으로 살아야 한다. 선가(禪家)에서 말하듯이, **사람은 전사(戰士)이고 검객(劍客)이어야 한다.**

삶의 어떤 어려운 상황에서 어떻게 벗어날지를 알 수 없을 때, 생각하지 말라. 그냥 <생각이 없는 상태>로 있어라. 그리고 <내면의 안내자>가 나를 이끌게 하라. 처음에는 불안할 것이다. 그러나 매번 올바른 결과에 이를 때, 신뢰할 수 있게 된다. **만약 그런 신뢰가 생긴다면**, 그것을 신앙이라고 부를 수 있다. 그것이 진짜 신앙이다. 내면의 안내자에 대한 신뢰 말이다.

내면의 안내자가 되라.

<내면의 안내자>는 신성(神性)의 일부다. 우리가 그것을 따를 때 그것은 신성을 따르는 것이지만, 우리가 이성을 따를 때 그것은 일을 복잡하게 하는 것이고, 무엇을 하고 있는지도 알지 못한다.

우리는 나 자신이 아주 현명하다고 생각하지만 그렇지 않다. **지혜(智慧)는 가슴으로부터다.** 그것은 머리의 것이 아니다. 머리통을 아예 끊어 버려라. **친나마스타!**

< 108 >

"변화를 통해" 변화를 소멸하라.

붓다는 <모든 것이 변한다>면서 이것을 알아야 한다고 했다. 왜 그런가? 만약 우리가 <모든 것이 변한다>는 것을 기억한다면, 초연(超然)함이 일어날 것이다. 모든 것이 변해 버리는데, 어떻게 우리가 그것에 집착할 수 있겠는가?

내가 아름다운 한 얼굴을 바라본다. 그런 얼굴을 바라볼 때, 나는 그 얼굴이 계속해서 그렇게 남아 있을 것이라고 여긴다. 그러나 모든 것이 변하고 있어서, 그것이 이 순간은 아름답지만 다음 순간은 추해질지도 모른다는 것을 안다면, 어떻게 집착할 수 있겠는가? 또 몸을 보라. 지금은 살아 있지만 다음 순간은 죽을 것이다.

<우리가 보고 있는 것과 알 수 있는 것>은 어떤 것도 불변이지 않다. <아는 자>를 제외하고는 아무 것도 불변이지 않다.

변화를 통해 변화를 소멸하라.

이 방편은 **탄트라**의 전형(典型)이다. **붓다**는 그저 모든 것이 변한다고만 했다. 그것을 느껴라. 그러면 그때 우리는 그것에 매달리지 않을 것이다. 그리고 그것에 매달리지 않을 때, 변하는 모든 것을 차츰 떠나는 것으로, <나 자신> 쪽으로 향할 것이다.

그러나 **탄트라는 <변(變)하고 있는 것들을 떠날 필요가 없다>고 한다.** 오히려 그 속으로 움직여라. 두려워하지 말고, 도망치지 말라. 어디로 달아나며, 어떻게 달아날 수가 있겠는가? 모든 곳이 변하고 있다.

무엇을 해야 할 것인가? **그 변화를 살고, 또 그 변화가 되라.** <제행무상(諸行無常)의 강>은 흐르고 있고, 우리는 그것과 더불어 흐른다. 그것을 거슬러 발버둥치지 말라. 그 강에 나를 내맡겨라.

무슨 일이 일어날 것인가? **<어떤 갈등도 없이, 어디로 가려는 방향도 없이> 그 강과 함께 움직일 때**, 그때 문득 <나는 이 강이 아니다>는 것을 알아채게 된다. 언젠가 한번 해보라. 강에 몸을 맡기고, 강이 나를 데려가도록 하라. 그 강이 되라. 갑자기 강이 사방에 있다는 것을 느낀다. 그러나 나는 그 강이 아니다.

어떻게 그런 일이 일어나는가? 만약 내가 완전히 이완된다면, 그때 <변하는 배경(背景)>이 나에게 그 대조(對照)를 주고, 그때 그것을 통해 나는 <변하지 않은 것>을 느낄 수 있기 때문이다.

변화를 통해 변화를 소멸하라.

이 방편은 아주 깊다. 분노를 통해 분노를 소멸하고, 섹스를 통해 섹스를 소멸하고, 탐욕을 통해 탐욕을 소멸하라. 또 세상을 통해 세상을 소멸하라. 그것과 싸우지 말라. 싸우면서는, 그런 것을 느끼지 못한다. 싸울 때는 변화가 우리 속으로 들어올 수 없다.

세상이 <있는 그대로> 있도록 놔두라. **탄트라**는 어떤 것도 변화시킬 필요가 없다고 한다. 세상도 나 자신도 말이다. 그것은 신비주의의 가장 깊은 것이다. **세상도 바꿀 필요가 없고 나 자신도 바꿀 필요가 없다.** 단지 그 변화 속에서 부유(浮游)하며, 이완하면 된다.

만약 노력이 있다면 이완할 수 없다. 가치 있는 어떤 것이 일어날 것이라는 것 때문에 긴장이 있는 것이다. 그런 걱정일랑 말고, 단지 그 변화 안에서 부유하며 이완하라. 그러면 그 변화의 강 가운데서 <결코 변하지 않는 나의 중심>을 문득 알아채게 될 것이다.

제 30 장

포함(包含)하라

< 109 >

암탉이 병아리를 품듯이 "내 것"을 길러라.

< 110 >

사실, 속박과 자유는 상대적인 것으로
우주는 "여러 마음의 반영(反影)"이다.

< 111 >

데비여!
<아는 자>와 <알려지는 것>에서 "알아채라."

< 112 >

사랑하는 자여!
모든 것을 "포함하라."

남쪽 임금을 <밝음>,
북쪽 임금을 <어둠>,
그 중간에 있는 임금을 혼돈(混沌)이라고 했다.

<밝음>과 <어둠>이
가끔 <혼돈>의 땅에서 만났는데,
혼돈은 그때마다 그들을 극진히 대접했고
<밝음>과 <어둠>은
혼돈의 은덕을 갚을 길이 없을까 생각했다.

"사람에게는 일곱 구멍이 있어,
 보고, 듣고, 먹고, 숨 쉬는데,
 혼돈에게는 없으니 우리가 뚫어 줍시다."

<밝음>과 <어둠>이
하루 한 구멍씩 뚫어 주었더니
이레가 되자 혼돈은 죽고 말았다.

<장자 응제왕(應帝王),
오강남 옮김에서 고쳐 옮겼다.>

여기서 <혼돈>은 서양의 <카오스>가 아닌, <일자(一者)[the One]>나 **카시미르** 쉐이비즘의 **쿨라** 즉 <전체성(全體性)[Totality]>을 의미한다. **카이발야** 즉 <독존(獨存)[Alone=All+One, 힌두교+유대교]>이 더 좋다!

　　또 응제왕은 <제왕이 되려면, 즉 주(主)가 되려면 이렇게 하라>는 의미일 것이고.

포함(包含)하라
모든 것을 포함하라
저 야스퍼스의
<삼켜 녹여 버리는 포괄자(包括者)>처럼

무한(無限)이 되라
무(無)가 되라
아인 소프[אֵין סוֹף]
아인[אֵין]

< 109 >
암탉이 병아리를 품듯이 "내 것"을 길러라.

우리는 신(神)에 대해서도 알고, 사랑에 대해서도 알고, 명상에 대해서도 안다. 그러나 실제로는 그 어떤 것도 알지 못한다. 그 모든 것은 다른 사람이 말했고, 다른 사람이 우리에게 준 것들이다.

우리는 어떤 것도 맛보지 않았다. 다른 누군가가 맛보고 경험했던 것들이다. **붓다**가 맛보고 예수가 경험했던 것들이다. 그리고 그렇게 아는 것들은 <모르는 것>보다 더 위험하다. **모르는 것은 최소한 <나의 것>이지만,** 그렇게 아는 것들은 모두 <빌려 온 것>이거나 <얻은 것>이기 때문이다.

암탉이 병아리를 품듯이 내 것을 길러라.

우리 역시 기른다. 그러나 특정한 경전과 특정한 사고(思考) 체계, 철학과 세계관을 기른다. 성경과 불경의 교리와 이론, 그런 것은 아무 소용이 없다. <실재적인, 나 자신의 경험>을, <나 자신의 앎>을 길러라. **아무리 하찮은 것이라고 하더라도, 그런 <실재적인 앎>이 중요하다.** 우리는 그 위에 나의 삶의 기초를 둘 수 있다.

예를 들어, 우리는 <장미꽃은 아름답다>고 한다.

그런데 **그것이 정말 <나의 앎>인가?** 아니면 단지 장미꽃은 아름다운 것이라는 내 주위에 퍼져 있는 말인가? **그것이 <나의 느낌>인가?** 많은 시인들이 그렇게 노래했으므로, 단순히 그것을 되풀이하고 있는 것이 아닌가? 그런 앵무새라면, 나는 진정한 <나의 삶>을 살 수 없다.

"이웃을 사랑하라!" "아내를 사랑하라!" 그렇게 하라고 듣고 배웠기 때문인가? 그것이 어떤 가르침 때문이 아니고, 다른 사람들의 말을 추종하지 않은 경우였던가? 정말로 <내가 사랑을 알고>, 그래서 사랑했는가? 만약 그런 것이라면, 우리는 달라질 것이다. 사랑이 우리를 변화시킬 것이다.

그러므로 이제는 어떤 것을 말할 때마다, 그것이 <나의 앎과 나의 것>인지, 먼저 점검하라. **내 것**만 품고 길러라. 그것을 통해서 성장할 수 있기 때문이다. 이 방편은 어렵다. 그러나 그런 것이 **사다나**, 즉 수행(修行)이라고 하는 것이다.

< 110 >
사실, 속박과 자유는 상대적인 것으로 우주는 "여러 마음의 반영(反影)"이다.

우리는 이 세상이 속박이라고 여긴다. 그래서 <어떻게 하면 이 세상을 벗어나 해방될 것인가>를 찾는다. 그때 해방은 그 반대인 속박이 아닌 어떤 것이다. 그러나 경문은 둘 다가 <같은 것>이라고 한다.

세상과 **니르바나**는, 지옥과 천국, 속박과 해탈은 두 가지가 아니라 <하나>라고 한다. 그러나 그렇게 생각하는 것은 어렵다. 우리는, 어떤 것이 정반대의 견지에서 별개(別個)로 있을 때, 더 잘 생각할 수 있기 때문이다.

사실, 속박과 자유는 상대적인 것으로

쉬바는 그것이 반대적인 것이 아니라, **상대적인 것**이라고 한다. 그것은 마치 우리가 <뜨거운 것>과 <차가운 것>을 일컫는 것과 같다. 무엇이 <뜨거운 것>이고, 무엇이 <차가운 것>인가? 그것은 <똑같은 현상, 동일한 현상의 어떤 정도(程度)>를 가리킬 뿐이다. 온도, 즉 수온과 기온의 정도로, **상대적인 것**이다.

예를 들어, 여기, 한 통에는 <차가운 물>이 있고 다른 통에는 <뜨거운 물>이 있을 때, 내가 한 손은 <뜨거운 곳>에, 다른 손은 <차가운 곳>에 넣는다면 어떻게 느낄 것인가? 정도의 차이를 느낄 것이다. 그러나 내가 두 손을 먼저 얼음물에 넣어서 아주 차갑게 한 다음에 그 <뜨거운 물>과 <차가운 물>에 넣는다면, 이제 찬 손은 <뜨거운 물>에서는 전보다 더 뜨겁게 느낄 것이고, 다른 손은 <차가운 물>을 상대적으로 따뜻하게 느낄 것이다. 그러니 그것은 **상대적인 것**이다.

사실, 속박과 자유는 상대적인 것으로 우주는 여러 마음의 반영이다.

그러므로 우리는 **속박(束縛)에서만 해방되어서는 안 되고, 목샤에서도 해방되어야 한다.** 둘 다에서 해방되지 않으면, 우리는 해방되지 않은 것이다.

그래서 **쉬바**는 <대극(對極)으로 나누지 말라>고 한다. <반대되는 모든 것>은 동일한 현상의 정도일 뿐이다. 이런 것을 깊이 느낄 수 있다면, 우리는 둘 다로부터 해방될 것이다. 그때는 **삼사라도 목샤도** 위하지 않을 것이고, 그때는 어떤 것도 추구하지 않는다.

실제로, 추구하는 것을 멈출 때, 그 멈춤 속에서

우리는 해방된다. **<모든 것은 같은 것이라는 그런 느낌> 속에서**, 꿈과 욕망은 떨어져 나간다. 섹스와 금욕이 같은 것이고, 지옥과 천국이 같은 것이라면, 어디로 움직일 것인가? 어떤 것도 욕망할 수 없다. 모든 욕망이 똑같기 때문이다.

우주는 여러 마음의 반영이다.

우리가 우주에서 무엇을 보든지, 그것은 하나의 반영(反影), 즉 <비친 모습>이다. 그것이 속박처럼 보인다면 그것은 우리의 모습이고, 자유처럼 보인다면 그것도 우리의 모습이다.

태양이 떠오르고, 지상에는 수많은 강과 연못이 있다. 더러운 것과 깨끗한 것, 큰 것과 작은 것이 있다. 한 개의 태양이 수많은 곳을 비춘다. 그래서 그 비친 모습을 보는 사람은 태양이 수없이 많다고 생각할 것이다. 그러나 비친 모습이 아닌, 실체를 보는 사람은 하나를 볼 것이다.

세상은 <내가 바라보는 그대로> 나를 반영(反映)한다. 내가 죄인이라면 온 세상이 죄인으로 보이고, 내가 신(神)이라면 온 세상이 또 그렇게 보인다.

< 111 >
데비여!
<아는 자>와 <알려지는 것>에서 "알아채라."

내가 한 송이 장미꽃을 본다. 나로부터 에너지가 그 장미꽃으로 가서 모양과 색깔과 향기를 취(取)한 다음 내게로 돌아와 그것이 장미꽃이라는 정보를 준다. 나는 이제 그것이 장미꽃이라는 것을 <안다.> 장미꽃은 거기에 있고, 나는 내면에 있다.

그러므로 세 가지로 나눌 수 있다. <아는 자>, <알려지는 것>, 그리고 <아는 일>로. 그리고 <아는 일>, <앎>, 지식은 주체와 대상 사이의 다리와도 같다. 그러나 우리의 <앎>은 오직 <알려지는 것>만 드러내고, <아는 자>는 드러나지 않은 채로 있다. 명상의 모든 방편은 그 <아는 자>를 드러내기 위한 것이다.

어떤 대상을 보며, <보고 있는 자>를 또한 기억하라. 그러나 그것은 어렵다. 그렇게 <아는 자>를 알아채려고 하면, 대상을 곧 놓쳐 버리기 때문이다. 지금까지 우리는 한 방향으로만 고정되어 있어서 시간이 걸릴 것이다. 그러나 **꾸준히 노력하면,** 차츰 둘 다를 동시에 알아챌 수 있다.

붓다는 그런 것을 <**삼약 스므리티**>라고 했다. 정념(正念), 즉 <온전히 알아채는 일>이다. **붓다**는,

<우리의 마음이 오직 한 지점만을 안다면>, 그것은 정념이 아니라고 했다. **그것은 대상과 <아는 자>, 둘 다를 동시에 알아채는 일이다.** 그러면 기적이 일어난다.

아는 자와 알려지는 것에서 알아채라.

<알려지는 것>과 <아는 자>, 그 둘 다를 동시에 알아채게 될 때, 갑자기 나는 <제 3의 것>이 된다. 대상과 주체를 동시에 알아채려는 그 노력 때문에, 나는 <지켜보는 자>가 되는 것이다.

어떻게 내가 그 둘 다를 동시에 알 수 있겠는가? 내가 <아는 자>로만 있다면, 그때 나는 한 지점에 고정되어 남는다. 그러나 **<자기 기억>에서는, 내가 <아는 자>라는 그 고정된 지점으로부터 이동한다. 그때의 <아는 자>는 나의 마음이고**, 또 <알려지는 것>은 대상이다. 그리고 나는 <제 3의 지점>으로, 의식(意識), <지켜보는 자아>, <있는 무엇>이다.

우리가 <아는 자>와 <알려지는 것>, 그 둘 다인 한 지점을 인식할 수 있다면, 그때 우리는 대상과 주체, 물질과 마음, 외부와 내면, 둘 다를 초월한 것이다.

마음과 함께할 때는 분별이 있지만, <지켜보는 자아>와 함께할 때는 분별이 사라진다. 누가 <알려

지는 것>이고 누가 <아는 자>인지 말할 수 없다. 그것은 그 둘 다이다. 그러나 **이것은 경험(經驗)에 기초해야지,** 그렇지 않으면 철학적인 토론이 되어 버린다. 그러므로 해보라. 실험(實驗), 즉 <실제의 경험>으로 말이다.

첫째는, 나의 주의 전체가 온통 거기에 있어야 한다. 집중(集中)하는 일이다. 집중할 수 없다면, <아는 자> 쪽으로 움직이는 것은 어렵다. 그러므로 **집중은 명상으로 가는 첫 단계가 된다.** 처음에는 여러 번 놓칠 것이다. <아는 자> 쪽으로 이동하면, 대상은 나의 의식에서 떨어져 나가고, 대상에게로 이동하면 <아는 자>를 놓칠 것이다. 이 숨바꼭질은 당분간 계속될 것이다.

그러나 **끈질기게 지속한다면,** 조만간 갑자기 그 사이에 있게 되는 순간이 올 것이다. 그 중간 지점, 그 균형의 지점이 <지켜보는 자>이고, 우리 존재의 <빛나는 자[데비]>다.

< 112 >

사랑하는 자여!
모든 것을 "포함하라."

가장 인도적인 방편이고, 마지막으로 소개되는 것으로도 제격이다. 그리고 <포함(包含)하는 일>은 라야, 곧 용해(溶解)되는 일이다.

사랑하는 자여!
모든 것을 포함하라.

<나의 몸>, <나의 마음>, <나의 호흡[에너지]>, <나의 아는 것[의식]>, 모든 것을 포함시켜라. 보통, 우리는 나누고 분석한다. 그렇게 하는 방편이 있다. 그러나 이 방편은 완전히 다른 것이다.

이 방편은 나의 의식을 확장(擴張)한다. 그리고 나의 <개인적인 의식>은 사실은 개인적이지 않다. 깊이 들어가면 그것은 <집단적인 것>이고, 궁극적으로는 저 <우주 의식>이다. 우리는 서로를 섬처럼 여기지만, 섬들이 대지로 연결되어 있듯이, 우리는 그 의식으로 연결되어 있다.

나무 밑에 앉아서 나무를 바라보라. 눈을 감고 그것이 내 속에 있다고 느껴라. 또 별을 바라보라. 눈을 감고 그것이 내 속에 있다고 느껴라.

굉장한 것이 우리에게 일어난다. 그 나무가 내 속에 있다고 느낄 때, 우리는 더 젊어지고 신선해진다. 이것은 상상이 아니다. 왜냐하면 그 나무와 나, 둘 다 이 대지에 속하고, 같은 존재계에 뿌리를 내리고 있기 때문이다. 우리는 그런 것을 느낄 수 있다.

그리고 예수의 유명한 말. "네 원수를 사랑하라." 그것은 포함하는 것의 한 가지 예다. 그것은 나의 <존재와 의식>을 확장하기 위한 것이다. **만약 나 자신 안에 적(敵)을 포함할 수 있다면……**

내가 그를 배제하는 그 순간, 나는 에고가 된다. 나는 분리되어, 존재계에서 단절된다. 그러나 적을 내 안에 포함한다면, 그러면 모든 것이 포함된다. 그리고 적을 포함할 수 있을 때, 나무와 별은 왜 안 되겠는가? 원수를 강조하는 것은 내 존재 안에 원수를 포함할 수 있으면, 그것은 모든 것을 포함할 수 있다는 것이다.

내 자신 속에 나의 원수를 포함한 것을 <느낄> 수 있으면, 그때는 나의 적조차도 나에게 생기와 에너지를 줄 것이다. 그러므로 **포함하는 것을 삶의 한 방편으로 만들어라. 명상의 한 방편만이 아니라,** 살아가는 한 방식으로 말이다.

나가며

나는 인간의 머리, 두뇌(頭腦)라는 것이 늘 궁금했다. <생각>이라는 것은 도대체 무엇이며, 누가, 그 무엇이 그런 생각을 올리고 있는지……

[바로 지금…… 나의 뇌, 그 속에서는 어떤 일이 벌어지고 있는가? 사실, 이런 생각조차도 지금 그 속에서 일어나고 있는 것이겠지만……]

서양의 데카르트는 <자신이 생각하고 있다는 그 사실만큼은 부정할 수 없어서> 그것을 자신의 존재 근거로 삼았다고 하고, 동양의 명상하는 사람들은 이른바 <생각[하는 일]을 생각하지 않는다>고 한다.

우리는 <아침에 잠을 깨면서부터 늦은 밤, 잠이 들 때까지> 끊임없이 무언가를 생각하지만, 정작 <생각 그 자체>에 대해서는 얼마나 생각하는가?

도대체 생각이 무엇인가?

그런즉
지혜는 어디서 오며, 명철의 곳은 어디인고?
가슴속의 지혜(智慧)는 누가 준 것이냐?
마음속의 총명(聰明)은 누가 준 것이냐?

☯   ☯   ☯

<인간의 뇌에 관한 상식 몇 가지>를 - 복습하는 셈 치고 - 한번 훑어보고자 한다. 물론 두서없이.

우리의 생물학적 주소는 <척추동물문(門)-포유강(綱)-영장목(目), 사람과(科)-사람속(屬)-사람종(種)>이라는 것을 기억한다. 그리고 현생 인류를 <호모 사피엔스[Homo Sapiens]>라고 하는 것도……

<Sapiens[**지혜로운, 맛을 아는**]>에서 <Science [과학]>라는 말이 나온 것으로 알고 있다.

잘 알다시피, 우리 인간의 뇌는 **<지렁이의 뇌>**, **<파충류의 뇌>**, **<포유류의 뇌>**, 그리고 **<인간의 뇌>**의 합작품(合作品)이라고 할 수 있다.

우리의 **<지렁이의 뇌>**는 아득히 먼 옛날 인간이 척추동물로 진화하면서 단단한 등뼈 속에 보호되어 <척수 신경>으로 남아 있다. 그리고 그것은 우리의 기본이자 근본(根本)이 되는 뇌[신경]다. 우리의 뇌는 한때 지렁이, 벌레의 그것이었다. 선지자 이사야는 어쩌면 그런 것을 일깨우고 있는지도 모른다.

지렁이[벌레] 같은 너 야곱[이스라엘 사람들]아!
두려워 말라. 나 <여호와[존재계]>가 말하노니
내가 너를 도울 것이라.

지렁이의 머리 부분에 있는 <아주 적은 수(數)의

신경 세포>가 **<맛과 빛을 감지하면서**, 인간의 뇌와 같은 믿을 수 없을 만큼 복잡한 구조로 진화(進化), 발전하게 되었다고 한다. [너무나 가냘프고 아련한 그 무엇이……]

　우리의 **<파충류의 뇌>**는 <뇌 줄기[뇌간(腦幹)]>를 이루는 것이다. 척추의 첫 번째 척수가 위로 확대, 성장하면서 형성된 것으로, 두뇌의 가장 깊은 곳에 있다. 호흡과 심장 박동을 담당하는 생명 중추가 있는 부위이다.

　일반적으로 우리는 아직도 <호흡과 심장이 5분 이상 멈추었을 때>를 사망으로 보고 그렇게 진단을 내린다. [아직 뇌사(腦死)가 인간의 죽음이 아니다.] 그리고 <숨을 쉬고 심장이 뛰는 곳>은 가슴이다. 머리가 아니다. 그러므로 <우리의 가슴이 죽으면> 우리는 죽는 것이다.

　특히 <파충류의 뇌>에는 <망상 활성화계>가 있어, <끊임없는 정보가 망상 조직을 활성화하여 우리의 대뇌를 깨어 있게 한다>고 한다.

　우리의 **<포유류의 뇌>**에는 시상 하부(視床下部) 등이 있다. 해마(海馬), 편도체(扁桃體)가 변연계를 형성하여 여러 가지 기능을 하고 있다. 식욕(食慾), 성욕(性慾), <싸우거나 도망가는 본능>을 담당한다.

시상 하부는 우리 몸의 항상성(恒常性)을 유지하게 하여, 우리가 파충류처럼 <냉혈(冷血) 동물>이 되지 않게 한다. 우리의 피가, 우리의 가슴이 따뜻하도록 하는 것이다. 피가 식으면 우리는 죽는다. 그러므로 성경은 말한다. "모든 생물은 피가 생명과 일체라." "육체의 생명은 피에 있음이라."

[아무튼 <냉혈 인간>이란 사실 없는 것인데…… 어디서 이런 무식한 말이??? ^^*]

<인간의 뇌>라고 하는 대뇌(大腦)는 우리가 잘 알고 있다. 대뇌는 좌우측 반구(半球)로 나뉘어져 있고, 또 그 유명한 <대뇌 피질(皮質)>은 이런저런 것이고…… 우리의 시각, 청각, 기억, 의사(意思)를 결정하는 일, 그리고 무한한 창조의 샘이 여기에 있다고 한다. 특히, 여기에는 **아갸 차크라**에 해당한다는 송과선이 있고, 또 시상(視床)이 있다.

전두엽은 가장 근래에 진화된 것으로, <인간의 자아 자각 역량이 - "우리는 우리가 알고 있다는 것을 알고 있으며, 또 그런 것까지도 알고 있다." - 거기에 있다>는 것이다. 그래서 뇌의 신(新) 피질만 따로 <인간의 뇌>라고 구분하는 이도 있다.

또 좌우측 뇌를 서로 연결하여 정보를 주고받게 한다는 전선과 케이블 뭉치인 뇌량(腦梁)도 있고, 그것이 손상되었을 때는 어떤 증상이 있고……

뇌에 관한 재미있는 사실은 지금도 굉장히 많이 밝혀지고 있다.

여기서는 <좌우측 뇌의 차이에 관한 것>을 약간 살펴보고자 한다.

<좌측 뇌는 몸의 오른쪽 반(半)을 관할하고, 우측 뇌는 왼쪽 반을 관할하고 있다>는 것은 너무나 잘 알려진 사실이다.

아직도 많은 연구가 있어야겠지만, 지금까지의 결과로는 뇌의 왼쪽과 오른쪽은 서로 다른 기능을 하는 것으로 알려져 있다. 뇌 반구(半球)는 필요할 경우에는 상보적(相補的)으로 작용하지만, 서로의 기능을 분리하려는 경향이 뚜렷하다는 것이다.

일반적으로 **<왼쪽의 뇌, 즉 좌뇌(左腦)>는 언어적 (言語的)이라고 한다.** 그것은 좌뇌가 논리적이고, 분석적이고, 지성적이고, 부분적이고, 능동적이라는 것을 뜻한다.

이에 비해 **<오른쪽의 뇌, 우뇌(右腦)>는 비(非)-언어적이라고 하는데,** 그것은 우뇌가 직관적이고, 통합적이고, 감성적이고, 전체적이고, 수동적이라는 것을 의미한다.

좀 더 비교한다면, 좌뇌가 양(陽)이라면 우뇌는 음(陰)이고, 좌뇌가 의식적이라면 우뇌는 무의식적이고, 또 좌뇌가 명시적이고 수학적이라면 우뇌는 암시적이고 시적(詩的)이라고 할 수 있다. 좌뇌를 로고스[logos]라고 하면 우뇌는 뮈토스[mythos]고, 좌뇌가 아폴론[Apollon]이라면 우뇌는 디오니소스 [Dionysos]라고 할 수 있다.

더 극단적으로 비교한다면, 좌뇌는 <남성적인 뇌>이고, 우뇌는 <여성적인 뇌>라고 할 수 있다. 좌뇌가 <서양적 사고방식의 뇌>라고 하면, 우뇌는 <동양적인 뇌>이고, 좌뇌가 <코스모스[질서]>라면 우뇌는 <카오스[혼돈]>이고……

요한복음에서는 좌뇌가 진리(眞理) 쪽이면 우뇌는 은혜(恩惠) 쪽이고, 종교별로 보면 좌뇌가 불교에 가깝다면 우뇌는 기독교에 가깝다고 할 수 있다.

오른손잡이는 언어 능력이 좌뇌에 있으나, 왼손잡이는 좌우에 흩어져 있다고 한다. 아마도 그것이 성경[의 문화권]에서 왼손잡이를 꺼림칙하게 여기는 이유일지 모른다. 성경의 <베노니[슬픔의 아들]>와 <베냐민[오른손의 아들] 자손>의 행태를 보라!

최근에는 <신경 가소성(可塑性)[신경 형성력]>, 즉 <사고(思考)의 훈련이 뇌의 구조까지 바꾼다>는 사실이 밝혀져, 한국에서도 명상이 심신의 치료에 도입되어 효과가 있다고 야단이다.

<생각을 바꾸면>, <다르게 생각하게 되면>, 뇌의 세포도 다르게 형성된다는 것이다. 소프트웨어가 하드웨어를 바꾼다는 것이다. 뇌를 하드웨어로만 여겨 왔으니 그런 의미에서는 굉장한 것이라고 할 수 있다. 그러나 그런 것은 **카시미르** 쉐이비즘에서 <**쉬바**[의식]와 **샥티**[에너지]의 관계>와 또 <창조의 전개>에서 <**잇차**[의지]-**갸나**[지식]-**크리야**[행동]>의 순서를 본다면……

☯   ☯   ☯

세계보건기구[WHO]는 한때 건강(健康)을 **육체적, 정신적, 사회적**인 면에서만 정의(定義)했다. 그 뒤 **영적(靈的)**인 면이 추가되었다. 나는 이 네 가지를 곧잘 <컴퓨터와 그 사용자>에 비교한다.

우선 우리는 **육체적으로** 건강해야 한다. 그것은 컴퓨터의 하드웨어[기계]가 좋아야 한다는 말이다. 먼저 안정된 <메인보드[등뼈]>와 전원 공급 장치가 필수다. CPU와 메모리, 그래픽 카드와……

또 **정신적으로** 건강해야 한다. 컴퓨터에 심겨진 소프트웨어[프로그램, 지식(知識)]가 좋아야 한다. 고가(高價)의 컴퓨터에 기껏해야 청소년들이 하는 수준의 무엇만 들어 있다면……

그리고 우리는 **사회적인 존재**다. 아무리 고가의 컴퓨터에 굉장한 소프트웨어를 많이 깔았더라도, 인터넷이 되지 않는 컴퓨터를 상상해 보라. 사회의 모든 시스템과 끊어져 모든 업무가 정지될 것이다. 우리는 다른 이들과 자연환경과 연결되어 있다.

마지막이 **영적인 것**. 좋은 하드웨어[몸]와 소프트웨어[마음]가 100메가의 광 랜으로 인터넷[사회]에 연결되어 있다고 하자. 그러나 **전기[에너지]가 어떤 이유로 자주 끊어진다면, 또 그 사용자가 컴맹(盲)이라면**, 그러면 모든 것이 엉망일 것이다.

컴퓨터가 작동하는 것은 전기 때문이고, 인간이 살아 움직이는 것은 **프라나**[생명 에너지] 때문이다. 그리고 또 주위를 잘 관찰해 보면, 어떤 컴퓨터의 성능 발휘는 그 사용자에게 달린 것을 알 수 있다.

<한 인간 속에 잠재된 능력의 개화(開花)>는 곧 그 영혼, 의식(意識), 아니면 신(神)에게 달려 있다. 그러므로 신이 [내재(內在)하여] 나를 사용하도록 그 주도권을 넘겨라.

인간을 <말이 모는 마차>에 비유하든, 자동차와 컴퓨터에 비유하든, 우리의 진정한 희구(希求)는 <죽지 않는 영원한 무엇>을 알고 싶고, 또 그것이 되는 일일 것이다.

  <좌뇌의 기능과 역할>은 오늘날 우리가 누리는 이런 문명에 이르게 했다. 그러나 우리는 아직도 <영어와 논술>로 대표되는 좌뇌 개발에 총력이다. 생존 경쟁이 있는 한 우뇌 개발은 없다!

  저 아름다운 **친나마스타** 여신의 절단된 머리를 본래의 자리로 되돌릴 수는 없을까……

  성경 전체를 통해 우리는 <신(神)이 우리의 오른쪽에 있도록 하라>는 경구(警句)를 수없이 듣는다. [성경을 읽는 분들은 다시 읽어 보라!]

내가 여호와를 항상 내 앞에 모심이여!
그가 내 우편(右便)에 계시므로
내가 요동(搖動)치 아니하리로다.

  신이 <인간인 나의 오른쪽에 있게 하라>는 것이 무슨 뜻인가? 나의 오른쪽은 좌뇌의 관할이다. 즉 <언어 영역은, 분별하는 영역은 신에게 넘겨라>는 것이 아닌가? 그때 나는 <흔들리지 않고> 균형을 잡을 수 있다.

그리고 [기독교도들이 들으면 이단 내지는 <신성 모독>이라고 할] <우리가 "하나님"이라는 온전한 무엇이 되었을 때>, 그때는 당연히 다르다.

주[하나님]께서 내 주[그리스도]께 이르시되
"내[하나님]가 네 원수를 네 발 아래 둘 때까지
 내 우편(右便)에 앉았어라!" 하셨도다.

이제 후로는 인자(人子)[그리스도]가
하나님의 권능의 우편에 앉아 있으리라.

그때는 그리스도가 <나>의 우편에 있다. 영성이 나의 좌뇌가 된다. 그때는 그리스도가 나의 <말>을 관할한다. 그리스도가 로고스다. 그것이 곧 "말씀이 육신이 되어 우리 가운데 거(居)하는" 일이다.

그러므로 <신에게 가까이 가려는 자들>은 우리 몸의 오른쪽을, 즉 좌뇌를 정결케 할 일이다.

제사장은…… 피를 취하여
<정결함을 받을 자>의 우편 귓부리와
우편 손과 발 엄지가락에 바를 것이요.

☯   ☯   ☯

한마디로, **필자는 좌뇌는 <생각하는 뇌>, 우뇌는 <느끼는 뇌>라고 말한다.**

우리가 이 생존 경쟁의 세상에서 살아남으려면 당연히 <생각하는 뇌>가 우수해야 한다. 그러므로 우리의 모든 교육과 훈련, 노력은 당연히 좌뇌적인 것이다. 그러나 이 세상은 생존 경쟁만 있는 것은 아니지 않은가?

<우뇌의 세계> 또한 우리가 누려야 할 세계다. 그것은 <느끼는 일>이고 <가슴의 세계>라고 하는 것이다. **우리가 <느끼는 뇌>와 직관(直觀)을 되찾을 수 있다면** - 그것이 **지혜(智慧)는 가슴에서 온다**는 의미다. - 그것은 곧 <존재[Being]의 세계>로 다가가는 것이다.

좌우 뇌가 골고루 작동하여 균형을 이루는 일은, **요가**에서 **수슘나 나디**가 뚫려 **쿤달리니**의 상승이 일어나는 일, 불성을 깨닫는 일, 아니면 잃어버린 낙원, 에덴동산으로 다시 들어가는 일이다. 그것이 또 **친나마스타** 여신의 머리를 온전하게 하는 일이 아니겠는가?

어떻게 좌뇌뿐인 것 같은 우리의 뇌를 - 우뇌를 계발하여 - <균형 잡힌 뇌>가 되도록 할 것인가?

요가에서는 <트라타카>와 <샴바비 무드라>가 이다 나디와 핑갈라 나디를 균형 잡음으로써 **아갸 차크라**를 각성시키는 강력한 기법이라고 한다.

우리의 **두 눈이** <트라타카[집중 응시(凝視)]에서 앞으로 바로 향한 채>로, 아니면 <샴바비 무드라[미간 응시]에서 안으로 또 약간 위로 향한 채>로, **이마 중심에 안정되게 유지되어 있기 때문에**, 좌우 뇌의 활동을 균형 잡을 수 있다는 것이다.

그때, 우리는 머리 안에서 아주 강력한 자극과 압력, 즉 **아갸 차크라**의 활성을 느낄 수 있다. 또 그것은 <외향과 내향의 동시적인 느낌>을 준다.

트라타카는 <사물을 선입견 없이 보아서, 과거의 어떤 인상들도 없이 보아서 그 정보가 뇌에 영향을 주도록 하라>는 것이다. 또 <뇌 안의 모든 정보가 통합되어 의식의 수준으로 떠오를 수 있게 시간을 주라>는 것이다. 누군가가 말했다. "<시각 훈련>은 본질적으로 뇌의 훈련이다."

그리고 **우리 뇌의 변화는 거의가 오른쪽 뇌에서 시작된다.** 그것은 많은 명상 수련자에서, <비(非)-언어적인, 감성(感性)과 직관을 담당하는 **우뇌>가 계발되어서**, <주로 일상에서 사용하는 외향적이고 긴장으로 가득 찬, 언어적인 논리, 합리적인 사고를

담당하는 **좌뇌>의 거의 끊임없는 우위를 누르고, 균형을 잡기 때문이다.**

　쿤달리니 각성이 **물라다라 차크라**에서 일어나 **아갸 차크라**로 올라가면서, 우리의 <지렁이의 뇌>, <파충류의 뇌>, 그리고 <포유류의 뇌>인 변연계의 원시적이고 동물적인 에너지 회로를 자극한다. 그 다음 에너지는 시상으로 올라가면서 대뇌 피질의 모든 부위를 동시(同時)에 자극한다. 그것은 점차 <사용되지 않고 잠재되어 있는, 뇌의 다른 부위의 기능>을 깨우는, 이른바 <환상 회로(環狀回路)>를 형성한다.

　이제 **에너지가 저 <아갸 차크라의 중심 부위>에 이르면서 두뇌 전체는 저 <단일 단위로> 진동하기 시작한다.**

　아! **아갸 차크라!**
　영안(靈眼), <의식(意識)의 중추(中樞)>⋯⋯

탄트라, 바이라바, 카시미르 쉐이비즘⋯⋯

어떤 말이 - 그럴 듯한 단어나 용어가 - 우리의 호기심을 자극하면 우리는 또 그쪽으로 움직이면서 그것들을 정의하려고 할지도 모른다.

"**어떤 말에도 집착하지 말라.**"즉, 문자에 <너무> 매이지 말라. 요즘처럼 문자를 많이 받고 보내는 "문자 시대"에 <不立文字>라⋯⋯ 즉 **<가시를 빼기 위한 가시>**일 때만, 말은 의미가 있다는 것이리라.

나는 **폴 렙스**의 서문(序文)을 약간 소개하며 이 책을 시작했다.

"노자의 도(道), **붓다**의 **니르바나**[열반], 예수의 <하나님의 나라>⋯⋯

- 그 경험(經驗)에 모든 요점이 있다."

나는 그의 말을 약간 변형하여 인용하며 이 책을 마무리한다.

"**쉬바**의 **니르비칼파**, **붓다**의 불립문자, 예수의 메타노이아⋯⋯

- 그 <말>에 모든 시작(始作)이 있다."

가시를 빼기 위한 가시
비갸나 바이라바

초판 1쇄 발행   2012년 8월 17일

지은이 ㅣ 金恩在

펴낸이 ㅣ 이의성
펴낸곳 ㅣ 지혜의나무
등록번호 ㅣ 제1-2492호
주소 ㅣ 서울시 종로구 관훈동 198-16 남도빌딩 3층
전화 ㅣ (02)730-2211   팩스 ㅣ (02)730-2210

ISBN 978-89-89182-97-9   03810